SON PRÉSENT AUX COURBES GÉNÉREUSES

UNE ROMANCE DE PETITE VILLE AVEC UNE HÉROÏNE AUX COURBES VOLUPTUEUSES

À LA RECHERCHE DU HÉROS LITTÉRAIRE PARFAIT
TOME CINQ

MARY E THOMPSON

ISBN version imprimée: 978-1-967463-45-9

ISBN version imprimée discrète: 978-1-967463-46-6

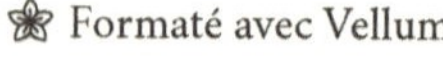 Formaté avec Vellum

À LA RECHERCHE DU HÉROS LITTÉRAIRE PARFAIT

Joyeuses fêtes ! C'est un plaisir de vous avoir ici pour célébrer avec nous. Il fait froid dehors, mais l'atmosphère se réchauffe ici. Vous aurez peut-être besoin d'un verre d'eau glacée ! Ne soyez pas timide et restons en contact.

LIVRE 5

Son Présent aux Courbes Généreuses

Gavin

Dupé par ma tante. Elle m'a invité à rester chez elle pour Noël afin de rénover son auberge pour la préparer à la vente. Au lieu de cela, des clients étaient réservés jusqu'au Nouvel An et j'étais piégé dans cet enfer de petite ville.

Il y avait quelques bons côtés. Comme la serveuse aux formes généreuses qui gérait avec aisance les clients trop amicaux. Elle m'ignorait tout aussi facilement, mais je n'allais pas abandonner si vite.

Et après un seul baiser, et un petit mensonge, je n'allais plus reculer du tout.

Piper

« C'est le genre de mec qui fait oublier aux femmes pourquoi elles ne sortent avec personne. »

J'étais heureuse d'être célibataire. C'était simple. Une nuit par-ci par-là, et mes besoins étaient satisfaits. Je n'avais pas besoin d'une relation. Je ne voulais pas de relation.

Ni une vraie, ni une fausse.

Mais voir Gavin se tortiller était trop amusant. Alors j'ai fait semblant. Nous étions amis, en quelque sorte, et il partait après les fêtes. C'était inoffensif.

Mais chaque fausse relation s'accompagne de doux baisers, de tendres caresses et de nuits entre les draps. Rien de tout cela ne semble faux.

Je me suis permis de lui faire confiance. Je me suis permis de croire qu'il était différent. J'ai presque failli tomber amoureuse de lui.

À qui je mens. Je suis tombée. J'espère juste qu'il saura me rattraper.

À mon mari, qui me fait toujours rire...

PIPER

Les jeudis étaient toujours chargés, mais rien de comparable à la soirée de Thanksgiving. Mon patron, Hudson, aimait garder le bar ouvert pour les habitants qui en avaient assez des réunions familiales et avaient besoin de s'évader. Il semblait que c'était une tendance : les gens en avaient marre de leurs familles.

Je comprenais. J'étais tellement lasse de ma famille que je ne les voyais plus du tout. Ma mère s'était remariée, pour la quatrième fois, et mon père était sur une île quelconque avec sa dernière conquête. Ils profitaient de la vie, mais je ne m'étais jamais sentie comme faisant partie de leurs vies, alors je gardais mes distances. Ça ne nous dérangeait aucun d'entre nous.

Un verre se brisa derrière moi, mais je ne sursautai pas. J'avais appris peu après avoir commencé à travailler chez O'Kelley's à toujours porter des chaussures à semelles épaisses pour éviter de me couper les pieds quand je marchais sur du verre. *Si* n'était pas une option, c'était toujours *quand*.

Je livrai les boissons sur mon plateau et allai examiner le

verre brisé. Un homme fusillait du regard un jeune couple et essayait de ramasser les morceaux. Il était mignon, dans le genre très garçon d'à côté. Une barbe fournie qui aurait pu n'être qu'une repousse de plusieurs jours sans rasage. Des épaules larges et des bras puissants qui à la fois bloquaient le couple en train de danser et ramassaient les morceaux coupants avec aisance.

J'allai chercher le balai et la serpillière pour nettoyer les dégâts. Nous ne laissions jamais les clients nettoyer, et ce type ne semblait pas être le coupable vu le regard noir qu'il affichait.

Je pris un verre pour remplacer le sien et me frayai un chemin à travers la foule jusqu'à lui. — Je vais m'en occuper, lui dis-je, en posant son verre sur la table et en lui montrant le balai.

— C'est bon. Je suis désolé. Je suppose que je devrais tenir mon verre un peu plus fermement quand je suis dans un bar avec des gens ivres qui se fichent de qui ils bousculent.

Je souris et hochai la tête, l'invitant silencieusement à déposer les morceaux de verre dans ses mains dans la petite poubelle que j'avais apportée.

— Merci, dit-il.

Je hochai de nouveau la tête et me mis au travail. Sa voix était profonde et rauque, elle glissa le long de ma colonne vertébrale et tenta de se loger entre mes cuisses. Je n'étais pas disposée à ça, mais bon sang, ce que j'en avais envie. Je ne le reconnaissais pas, ce qui me faisait penser qu'il n'était pas du coin, mais les touristes ne venaient pas à L'anse MacKellar en novembre, et ils ne venaient certainement pas boire chez O'Kelley's.

— C'est toujours comme ça ? demanda-t-il pendant que je balayais le verre.

J'acquiesçai. — À Thanksgiving ? Oui. Les gens ont besoin d'échapper à leurs familles.

— C'est pour ça que tu es là ? Pour échapper à ta famille ?

Je secouai la tête. — Je suis là parce que c'est mon travail.

— Donc tu es la seule personne ici qui n'essaie pas de se cacher de sa famille ?

Je l'examinai et tentai de le situer. Il parlait comme s'il était l'un des nôtres. Comme s'il faisait partie de L'anse MacKellar. Mais s'il avait été là avant, je m'en serais souvenue. C'était le genre de gars difficile à ignorer, et qui serait difficile à oublier. Le genre qui faisait se dresser vos parties intimes. Le genre qui vous faisait oublier toutes les promesses que vous vous étiez faites de ne plus vous impliquer avec quelqu'un.

Un touriste, c'était facile. C'était temporaire. Ils disparaissaient au bout de quelques jours. Les locaux revenaient sans cesse. Ils étaient toujours dans les parages. Et certains voulaient une connexion. Une relation. Je n'étais pas équipée pour ça. Plus maintenant.

C'est pourquoi O'Kelley's était le job parfait pour moi. Je n'avais pas à réfléchir à deux fois avant de rentrer avec quelqu'un parce que je savais que je les reverrais. Mais ce gars... je n'arrivais pas à le cerner.

— Sauf toi, dis-je finalement. Qu'est-ce que tu fais ici ?

— Je me cache de ma famille. Trop de temps en famille me rend nerveux. J'avais besoin de m'évader.

— Où est ta famille ? Tu n'es pas d'ici.

Il secoua la tête. — Non, je ne le suis pas. Mais ma tante vit ici. Je reste chez elle pour quelques semaines. Je m'appelle Gavin, au fait. Gavin Holbrook.

— Comme Gina Holbrook ? Auberge L'anse MacKellar ?

Il hocha la tête. — Ce truc de petite ville va me demander un temps d'adaptation.

— Eh bien, je suppose bienvenue à L'anse MacKellar.

Il sourit. — Merci. Je pense que je vais vraiment me plaire ici.

LE RESTE de mon service passa rapidement. C'était à la fois la malédiction et la bénédiction d'une soirée chargée. Au moment où Hudson annonça le dernier service, j'avais nettoyé une demi-douzaine de verres brisés, mon postérieur avait été pincé au moins une douzaine de fois, et j'avais dû éviter les avances de plus d'un client. J'étais définitivement prête pour une longue douche chaude et quelques bonnes heures de sommeil.

— C'est l'heure de partir, dit Hudson aux derniers retardataires. Il alluma les lumières. — Nous ouvrons demain à onze heures.

Quelques-uns bougonnèrent en se dirigeant vers la porte, mais Gavin s'attarda.

Sachant qu'Hudson s'assurerait que l'endroit était vide, j'allai à l'arrière chercher le matériel de nettoyage pour qu'on puisse partir avant trop d'heures supplémentaires.

Hudson et Gavin discutaient pendant que je commençais à nettoyer. J'essuyai les tables et les chaises puis retournai les chaises sur les tables une fois qu'elles étaient propres.

— Laisse-moi te donner un coup de main, dit Gavin, se précipitant vers moi.

Je secouai la tête. — Je m'en occupe. Les clients ne sont pas censés travailler.

Gavin haussa les épaules et saisit la chaise opposée à celle que j'avais. — Hudson a dit que c'était OK si je restais dans les parages et m'assurais que tu rentrais bien.

Je regardai Hudson, qui évitait mystérieusement mon regard. — Vraiment ? Et qu'est-ce qu'Hudson a dit d'autre ?

Gavin sourit. — Que tu allais m'envoyer balader.

Je ricanai et continuai à travailler.

Gavin suivit mon rythme pendant que je traversais le bar. Quand nous eûmes terminé avec les tables et les chaises, je pris le balai et balayai le sol, puis retournai chercher la serpillière. Hudson nettoyait le comptoir, faisait l'inventaire et vidait la caisse enregistreuse pendant que je faisais mes tâches. Charlie était dans la cuisine, mais il avait généralement fini avant nous tous.

Gavin resta jusqu'à ce que nous ayons tout terminé pour la soirée. Il aidait où il pouvait et passait la plupart du temps à parler avec Hudson. Quand j'eus fini, je leur dis que je partais et leur souhaitai bonne nuit. Gavin me demanda de l'attendre, mais je leur fis simplement un signe de la main en me dirigeant vers la sortie.

— Hé, Piper, attends, appela-t-il, me poursuivant dans la rue.

Je ne courus pas, mais je n'étais pas non plus d'humeur à l'attendre. C'avait été une longue soirée, et j'étais épuisée.

Il se mit à marcher à côté de moi. — Tu ne m'aimes pas, n'est-ce pas ?

Je ricanai. — Je ne te connais pas. J'ai entendu dire que ta tante est géniale, et tu pourrais être une personne formidable, mais je ne te connais pas. Et après un service de huit heures, je n'ai vraiment pas envie d'essayer de faire connaissance avec quelqu'un de nouveau.

— Merde, je suis désolé. Je n'ai pas pensé à ça. Et si je te raccompagnais simplement chez toi ?

Je haussai les épaules et serrai mon écharpe plus étroitement autour de mon cou. Il faisait un froid glacial dehors et le vent venant de l'eau me transperçait le manteau. — Ce n'est pas loin.

Il hocha la tête. — J'ai une sœur, et je ne la laisserais jamais se promener seule la nuit. Je suis surpris qu'Hudson ne t'accompagne pas.

— Il le fait habituellement. Ou l'un des autres gars. On veille les uns sur les autres.

— Hudson semble être un type bien.

— Il l'est. Vous vous connaissez ?

Gavin secoua la tête et leva les épaules pour cacher son cou dans son manteau. — Je venais ici en grandissant, mais ça fait un moment que je ne suis pas venu. Je me souviens d'Hudson, mais nous n'étions pas amis. Il a quelques années de plus que moi. Il était toujours ce gars que je trouvais vraiment cool et avec qui je voulais être ami.

— Vraiment ? demandai-je en riant.

Gavin hocha la tête. — J'enviais sa confiance apparente. Comme s'il se fichait complètement qu'on l'aime ou non, mais tout le monde l'aimait. En plus, il a toujours semblé être vraiment gentil.

— Il l'est. C'est un gars vraiment bien.

Gavin hocha de nouveau la tête. Il resta silencieux pendant quelques instants, presque assez longtemps pour arriver à mon appartement. — Alors, vous êtes ensemble ?

— Moi et Hudson ? Euh, non. Il est comme mon frère.

— Il n'y a jamais rien eu de plus entre vous deux ?

— Écoute, Gavin, je suis épuisée, et je gèle à cause de la bière renversée sur moi plus tôt, et j'ai dû repousser plus d'une poignée d'hommes ce soir. Je n'ai vraiment pas envie de partager tout mon historique amoureux avec toi maintenant.

— Je suis désolé. Je n'essayais vraiment pas de te faire raconter ton histoire. Je faisais juste la conversation, et Hudson est la seule chose que je sais que nous avons en commun. Depuis combien de temps travailles-tu chez O'Kelley's ?

— Un peu plus de trois ans.

— Wow. C'est long. Tu dois aimer y être.

J'acquiesçai et souris. — C'est vrai. Le meilleur job que j'ai jamais eu.

— Mais tu n'es pas d'ici.

Je secouai la tête. — Non. Je ne le suis pas. Mais je suis d'ici, dis-je en montrant mon immeuble. C'était un bâtiment plus ancien et petit du côté éloigné de Catherine Park. L'emplacement était incroyable, le prix était correct, et je n'avais pas besoin de nouveau et fancy. J'avais déjà fait ça et je l'avais détesté. Une rénovation était définitivement plus à mon goût maintenant.

— C'est sympa. Super emplacement. Le vieux L'anse MacKellar.

— Ouais. Vieux signifie bon marché, mais ça me plaît.

— En fait, je voulais dire vieux comme Auberge L'anse MacKellar. J'adore l'auberge. Je ne critique pas ton logement, dit Gavin.

Je levai les yeux vers lui, voulant ne pas lui faire confiance, mais il n'y avait pas une trace de tromperie dans son regard. Cela dit, tout comme le tape-à-l'œil n'était pas mon truc, détecter les menteurs n'était pas mon fort. — Eh bien, merci. J'adore être ici. Merci de m'avoir raccompagnée.

— Est-ce que je peux te revoir ?

Je déverrouillai ma porte d'entrée et me retournai vers lui. — Tu sais où j'habite et où je travaille. J'ai le sentiment que je ne pourrai pas t'en empêcher.

Il rit doucement. — Bonne nuit, Piper.

— Bonne nuit, Gavin.

Il fit un pas en arrière alors que j'entrais et laissai la lourde porte se refermer derrière moi.

— Qui est Gavin ?

Je criai et sursautai, me retournant pour voir ma colocataire et meilleure amie, Sofia, qui m'observait avec un sourire narquois. Les bras de Sofia étaient croisés sur sa robe de chambre duveteuse et un sourcil était levé en signe d'interrogation. Elle et moi nous sommes rencontrées peu après mon arrivée à L'anse MacKellar et sommes devenues instantanément meilleures amies. Elle était mon opposée à bien des égards, mais nous étions suffisamment semblables pour nous entendre comme des meilleures amies devraient. Nous ne nous disputions jamais pour les hommes, les emplois ou les vêtements. Et mieux encore, nous portions la même taille de vêtements et de chaussures. Notre amitié était un coup du destin.

Je gémis et secouai la tête. — Le neveu de Gina Holbrook, lui dis-je, en menant le chemin à travers le rez-de-chaussée jusqu'à notre appartement à l'arrière. Assez près de la porte pour que nous puissions entrer et sortir sans parler aux autres résidents, mais suffisamment loin pour que personne ne tombe accidentellement sur notre unité.

— Pourquoi était-il devant notre immeuble ?

— Il m'a raccompagnée.

Le sourcil qui s'était abaissé pendant que nous parlions se releva aussitôt. Sofia se balança sur ses talons et inclina la tête en signe d'interrogation. — Il t'a raccompagnée ?

— Il connaît Hudson ou quelque chose comme ça et il a convaincu Hudson de le laisser me raccompagner. Je haussai les épaules même si je savais que c'était bizarre comme l'enfer.

— Entrons et tu pourras tout me raconter sur lui.

Je roulai des yeux. — Il n'y a rien à raconter. Il m'a raccompagnée, m'a demandé s'il se passait quelque chose entre moi et Hudson, et je lui ai dit que je n'étais pas intéressée.

— Pourquoi lui aurais-tu dit que tu n'es pas intéressée ?

— Parce qu'il vit ici. Il reste chez sa tante, je suppose. Tu sais ce que je pense des locaux.

— Oui, et je ne le comprends pas.

— Pourquoi étais-tu à la porte ? lui demandai-je alors que nous entrions dans notre appartement.

Elle évita mon regard et regarda le sol. — J'étais juste...

— En train de m'attendre encore une fois ? demandai-je.

Elle haussa les épaules. — Je m'inquiète pour toi.

Je souris. — Je t'aime, Sofia. Et merci. J'aurais dû t'envoyer un message quand je partais.

— Oui, tu aurais dû.

Sofia ne s'habituait jamais à mes nuits tardives ou à mon horaire bizarre. Elle travaillait à l'entretien de notre immeuble et à temps partiel au nettoyage de l'école primaire le soir, mais ses heures étaient tout de même assez régulières. Comme son emploi du temps était si normal, elle n'aimait pas que je sorte tard toute seule et était un peu surprotectrice envers moi. Mais c'était uniquement parce qu'elle était géniale.

— Je ferai mieux. Gavin m'a juste déstabilisée. Je suis vraiment désolée, Sof.

— Ce n'est pas grave. Je sais que tu essaies. Je suis juste paranoïaque.

— Tu n'es pas paranoïaque. Tu es prudente.

Elle ricana. — C'est pratiquement l'endroit le plus sûr sur Terre. Il ne t'est jamais rien arrivé.

— Je sais, mais ce n'est pas une mauvaise chose d'être prudente. Je suis trop détendue la moitié du temps. Tu le sais.

— On s'équilibre l'une l'autre, dit Sofia avec un sourire.

Je l'étreignis. — Oui, c'est vrai. Qu'as-tu fait ce soir pendant que j'étais au travail ?

— Pas grand-chose. J'ai réparé le broyeur d'ordures dans l'appartement de Mme Taylor et nettoyé l'unité sept pour que les peintres puissent commencer dès lundi matin. Et j'ai flirté avec ce gars sur À la Recherche du Héros Littéraire Parfait et lu le livre pour le club de lecture de dimanche.

Je secouai la tête. — Tu sais que la plupart d'entre eux ne lisent pas le livre, n'est-ce pas ?

Sofia haussa les épaules. — Ouais, mais j'aime lire. Et c'est quelque chose à faire.

— Tu aurais dû venir chez O'Kelley's ce soir. C'était dingue. Tu te serais amusée.

Sofia secoua la tête. — Ce n'est pas vraiment mon truc. Je ne suis pas comme toi. J'ai du mal à parler aux gens. À apprendre à les connaître.

— Tu as dit que tu flirtais avec quelqu'un sur À la Recherche du Héros Littéraire Parfait.

— C'est totalement différent. Je peux réfléchir à ce que je veux dire et je n'ai pas à le regarder. Je suis à la maison. La pression n'existe pas. Si je n'ai pas une bonne réplique, je peux y réfléchir une minute. C'est tellement plus facile.

— Tu te sous-estimes, Sofia. Tu es drôle, intelligente et incroyable.

Elle sourit. — Et tu es ma meilleure amie. Tu me connais bien, donc je peux être moi-même avec toi.

— Ce qui signifie que tu devrais m'écouter quand je te dis à quel point tu es géniale.

Elle rit. — D'accord, très bien. Je suis incroyable. Mais je n'aime toujours pas les situations sociales.

Je souris. — Je comprends. Je veux juste que tu rencontres quelqu'un qui soit aussi incroyable que toi. Tu mérites d'être heureuse.

— Toi aussi, dit-elle d'un ton significatif.

Je souris. — Ouais, eh bien, on n'obtient pas toujours ce qu'on mérite. Mon ex en est la preuve.

Le sourire de Sofia s'effaça. — Il va mourir seul d'une horrible maladie qui fera tomber son truc.

Je pouffai. — On ne peut qu'espérer. Je regardai l'horloge. — Tu as besoin de dormir. Tu vas être épuisée demain à cause de moi.

Elle bâilla et s'étira comme si elle venait de réaliser l'heure tardive. — Tu as raison. Tu vas bientôt te coucher ?

J'acquiesçai. — Oui, je suis exténuée. Quelqu'un a renversé de la bière sur moi alors j'ai besoin d'une douche, mais je serai rapide.

— Prends ton temps. Une fois que je serai endormie, je n'entendrai rien. Bonne nuit.

— Bonne nuit. À demain.

Sofia fit un signe de la main en tournant au coin vers sa chambre. Je traversai l'appartement et m'assurai que la porte était verrouillée et que le café était prêt pour le matin afin que Sofia n'ait pas à y penser. J'éteignis toutes les lumières et allai dans ma salle de bain.

Notre appartement n'était pas immense, mais c'était le plus grand de l'immeuble. Au-dessus de nous, il n'y avait que huit unités, quatre à chaque étage. Les unités à l'avant étaient des studios et à l'arrière des deux pièces comme le nôtre, mais plus petits avec une seule salle de bain. Notre appartement était à l'origine deux unités séparées, mais elles avaient été combinées bien avant notre arrivée pour créer un logement plus spacieux pour les propriétaires de l'immeuble.

Avec le temps, les propriétaires ont déménagé et l'unité est devenue un endroit pour le gérant de l'immeuble. Autant que tout le monde le sache, c'était toujours le cas. Les seules personnes qui savaient que j'étais la propriétaire de l'immeuble étaient Sofia et l'avocat qui avait géré l'achat pour moi, mais il s'en fichait parce qu'il vivait à une heure de là.

J'aimais ma vie tranquille à L'anse MacKellar. J'aimais n'être connue que comme la femme qui servait des boissons au bar. Si tout le monde savait que je possédais l'immeuble, les choses changeraient, et je n'étais pas là pour changer les choses. J'étais là parce que mon ancienne vie ne me convenait plus. Les tailleurs et les talons hauts, les fêtes chics et les gens faux, les transactions de plusieurs millions de dollars... j'étais bien plus heureuse à servir des consommations à cinq et dix dollars que je ne l'avais jamais été dans mon ancienne vie. Et personne d'autre n'avait besoin de savoir quoi que ce soit.

2

GAVIN

J'ai grogné et je me suis étiré avant de sortir du lit. Le sol était froid, comme le reste de l'auberge. J'ai frissonné en me précipitant vers la salle de bain, puis j'ai couru de nouveau vers le lit.

Putain de merde. Tout ce fichu endroit avait besoin d'une mise à niveau du chauffage. Un plancher chauffant serait une belle amélioration, mais ce n'était probablement pas dans le budget. Il y avait tellement à faire pour moderniser l'auberge. Plus que ce à quoi Tante Gina était vraiment préparée, je pense.

J'ai attendu que cette pitoyable excuse de chauffage se mette en marche, puis j'ai bondi hors du lit à nouveau. J'ai enfilé un pantalon de survêtement et un t-shirt, puis ajouté un sweat-shirt et des chaussettes. Des épaisses. Le genre que je portais quand j'emmenais ma nièce et mon neveu faire de la luge. Il ne devrait pas faire aussi froid à l'intérieur.

L'odeur de quelque chose d'incroyable m'a frappé dès que j'ai ouvert la porte. Tante Gina était une cuisinière extraordinaire. C'était la raison pour laquelle l'auberge était pleine la plupart du temps. Ce n'était certainement pas parce que l'endroit était spectaculaire. Auberge L'anse MacKellar correspondait à la ville dont elle faisait partie. Un peu délabrée, ayant besoin d'une nouvelle couche de peinture, d'un peu plus d'amour et d'attention, et peut-être d'un boulet de démolition.

Mais je n'allais pas dire ça à ma tante.

Tout comme je n'allais pas dire à Piper que je pensais que son bâtiment avait connu des jours meilleurs.

La pensée de Piper m'a réchauffé pendant que je descendais à la cuisine. Elle était magnifique, et sa façon de gérer les clients était impressionnante. Peu de femmes pouvaient se déplacer comme elle le faisait, évitant de se faire pincer les fesses et contournant les ivrognes sans se soucier de l'endroit où elle se trouvait.

Elle avait définitivement attiré mon attention, mais je n'étais clairement pas le seul à la regarder. Et elle ne semblait pas très intéressée, ce qui était plus que légèrement décevant.

Ce serait un mois long et froid à la lisière du pôle Nord.

— Tu as faim ? a demandé Tante Gina quand je suis entré dans la salle à manger. Elle avait préparé une quantité de nourriture qui aurait facilement pu servir trois fois plus de personnes qu'il n'y en avait là. Mais c'était Tante Gina. Elle cuisinait toujours trop et insistait que c'était très bien.

— Je meurs de faim. Merci. Tout ça a l'air délicieux, lui ai-je dit.

— Bien. Assieds-toi et commence à manger. Tu es rentré tard hier soir.

J'ai hoché la tête. — Je suis allé chez O'Kelley's.

— Le bar d'Hudson Grant ?

J'ai acquiescé en ajoutant des saucisses dans mon assiette.

— C'est un homme bien. Dommage pour sa femme, cependant.

— Qu'est-il arrivé à sa femme ?

— Elle est morte il y a des années. Le pauvre homme est seul. Et il est si beau. Il devrait fréquenter quelqu'un d'autre.

— Tu n'as jamais refréquenté personne après la mort d'Oncle Rob, ai-je dit.

Elle a agité le torchon dans ma direction. — Oh, je suis une vieille dame. Je n'ai pas besoin de sortir avec quelqu'un. Hudson est jeune. Il ne devrait pas être seul.

— Certaines personnes aiment être seules.

Elle a grommelé et est retournée à la cuisine.

J'ai ajouté des œufs à mon assiette tout en croquant un morceau de bacon. Les petits pancakes étaient croustillants à l'extérieur et moelleux à l'intérieur. Toute cette nourriture était si bonne. Je ne cuisinais jamais pour moi-même comme le faisait Tante Gina. La plupart de mes repas étaient à emporter sur le chemin du retour du bureau à la fin de la journée. Pas très sain, mais pas la pire nourriture non plus.

— As-tu eu des nouvelles de Zoey ? a demandé Tante Gina quand elle est revenue dans la salle à manger.

J'ai secoué la tête. Le divorce de ma sœur avait été finalisé le mois précédent. Son ex voulait passer Thanksgiving avec les enfants, ce qui signifiait que Zoey restait à Pittsburgh pour être près d'eux. Son ex n'était pas très fiable quand il s'agissait de passer du temps avec les enfants, alors Zoey ne s'éloignait jamais beaucoup.

— J'espère qu'elle viendra pour Noël. Elle a besoin d'un peu du bon vieux charme de L'anse MacKellar pour sortir de sa phase de déprime.

J'ai ricané. — Ce n'est pas vraiment une déprime, Tante Gina. Son mari est un bourreau de travail qui s'intéresse plus à son entreprise qu'à sa famille. C'était un coup dur pour sa confiance en elle, et ça l'a blessée.

— C'est elle qui a demandé le divorce, a dit Tante Gina.

— Oui, mais elle ne pensait pas qu'il accepterait si facilement. Zoey et moi avons quatre ans d'écart mais avons toujours été proches. En tant qu'adultes, nous l'étions toujours, si proches que je passais plus de temps avec ses enfants que son ex-mari. Je n'étais chez Tante Gina que depuis quelques jours et ces petits monstres me manquaient déjà.

— Eh bien, cela montre juste qu'elle est mieux sans lui. Elle est une autre qui ne devrait pas être seule. Peut-être qu'elle devrait déménager ici et rencontrer Hudson.

— Ne commence pas à jouer les entremetteuses, Tante Gina, l'ai-je avertie. — C'est le moyen le plus sûr de faire en sorte que Zoey reste à Pittsburgh pour Noël.

Tante Gina a marmonné quelque chose que je n'ai pas pu entendre. La porte arrière s'est ouverte, laissant entrer le vent glacial dans toute la maison.

— Putain de merde, ai-je grogné en remontant ma capuche. — Nous devons faire quelque chose pour le chauffage ici.

— Je lui dis ça depuis des années, a dit Sebastian en entrant avec une charge de bois de chauffage. — Bonjour, Gina.

— Bonjour, Sebastian, a dit Tante Gina avec un large sourire. Elle s'est approchée de lui et a pris son visage entre ses mains. — Oh, tu es si froid. Comment va le phare ce matin ?

— Bien jusqu'à présent. Comment vas-tu ?

— Bien. Je parlais justement à Gavin de la venue de Zoey pour Noël. Que penses-tu de Zoey et Hudson ?

Sebastian a reculé comme si Tante Gina l'avait giflé. Ses joues ont rougi sous sa barbe fournie et il a secoué la tête.

— Je suis sûr que je n'ai aucune idée de ce que Zoey aime chez un homme. Ou quoi que ce soit d'autre, a dit Sebastian.

J'ai eu de la compassion pour le gars. Sebastian gérait le phare juste au large de la côte près de l'auberge. Il avait grandi à L'anse MacKellar et y avait vécu toute sa vie, pour autant que je sache. Une nuit, alors que nous buvions, Zoey m'avait dit qu'elle et Sebastian avaient eu une histoire. Elle avait déjà dit oui pour épouser Trevor quand elle m'a parlé de Sebastian. Qu'elle pensait qu'elle allait l'épouser. Mais Trevor l'avait balayée de ses pieds et elle l'avait choisi.

Ce dont nous n'avons jamais parlé après cette nuit-là, c'est qu'elle n'était pas sûre de faire le bon choix. Le lendemain, elle a agi comme si sa relation avec Sebastian n'avait jamais existé. Elle a épousé Trevor et construit une vie avec lui. Une vie à laquelle il n'a jamais participé.

Zoey a été seule pendant la majeure partie de son mariage, ce qui explique en partie pourquoi je passais tant de temps avec elle. Elle aimait ses enfants, mais avec le temps, elle a commencé à ressentir du ressentiment envers son mari. Lui demander le divorce était son plan pour le réveiller et lui faire réaliser ce qu'il manquait. Ça n'a pas marché.

Je me demandais comment aurait été la vie de Zoey si elle était revenue à L'anse MacKellar et avait épousé Sebastian au lieu de se laisser éblouir par Trevor. Ça aurait été différent, mais je n'étais pas sûr que ça aurait été mieux. Je ne connaissais pas bien Sebastian quand nous étions plus jeunes, mais de ce que je pouvais voir, il n'était pas le gars le plus chaleureux. Zoey n'avait pas besoin d'un autre gars comme ça.

— Assieds-toi et mange, a dit Tante Gina, qui préparait déjà une assiette pour Sebastian. Ils avaient une amitié facile qui montrait qu'ils avaient été proches au fil des ans.

Une partie de moi se sentait coupable de ne pas avoir été plus présent depuis la fin du lycée. L'université n'était pas du tout ce à quoi je m'attendais et quand j'ai terminé, je me suis immédiatement lancé dans le développement de l'entreprise que j'avais créée avec mon colocataire d'université. Être là pour aider Tante Gina était le plus long moment où j'avais été loin du travail depuis plus d'une décennie.

Sebastian s'est servi de la nourriture sur la table et l'a

engloutie pendant que Tante Gina parlait. Elle avait des projets pour l'auberge pour la période des fêtes. De grands projets d'après ce que je pouvais comprendre.

— Comment vas-tu faire tout ça, Tante Gina ? Et pourquoi ? lui ai-je demandé.

— Oh, psh. C'est facile. Et tout le monde à L'anse MacKellar fait quelque chose. Chaque jour de la saison, il y a un événement. J'organise simplement la décoration de biscuits. Et c'est facile parce que tout ce que j'ai à faire, c'est d'avoir des biscuits prêts à être décorés par les gens.

— Quand est-ce que cela se passe ?

— Dans deux semaines. Deux semaines avant Noël.

J'ai grogné. — Je pensais que j'étais ici pour t'aider à préparer l'auberge pour la vente. Nous avons du travail à faire.

Sebastian a haussé les sourcils. — C'est ce que tu lui as dit.

— Oh, tais-toi, a dit Tante Gina. Elle a lissé sa main sur le tablier blanc à volants qu'elle portait et a évité mon regard.

— Qu'est-ce qui se passe ? ai-je demandé, regardant entre les deux.

Sebastian a lancé à Tante Gina un regard significatif qui disait qu'il ne la laisserait pas s'en tirer avec ce qu'elle essayait de faire.

— Dis-moi, ai-je exigé.

— Oh, très bien. Je voulais que tu sois ici pour que tu prennes en charge l'auberge pour moi. Je suis prête à prendre ma retraite, et c'est clair que je devrais le faire. Je pensais que Zoey et toi seriez déjà revenus ici et commenceriez à prendre en charge davantage, mais je ne peux pas attendre que vous deux décidiez que vous voulez être ici. J'ai besoin que tu commences à gérer les choses. C'est mon dernier Noël ici, a annoncé Tante Gina.

— Je... quoi... Tu es folle ? ai-je demandé.

Tante Gina a levé les yeux au ciel et Sebastian a ricané.

— Tante Gina, Zoey et moi avons des vies à Pittsburgh. Nous vivons là-bas. Nous ne déménageons pas ici. Je veux dire, c'est la première fois que je reviens ici depuis des années. Pourquoi penserais-tu que je voulais prendre la relève ? Que l'un de nous le voulait ?

— Je te l'avais dit, a marmonné Sebastian.

Elle a lancé un regard furieux à Sebastian, et il s'est penché en arrière avec un sourire. Il appréciait le spectacle. Je m'attendais à moitié à ce qu'il se renverse dans sa chaise et pose ses bottes sur la table pour regarder.

— Quand vous veniez ici l'été, vous adoriez ça. Vous vous amusiez tellement. Vous étiez les seuls enfants que je connaissais qui aimaient faire les lits, nettoyer l'auberge et faire la lessive. Vous étiez faits pour gérer cet endroit. Vous me l'avez même dit un été que vous le vouliez. Tous les deux. Vous avez dit qu'après avoir terminé l'école, vous vouliez revenir ici et travailler avec moi pour toujours.

— Nous étions des enfants, Tante Gina. J'avais beaucoup de projets quand j'étais jeune, mais... les choses changent.

Sebastian a grogné en signe d'accord.

— Je sais que les plans changent, mais je pense toujours que tu devrais rester ici. Donne-lui une chance.

— Tante Gina, non. Je ne vais pas te faire espérer en te disant que je vais y réfléchir. Je vais t'aider à remettre l'endroit en état. Je ferai tous les travaux que je peux faire. Je mettrai à jour ton site Web et écrirai d'excellents textes publicitaires pour toi, mais quand tout sera terminé, je retournerai à Pittsburgh.

Tante Gina a soupiré et secoué la tête. — J'aurais aimé que tu reconsidères la question.

J'ai forcé un sourire. — J'aime cet endroit, Tante Gina. Je ne vais pas te dire le contraire. Mais je l'aime parce que tu es ici. Je ne veux pas vivre à L'anse MacKellar. Je suis venu maintenant parce que l'auberge est calme pendant l'hiver et que nous pouvons faire le travail qui doit être terminé.

— Tu ne lui as même pas parlé des clients ? a demandé Sebastian. Il a ricané et secoué la tête. Il a passé sa main dans ses cheveux châtain clair et a enfoncé son chapeau sur sa tête. — Je retourne dehors. Il fait plus chaud là-bas que ce qu'il va faire ici.

Sebastian a attrapé quelques tranches de bacon et a laissé Tante Gina et moi face à face.

— Tante Gina ?

Elle s'est levée de table et a commencé à porter les assiettes à la cuisine. Elle a raclé les restes de nourriture dans des contenants et les a mis au réfrigérateur.

J'étais patient. Et j'avais besoin de réponses.

Quand elle a fini de ranger la nourriture, elle s'est finalement tournée vers moi. — J'ai des clients qui viennent.

— Qui ?

— Ce sont des habitués. Ils viennent chaque année à cette période.

— Combien ?

Elle a détourné son regard sombre et haussé les épaules.

— Ne me fais pas ça. Combien, Tante Gina ?

— L'auberge sera pleine. À partir de ce soir jusqu'à la première semaine de janvier.

J'ai grogné. — Et tu me le dis seulement maintenant ?

— Eh bien, je pensais que ce serait une bonne chose que l'auberge soit réservée. Que nous ayons des clients. Cela signifie non seulement que l'argent rentre, mais aussi que tu peux voir à quel point cet endroit est incroyable.

— Tante Gina, je sais à quel point cet endroit est incroyable. Mais cela ne signifie pas que je veux y vivre.

Elle a soupiré et s'est affairée à l'évier. — D'accord, je comprends. Je ne t'embêterai plus avec ça. Peut-être que Zoey sera plus intéressée par l'histoire de sa famille que toi.

J'ai grogné intérieurement. La seule chose meilleure que la cuisine de Tante Gina, c'était sa capacité à faire culpabiliser les gens. Et ma sœur était du genre à tomber facilement dans le piège. Il n'y avait aucune chance au monde qu'elle puisse dire non à Tante Gina si celle-ci commençait à la faire culpabiliser.

— J'appellerai Zoey. Je dois de toute façon prendre de ses nouvelles. Je te ferai savoir ce qu'elle dit.

— Ça me semble bien, Gavin. Merci, mon chéri. Nous parlerons bientôt.

Elle me congédiait. Elle avait quelque chose en tête. Il n'y avait aucune chance que Tante Gina abandonne sans se battre.

Je suis retourné dans la chambre où je séjournais et j'ai appelé ma sœur. Je savais que plus vite je la contacterais, mieux ce serait, car Tante Gina allait probablement l'appeler de toute façon.

— Salut, a-t-elle répondu, la voix un peu enrouée, mais comme si elle ne voulait pas que je le sache.

— Qu'est-ce qui s'est passé ?

— Rien, a-t-elle dit, trop rapidement.

— Dis-moi ou je reviens là-bas.

Elle a ri. — Tu es à des heures de route. Je serai remise avant que tu n'arrives ici.

— Alors j'enverrai Chad te voir. Chad était mon associé et ami. Il avait passé plus que quelques fêtes avec nous, et il connaissait bien Zoey. Il était comme un autre frère pour elle, une deuxième épine dans le pied, disait-elle souvent.

— Ne dérange pas Chad. Je suis sûre qu'il est occupé. Et ce n'est rien. Je savais que ça arriverait alors je ne devrais pas être contrariée.

— Trevor ramène les enfants plus tôt ?

— Oh, non, ils sont déjà là. Il les a ramenés à la maison ce matin de bonne heure en allant au travail.

— Tu es sérieuse ?

— Oui.

— Ils vont bien ?

Elle a grogné. — Pas vraiment. Ils pensaient qu'ils allaient passer du temps avec lui, alors ils pleuraient quand ils sont arrivés ici. Il les a pratiquement poussés à l'intérieur et s'est enfui.

— Quel connard.

— C'est la façon gentille de le dire.

— Oui, oui c'est vrai.

Elle a ri doucement. — Quoi qu'il en soit, j'ai dû les soudoyer avec du temps de câlin supplémentaire, un film et un dîner au restaurant ce soir pour les calmer.

— S'il t'avait dit qu'il n'allait pas les voir, tu aurais pu venir ici avec moi. Nous aurions pu passer Thanksgiving ensemble.

— Je le lui ai dit. Il s'en fiche.

— Il a intérêt à ne pas essayer de gâcher Noël.

Elle a ricané. — Il ne le fera pas. Il faudrait qu'il s'en soucie vraiment. Seras-tu rentré d'ici là ?

— Euh, non. Figure-toi que Tante Gina est prête à prendre sa retraite et veut que nous prenions en charge l'auberge.

— Oh, non, a-t-elle soufflé.

J'ai ri. — Oh, non ? C'est tout ce que tu as à dire ? C'est une vieille femme folle.

— J'ai toujours pensé qu'elle plaisantait à ce sujet. Elle a dit quelque chose quand nous étions plus jeunes, mais je pensais qu'elle blaguait. Mon Dieu, nous en avons parlé il y a une éternité. Je n'ai jamais pensé que ce serait quelque chose qu'elle aurait encore en tête. Nous n'y sommes pas allés depuis une éternité.

— Oui, je lui ai dit ça aussi. Je lui ai dit que je n'étais pas intéressé, et elle a dit qu'elle te le demanderait.

— Je ne peux pas.

— Je sais, lui ai-je dit. Elle savait que je comprenais sa réticence.

— Je ne peux juste pas... pourquoi pense-t-elle que nous voulons toujours reprendre l'auberge ?

J'ai haussé les épaules. — Elle voit Auberge L'anse MacKellar comme son héritage. Elle veut laisser quelque chose derrière elle, je suppose. Si elle avait dit quelque chose il y a des années, j'aurais peut-être envisagé de le faire, mais je ne peux pas abandonner HQA. Pas après tout ce que Chad et moi y avons investi.

— Je ne peux pas partir non plus. Je ne peux tout simplement pas. Pas après tout ce temps.

J'ai acquiescé silencieusement. — Il est célibataire, tu sais.

Elle a inspiré brusquement. — Je... Il mérite mieux que moi. Il l'a toujours mérité. Et je mérite ce que j'ai eu.

— Non, ce n'est pas vrai. Trevor est un con. Les seules bonnes choses qu'il ait faites sont Alexis et Cameron.

Je pouvais entendre le sourire dans sa voix quand elle a soufflé : — Oui.

— Tu ne peux pas prendre une décision concernant ta vie en fonction de quelqu'un d'autre.

Elle a ri avec dédain. — Je ne peux pas penser à L'anse MacKellar sans penser à Sebastian. Chaque centimètre de cet endroit me rappellerait lui. Même s'il n'y était plus, je ne pourrais pas y retourner. Mais sachant qu'il est là... je ne pourrais pas y vivre. En plus, toi tu ne restes pas et j'ai besoin de toi dans ma vie.

— Eh bien, ça me fait plaisir, mais je ne veux pas que tu prennes des décisions basées sur moi non plus. Je veux que tu sois heureuse. Tu as été malheureuse pendant trop long-temps, Zo.

— Je suis plus heureuse maintenant que je ne l'ai été depuis un moment.

— Bien. Donc, Tante Gina a encore une demande.

— Quoi ? a-t-elle demandé avec hésitation.

— Elle veut que toi et les enfants veniez ici pour Noël.

Elle a soupiré profondément. — Je ne sais pas, Gav. Je pense vraiment que—

— Ne pense pas. Je vais rester ici au moins jusqu'à mi-janvier, peut-être plus longtemps maintenant. Tante Gina a dit que c'est son dernier Noël ici, et je vais faire tout ce que je dois faire pour l'aider à en avoir un merveilleux.

— Tu es un homme bien.

— J'ai appris des meilleurs. Peut-être que nous pouvons convaincre maman et papa de venir ici pour Noël aussi.

— Penses-tu que Tante Gina pourrait gérer tout ça ?

J'ai ricané. — À l'entendre parler, elle peut tout gérer. Elle a toutes les chambres de l'auberge réservées jusqu'à la première semaine de janvier.

— Sérieusement ?

— Oui. J'espère avoir la moitié de son énergie quand j'aurai son âge.

— Bon sang, j'aimerais avoir la moitié de son énergie maintenant. Et un peu de son cran, aussi.

J'ai ri. — Tu en as beaucoup. Tu choisis simplement quand le sortir.

— Je suis contente que quelqu'un le pense.

Alexis a dit quelque chose en arrière-plan.

— Hé, je dois y aller. Dis à Tante Gina que j'y réfléchirai. À tout cela. Nous parlerons bientôt.

— D'accord. Je t'aime, frangine. Fais des bisous aux marmots.

— Je t'aime aussi.

Nous avons raccroché et j'ai secoué la tête. J'aurais vraiment aimé frapper son ex. Juste une fois. Peut-être deux.

3

PIPER

Le samedi après Thanksgiving était l'un de mes jours préférés de l'année. Partout dans le pays, les gens célébraient les petites entreprises qu'ils aimaient. Mais moi ? Je faisais ça tous les jours parce que vivre dans une petite ville signifiait que les petites entreprises étaient tout ce que nous avions. Aucun grand magasin ni hypermarché n'existait à moins d'une heure de route. Et après n'avoir fait mes achats que dans des endroits de ce genre dans ma vie antérieure, c'était agréable de savoir que j'aidais les petites entreprises au quotidien.

Mais puisque je vivais à L'anse MacKellar, et que nous faisions les choses différemment, nous célébrions quand même le Samedi des Petites Entreprises. Nous le faisions simplement avec une fête au parc Catherine. Une fête pour que tous les habitants de la ville viennent se saluer et commencent leurs achats de Noël.

Hudson installait toujours un stand de chocolat chaud pour l'événement. Nous offrions des tasses de chocolat chaud à tous ceux qui passaient, les accueillant à l'événement et les aidant à trouver ce qu'ils cherchaient. Cette année, nous étions à côté du stand de Cracked où Blake distribuait des muffins.

— J'adore cette ville, dit Blake avec un large sourire. Ses joues étaient rouges à cause du froid. Elle se frottait les mains.

— Moi aussi. Je n'imagine pas ce que ça a dû être d'y grandir, dis-je.

— C'était parfois étouffant. Quand on est enfant, on veut toujours ce qu'on n'a pas. J'ai parfois pensé que partir était la solution, mais maintenant, je ne peux pas imaginer vivre ailleurs.

— Moi non plus, admis-je honnêtement.

— Où vivais-tu avant de déménager ici ? Parce que je sais que tu n'es pas d'ici.

Je secouai la tête. — Non, je ne le suis pas. Je vivais en Pennsylvanie mais j'ai grandi dans le Massachusetts.

— Il n'y a pas de petites villes comme celle-ci dans ces deux États ?

Je secouai à nouveau la tête. — Pas là où je vivais. Je tendis une autre tasse de chocolat chaud et regardai le client suivant. Oh, mince.

— Salut, Piper. Comment vas-tu ?

— Euh, salut... Gavin. Je vais bien.

— Bien. C'est un événement intéressant. La ville fait ça chaque année ?

J'acquiesçai. — Oui. Les petites villes aiment organiser des choses pour rassembler les gens. Et c'est une excellente occasion de commencer ses achats. Si vous ne l'avez pas déjà fait.

— Savez-vous s'il y a des magasins de jouets dans le coin ?

— Just Playing a de très bonnes choses. Je, euh, je ne savais pas que vous aviez des enfants.

Gavin secoua la tête et sourit. — Ma nièce et mon neveu.

J'essaie de convaincre ma sœur de venir ici pour Noël. Elle hésite pour le moment.

— Oh, euh, cool. Eh bien, bonne chance.

Il hocha la tête. — Merci.

Je souris à la personne suivante dans la file et évitai de regarder Blake. Je pouvais sentir qu'elle me dévisageait, ce qui ne faisait qu'attiser davantage mes joues déjà brûlantes.

Quand la foule devant moi se calma enfin, Blake siffla : — C'était qui, ça ?

Je regardai la personne qui venait de passer et haussai les épaules. — Pas sûre. Peut-être le fils d'Irène ?

— Pas lui, gémit-elle. Gavin. Elle prononça son nom en traînant comme une enfant qui me taquinait dans la cour de récréation.

— Ce n'est personne, l'assurai-je.

— Alors pourquoi tes joues sont-elles rouges ?

— Hello, on est en hiver.

Elle pinça les lèvres et croisa les bras. — Tu mens. Et tes joues ne sont pas rouges à cause du froid. Elles sont rouges à cause de cette tension sexuelle entre vous deux.

— Tension entre qui ? demanda Ian, glissant un bras autour de la taille de Blake et la tirant contre lui. Entre nous ?

Blake l'embrassa et secoua la tête. — Oui, mais je parlais de Piper et Gavin. Tu connais Gavin ?

— Tu veux dire le neveu de Gina Holbrook ?

— C'est Gavin Holbrook ? haleta Blake. Elle me regarda pour confirmation.

— Euh, oui. Pourquoi ?

— Il est canon. Tu devrais totalement sortir avec lui.

Je secouai la tête. — Ça ne m'intéresse pas.

— Pourquoi pas ? Il est super mignon, il t'aime clairement bien, et tu l'aimes visiblement bien aussi. Comment le connais-tu ?

— Il est venu à O'Kelley's l'autre soir. Il m'a raccompagnée chez moi.

— Il t'a raccompagnée ? demanda Blake.

— Oui. Il vit à Pittsburgh et était bizarre à l'idée que je rentre seule à pied la nuit.

— Tu dois vraiment faire attention, même si c'est L'anse MacKellar, dit Ian.

J'acquiesçai. — Je sais. Et d'habitude j'appelle ou j'envoie un message à Sofia quand je pars pour qu'elle sache que je suis en route. La moitié du temps, Hudson me raccompagne.

— Mais Gavin l'a fait. Très gentil de sa part.

Je levai les yeux au ciel. — N'y pense même pas. Je ne cherche pas un homme.

— Moi non plus, je ne cherchais pas. L'amour n'attend pas que tu sois prête.

Je souris aux deux. Blake et Ian formaient un bon couple. Je savais qu'ils avaient eu leurs difficultés, surtout au début de leur relation, mais tout le monde n'était pas comme eux. Tout le monde n'était pas fait pour être en couple. J'avais appris ma leçon sur la confiance envers les hommes il y a des années. Je n'étais pas prête à la réapprendre. J'étais ouverte au plaisir ou à l'amitié, mais je n'étais pas intéressée par ce mot en S qui finit par une peine de cœur. Les sentiments n'étaient pas mon fort.

— Je ne suis pas sûre d'être jamais prête. Et je ne pense pas que ça importe. Moi et les relations, ça ne se mélange pas, leur dis-je.

Ian secoua la tête. — J'étais comme toi, mais j'attendais juste que Blake me remarque. Tu trouveras quelqu'un.

Je lui souris et hochai la tête. C'était tout ce que je pouvais faire. Les gens supposaient que je disais ne pas être intéressée par une relation uniquement parce que je n'en avais pas. Je connaissais beaucoup de gens comme ça, qui prétendaient se concentrer sur eux-mêmes ou leur travail ou autre chose alors qu'en réalité, ils espéraient que quelqu'un vienne les balayer de leurs pieds. Si ça marchait pour eux, j'étais tout à fait pour. Mais ce n'était pas ce que je faisais. J'en avais fini avec les relations. Trouver mon petit ami qui vivait avec moi la bouche d'une collègue autour de son sexe avait changé mon avis sur l'idée de faire confiance à quelqu'un, ou de vouloir que quelqu'un ait autant de pouvoir sur mes émotions.

La bonne chose était que ça ne m'avait pas fait si mal. Je savais que je méritais mieux, et je m'en suis allée sans regarder en arrière. Loin de l'appartement, du travail où nous étions tous les deux, et du petit ami. J'ai emballé mes affaires et conduit vers le nord jusqu'à ce que je me retrouve à L'anse MacKellar. C'était la meilleure chose qui me soit jamais arrivée. Mais l'idée de devoir tout reprendre à zéro garantissait que je ne risquerais plus jamais d'être aussi vulnérable.

Peu importe à quel point le gars était mignon.

— C'était une excellente suggestion, dit Gavin, nous rejoignant à nouveau avec un large sourire et une étincelle dans son foutu regard. Pourquoi devait-il être si séduisant ?

— Quoi donc ? demanda Ian.

— Piper lui a dit où il pouvait acheter des jouets pour sa nièce et son neveu. Ian, as-tu rencontré Gavin Holbrook ?

— Ian Jameson, dit Gavin.

— Euh, je suppose que nous nous connaissons ? dit Ian.

Gavin secoua la tête. — Non, désolé. Je me sens parfois un peu impressionné. Je vous ai toujours admirés, souhaitant faire partie de votre groupe. Ça me semble tellement idiot maintenant d'avoir eu peur de vous approcher et de m'inviter à traîner avec vous.

Ian rit. — Le lycée est censé être le moment où tu te sens maladroit à propos de tout et où tu regardes en arrière en pensant que la seule chose maladroite était que tout le monde l'était. Mais bon, ravi de te rencontrer. Tu devrais venir traîner avec nous à O'Kelley's jeudi soir. Quelques-uns des gars avec qui j'ai grandi se retrouvent chaque semaine. Tu pourras t'extasier sur nous tous en même temps.

Gavin rit et acquiesça. Il se frotta la mâchoire. — Ça semble bien. J'essaierai de ne pas me ridiculiser.

— Alors, combien de temps restes-tu en ville ? demanda Ian.

Gavin haussa les épaules et soupira. — Je ne suis pas sûr. Je pensais quelques semaines, mais on dirait que ça pourrait être quelques mois à la place.

— Aïe. Il y a tant de travail à faire ? demanda Ian.

Gavin acquiesça. — Ouais, et nous ne pouvons pas commencer grand-chose avant la fin des fêtes. Tante Gina a l'auberge complètement réservée jusqu'en janvier. Elle a oublié de mentionner cette partie.

— Ça devrait être une bonne nouvelle, non ? demanda Ian.

— Ça devrait l'être, mais je ne comptais pas dessus. Je pensais pouvoir l'aider à réparer les choses qui en ont besoin maintenant, et quiconque achèterait l'endroit pourrait prendre des décisions sur les réparations majeures. Avec l'auberge réservée, nous allons devoir travailler autour des clients. Et en étant là-bas j'ai appris qu'il y a des choses qui ne peuvent pas attendre un autre propriétaire. Le chauffage dans cet endroit est presque inexistant, il a donc besoin d'une révision. Genre, hier.

— Si tu as besoin d'aide, fais-moi savoir. J'ai quelques semaines faciles, donc je suis heureux de donner un coup de main et de me salir les mains si tu as besoin d'une paire supplémentaire, dit Ian.

Gavin hocha la tête. — Merci. Je pourrais bien profiter de cette offre.

— Tu devrais. Et tu devrais venir à O'Kelley's jeudi. On

pourrait probablement convaincre quelques autres d'aider aussi.

— J'apprécie ça. Gavin se tourna vers moi. — C'était bon de te revoir, Piper.

— Toi aussi, dis-je avec un petit sourire.

Gavin fit un signe de la main et s'éloigna du parc. J'ai peut-être fixé son départ. Et j'ai peut-être maté ses fesses. Et j'ai définitivement été prise sur le fait.

— Ahem, dit Blake.

Mes joues brûlaient à nouveau. — Quoi ? Ce n'est pas parce que je ne suis pas intéressée que je ne peux pas apprécier le paysage.

Blake ricana. — Je peux certainement apprécier ça.

LE RESTE de l'événement s'est bien passé, et Hudson a envoyé un autre serveur pour me remplacer après quelques heures. J'ai passé la soirée à regarder des films de Noël avec Sofia sur le canapé et à décorer le petit sapin que nous avions mis dans notre salon.

Dimanche après-midi, Sofia m'a demandé si elle pouvait m'accompagner à la soirée entre filles.

— Bien sûr, lui ai-je dit. — Tu es la bienvenue quand tu veux. Tu le sais.

Elle haussa les épaules. — C'est juste que je ne les connais pas bien et je me sens bizarre.

— Oui, eh bien, la façon de mieux les connaître est d'y aller et de faire leur connaissance. Je ne les connais pas encore bien non plus.

— Mais tu leur as parlé beaucoup plus que moi. Je me demande toujours si elles me jugent silencieusement.

Je secouai la tête et pris ses mains. — Personne là-bas ne te juge. Ce sont de bonnes personnes. Elles m'intimident aussi, mais je n'ai jamais entendu aucune d'entre elles parler d'une autre dans leur dos. Pas méchamment. Elles s'inquiètent les unes pour les autres, mais elles ne sont pas cruelles.

Sofia prit une grande inspiration et hocha la tête. — Je vais me préparer.

Je regardai son pantalon de survêtement et son sweat oversize. — Tu n'as vraiment pas besoin de changer. Je prévoyais d'y aller comme ça. Je montrai mon legging et mon long pull rouge. J'entrais dans l'esprit de Noël et portais du rouge ou du vert tous les jours.

— Tu as l'air bien mieux que moi.

Je secouai la tête alors qu'elle tournait le dos. — Tu es toujours superbe.

Elle agita la main et ferma la porte de sa chambre. J'ai fini ma pizza maison et nettoyé les restes du dîner, puis je suis allée dans ma chambre pour me brosser les cheveux et les attacher en queue de cheval.

Le froid nous fit toutes les deux grimacer dès que nous sommes sorties, alors nous avons décidé de conduire jusqu'à Petits ami du Livre Illimité. Je me suis garée près de l'entrée du magasin et nous avons couru jusqu'à la porte et avons frappé.

Finley nous a laissées entrer et nous a toutes les deux prises dans ses bras avant de nous conduire là où les autres étaient assises et mangeaient déjà du gâteau au chocolat.

— Salut les filles, dit Blake. — Karissa a fait le gâteau double chocolat avec ganache au chocolat de sa mère. Je pense que je vais quitter Ian pour ce gâteau. Vous devriez en prendre avant que je dévore tout.

Karissa rit à l'évaluation de Blake mais nous tendit deux parts du gâteau avant que Blake puisse en prendre plus. — Elle me supplie de faire ça depuis des mois. C'était l'une des spécialités de ma mère. Elle adorait Noël.

— C'est vrai. Elle faisait les choses en grand. Je pense qu'elle achetait des cadeaux pour la moitié de la ville, dit Finley.

Karissa rit. — Je pense qu'elle le faisait. Elle était toujours la première à rendre aux gens et à faire sa part pour aider les autres.

— C'était une personne incroyable, dit Elise. — Hé, que pensez-vous de faire quelque chose comme ça ? Acheter des cadeaux pour les gens ou parrainer une famille ou quelque chose comme ça.

— Je pense que ça pourrait être très amusant, dit Laura. — Il y a certainement beaucoup de familles que je connais qui ont des difficultés cette année. Non seulement avec le cancer, mais pour garder le moral. Je pourrais demander au Dr Allison d'avoir une boîte de cadeaux pour que les gens puissent en choisir un quand ils viennent.

— C'est vraiment une bonne idée, dit Trinity. — Je pense que ce serait amusant.

— Hudson pourrait être prêt à faire quelque chose. Ou au moins aider à faire passer le mot. Quand vous avez fait cet événement l'été dernier à Oak Hill, il était totalement partant, dis-je.

— Je me demande si Gavin serait prêt à faire quelque chose. Peut-être organiser quelque chose à l'auberge, dit Blake avec un sourire narquois dans ma direction.

— Qui est Gavin ? demanda Finley.

— Gavin Holbrook, dit Blake avec un sourire. — Le nouveau petit ami de Piper.

— Il ne l'est pas, protestai-je.

— Pas encore, dit Blake. — Mais il l'aime bien.

— Il l'a raccompagnée chez elle l'autre soir, ajouta Sofia.

Je me tournai vers elle avec des yeux grands ouverts, choquée. — Ne les aide pas.

Sofia haussa les épaules et sourit. — Peut-être que j'essaie de t'aider, toi.

Je grognai, mais ça ne les arrêta pas.

— Est-ce qu'il est mignon ?

— Tu l'as embrassé ?

— Est-ce qu'il est bon au lit ?

— Elise ! s'exclama Melody.

— Quoi ? dit Elise. — Je veux savoir. Le sexe ne vaut pas la peine s'il est nul. Enfin, sucer c'est bien, mais pas être nul. Vous voyez ?

— Oh mon Dieu, tuez-moi maintenant, marmonnai-je. — Je ne l'ai ni embrassé ni couché avec lui, donc je n'ai aucune opinion sur l'un ou l'autre.

— Mais tu n'as rien dit sur à quel point il est mignon, dit Laura.

— Il est très mignon, dit Blake. — Il faisait du shopping hier pour sa nièce et son neveu. Un oncle très dévoué.

— Aww, chantèrent-elles toutes en chœur. — C'est tellement adorable.

— Et c'est bon à savoir qu'il est mignon, dit Elise.

Je secouai la tête et pris une autre bouchée de gâteau. Je mastiquai pendant qu'elles parlaient autour de moi.

— Est-ce qu'il vit ici maintenant ? demanda Laura.

— Non, dit Blake. — Il reste ici pour un petit moment pour aider Gina à remettre en état l'auberge. Il semble qu'il rentrera chez lui éventuellement. Ian lui a proposé de l'aider avec les réparations s'il en a besoin. Et l'a invité à la soirée entre mecs.

— Ooh, on aura certainement plus d'informations après ça, dit Trinity.

— Oui. Et on l'amènera dans notre cercle pour que Piper puisse faire sa connaissance, ajouta Blake.

— Je n'ai pas besoin de faire sa connaissance. Je ne suis pas intéressée par les rencontres, argumentai-je.

— On a toutes dit ça, dit Elise. — C'était des conneries pour chacune d'entre nous.

— Non, Piper ne sort avec personne, dit Sofia. — Ça ne la dérange pas de coucher avec un mec, mais elle ne sort pas avec eux.

— Eh bien, il n'est pas ici pour toujours, donc ça marche, dit Melody.

— Je ne cherche rien. Ni rendez-vous, ni coup d'un soir, ni même un nouvel ami. Pas lui, dis-je.

— Parce qu'il est mignon ? demanda Laura.

Je secouai la tête. — Parce qu'il est le genre de gars qui fait oublier aux femmes pourquoi elles ne sortent pas avec quelqu'un.

— Aw, c'est tellement adorable, dit Blake.

Finley secoua la tête. — Non, je ne pense pas qu'elle le dise dans ce sens. Je pense qu'elle veut dire qu'elle a été blessée et qu'elle n'est pas intéressée à emprunter à nouveau cette voie. Que s'est-il passé ?

Je secouai la tête, frustrée que Finley ait pu comprendre ça. — J'ai simplement retenu la leçon. Je ne fais pas confiance aux hommes pour être les personnes qu'ils prétendent être, donc c'est plus facile si je ne les laisse jamais assez proches pour essayer.

— Tu vas être célibataire pour toujours ? Tu n'as aucun intérêt à sortir avec quelqu'un ou à tomber amoureuse ou quoi que ce soit ? demanda Laura.

Je haussai les épaules. — Non. Je n'en ai pas. J'ai déjà fait ça, et ça s'est terminé en catastrophe. Avant de vivre ici, j'étais une personne différente, et je ne suis pas intéressée à être cette personne à nouveau.

— Wow. Je ne peux pas imaginer ne pas vouloir de relation. J'ai l'impression que ça me rend superficielle, mais je veux être avec quelqu'un. Je veux avoir ce que ces dames ont. Je veux quelqu'un avec qui rentrer à la maison le soir et quelqu'un avec qui me blottir et regarder des films ou aller dîner. Je veux tout ça, dit Laura.

Je souris. — Ça ne te rend pas superficielle. Je pense que je suis juste endommagée. Ma mère s'est remariée quatre fois. Mon père a arrêté de se marier et vit simplement avec des femmes plus jeunes et plus fausses jusqu'à ce qu'il en ait marre. Mon ex était quelqu'un avec qui je pensais m'entendre, mais ce n'était pas bien. Je n'ai pas vu beaucoup de relations normales et saines dans ma vie. Je ne suis tout simplement pas intéressée à essayer d'en créer une quand je ne pense pas qu'elles existent. Et je préfère être seule et heureuse que d'être avec quelqu'un et misérable. En plus, j'ai Sofia pour regarder la télé et aller dîner.

— Je t'achèterai un animal en peluche pour te câliner, dit Sofia.

Les autres éclatèrent de rire.

— Merci, Sof. Vous voyez, maintenant j'ai tout ce dont j'ai besoin, leur dis-je.

Elles acquiescèrent et laissèrent tomber, passant à un autre sujet. J'ai pu me fondre à nouveau dans l'arrière-plan, où je voulais être après avoir révélé tant d'informations sur moi-même.

Maintenant, il fallait garder mes plans sur la bonne voie et éviter Gavin et son sourire sexy et son attitude trop charmante. Je devais juste tenir jusqu'à ce qu'il retourne chez lui. Alors je n'aurais plus à m'inquiéter de l'enivrement de la saison des fêtes ou d'à quel point une partie de moi voulait la même chose que Laura.

Je n'allais pas avoir une relation normale comme les autres avaient. J'avais pris ma décision, et je m'y tiendrais. Quoi qu'il arrive.

4

GAVIN

'ai sorti la boîte du débarras et l'ai posée aux pieds de Tante Gina. Elle était assise dans le fauteuil à oreilles devant la cheminée comme une reine majestueuse, ordonnant à ses serviteurs d'exécuter ses volontés.

Ses serviteurs étant Sebastian et moi.

Heureusement, Sebastian était prêt à aider, sinon j'aurais porté des cartons pendant des jours. Tante Gina insistait pour qu'on installe le sapin et qu'on commence à décorer l'auberge, y compris le terrain extérieur pour que tous ceux qui le verraient sachent que c'était un endroit accueillant.

Je redoutais l'idée d'accrocher des guirlandes lumineuses sur les arbres immenses autour de la vieille maison, mais elle m'a dit qu'il fallait être festif. Son pouvoir de culpabilisation fonctionnait à plein régime, me rappelant que c'était la dernière fois qu'elle verrait Auberge de L'anse MacKellar à Noël, et j'ai accepté de l'aider à rendre tout merveilleux.

—Oh, je me souviens de celle-ci, dit Tante Gina en sortant une décoration de la boîte. Tu t'en souviens, Gavin ? Ta mère me l'a offerte.

J'ai jeté un coup d'œil à l'ornement et j'ai secoué la tête. —Non, je ne m'en souviens pas.

Sebastian a grogné tout bas.

—Oh, c'était si touchant. C'était la première année où Zoey et toi êtes venus me rendre visite ici pour l'été. Ta mère voulait que j'aie quelque chose pour me souvenir de vous deux et de notre temps ensemble. Elle a fait imprimer ceci pour moi. C'est une photo de toi, moi, Zoey et Oncle Rob. Oh, c'était un été tellement amusant, n'est-ce pas ?

J'ai acquiescé. —C'est vrai, Tante Gina. Chaque été que Zoey et moi avons passé à L'anse MacKellar était agréable. Nous travaillions pour Tante Gina le matin et nous avions tout l'après-midi pour nous. Nous explorions les environs ou allions nager dans la crique. Quand nous étions adolescents, nous allions en ville pour voir ce qu'on pouvait y faire. Il y a eu des moments où je détestais y aller parce que cela signifiait quitter nos amis à la maison, ce qui a mis fin à plus d'une de mes relations, mais au final, c'était toujours un été amusant.

—Je n'étais pas sûre que vous seriez prêts à revenir encore et encore, mais j'étais si heureuse que vous le fassiez, dit Tante Gina.

—Maman et Papa ne nous laissaient pas vraiment le choix. Mais Zoey et moi, on aimait venir ici, l'ai-je assurée.

Sebastian a quitté la pièce, probablement pour aller chercher d'autres cartons.

—J'aurais simplement aimé que vous reveniez tous les deux après l'université. Je pense que vous auriez aimé vivre ici.

J'ai hoché la tête et j'ai continué à déballer des choses, ajoutant des décorations à l'arbre. Tante Gina insistait sur le fait qu'elle se moquait de l'endroit où les choses étaient placées, alors je décorais l'arbre à ma guise. Dans mon bureau, nous payions quelqu'un pour décorer pour les fêtes et je ne me souciais pas d'avoir un arbre chez moi, donc c'était la première fois que je décorais un arbre depuis mon enfance.

—Oh, Gavin, ça ne peut pas aller là, dit Tante Gina. Tu ne mets pas toutes les décorations lourdes d'un seul côté. Répartis les choses. Utilise l'autre côté de l'arbre.

—Le dos ?

Tante Gina a acquiescé. —Oui, le dos. Ce n'est pas parce que les gens ne le verront pas aussi facilement que nous ne devrions pas le rendre beau.

J'ai forcé un sourire et j'ai hoché la tête. La décoration n'était pas l'un de mes talents. Décrire les choses, en revanche, ça l'était.

—As-tu réfléchi davantage aux changements que j'ai recommandés pour le site web ? ai-je demandé à Tante Gina.

—Oh, je ne sais pas. Toutes ces choses sont si déroutantes.

—Oui, mais ton site web est l'endroit où la majorité des gens iront d'abord pour trouver des informations sur l'auberge. S'il n'est pas formidable, tu perdras des offres.

—Je ne m'inquiète pas des offres. Je m'inquiète des clients.

—Et si tu vends, tu dois t'inquiéter des offres.

—Zoey n'a pas encore dit non. Elle pourrait encore être intéressée à venir ici et à prendre la relève, dit Tante Gina.

J'avais envie de discuter avec elle, mais elle avait raison. Zoey réfléchissait à la décision. Elle pesait le pour et le contre entre vivre près de son ex-mari et vivre près de son ex-petit ami. Si elle avait eu le choix, elle n'aurait vécu près d'aucun des deux.

Sebastian est entré avec une autre boîte et l'a posée à côté du fauteuil de Tante Gina. Il s'est accroupi et a ouvert la boîte, soulevant un ange et le tendant à Tante Gina.

—Oh, tu l'as trouvée, s'est exclamée Tante Gina. Merci, Sebastian. J'espérais qu'on la trouverait. Veux-tu la mettre en haut de l'arbre pour moi ?

Sebastian a acquiescé et a rapproché l'échelle de l'arbre. — Dans quelle direction veux-tu qu'elle regarde ?

—Vers la fenêtre. Pour qu'elle puisse regarder l'eau, a dit Tante Gina.

Sebastian a acquiescé et a commencé à monter l'échelle. Il a placé l'ange au sommet et l'a tournée jusqu'à ce qu'elle soit face à la fenêtre et bien droite.

—Parfait, a dit Tante Gina avec un large sourire. Oh, ce sera le meilleur Noël de tous les temps.

J'ai forcé un sourire pour elle.

—Je vais avoir ma nièce et mon neveu préférés avec moi, et je vais créer des souvenirs qui dureront toute une vie.

Je lui ai souri, ressentant sincèrement son bonheur. Je voulais qu'elle profite de la saison. Je refusais de la gâcher pour elle. Tante Gina a toujours été là pour nous et elle nous aimait comme nos parents. Oncle Rob aussi. J'ai décidé à ce moment-là que je ferais tout ce que Tante Gina voudrait que je fasse, dans la mesure de mes capacités, pour l'aider à passer un dernier Noël incroyable.

—Oh, vous décorez ? a demandé une femme depuis l'entrée.

—Oui, ma chère. Voulez-vous vous joindre à nous ? a demandé Tante Gina.

—J'adorerais, mais je ne veux pas interrompre votre temps en famille.

—Oh, pff, ces deux-là seraient ravis d'avoir une excuse pour faire autre chose, a plaisanté Tante Gina. Voici mon neveu, Gavin. Et Sebastian s'occupe du phare. Il n'est pas mon neveu, mais il fait partie de la famille. Il m'a toujours aidée.

—Enchantée de vous rencontrer tous les deux. Je suis Tammy. Mon mari, Paul, descendra bientôt. Nous adorons venir ici pour les fêtes, a dit Tammy.

—C'est un bel endroit. Et Auberge de L'anse MacKellar

est un endroit incroyable où séjourner, a dit Sebastian. Je vais chercher d'autres décorations. Gavin, tu veux m'aider ?

J'ai acquiescé tandis que Tante Gina disait : —Vous voyez ? Je vous avais dit qu'ils s'enfuiraient.

Tammy a ri et a rejoint Tante Gina pendant que je suivais Sebastian.

—On peut commencer à travailler dehors puisqu'elle a de l'aide pour l'intérieur maintenant, a dit Sebastian.

J'ai hoché la tête, acceptant. Il était l'expert, celui qui était là pour elle tout ce temps. Je n'étais pas un bon neveu. Je m'étais trop impliqué dans mes propres affaires et j'avais laissé Tante Gina se débrouiller seule. J'étais là quand Oncle Rob est mort, pour les funérailles, mais sinon, je passais tout mon temps dans mon propre monde.

Nous avons transporté des boîtes de lumières et de décorations sur le porche avant et avons commencé à les ouvrir. Il y avait des lumières, des couronnes et des cadeaux emballés dans les boîtes. Sebastian a regardé à l'intérieur de chacune et m'a dit où les placer avant de commencer.

—Vous faites ça tous les ans ? lui ai-je demandé.

Sebastian a acquiescé. —Elle aime Noël. Elle dit que l'auberge se sent comme chez elle pendant Noël.

—Pas à d'autres moments ? ai-je demandé.

Sebastian a soupiré. —Elle adore cet endroit. Elle l'a toujours aimé. Mais depuis la mort de Rob, ça a été dur pour elle. Je pense qu'elle l'aurait vendu il y a longtemps si elle avait su à l'époque que toi et Zoey ne reviendriez pas. Je ne te blâme pas. Elle avait pris sa décision, et personne ne pouvait la convaincre du contraire.

—Je ne savais pas, ai-je admis.

—Je comprends. Je dis simplement qu'elle est sentimentale. Elle aime que les choses soient familières et routinières. Elle aime les mêmes décorations aux mêmes endroits et tout comme elle le souhaite. Et elle veut que toi et ta sœur soyez tous les deux ici pour les fêtes, a dit Sebastian.

J'ai inspiré profondément et j'ai acquiescé, m'engageant dans ma pensée antérieure de faire tout ce qu'il faudrait pour que ce soit un Noël formidable pour Tante Gina. J'ai suivi les ordres de Sebastian et accroché des couronnes à chaque fenêtre du porche. J'ai enroulé des lumières autour de la balustrade. J'ai artistiquement décoré les buissons à l'extérieur, jusqu'au bord de l'eau. Sebastian et moi avons travaillé ensemble pour transformer l'extérieur de l'auberge en un parfait pays des merveilles hivernal comme Tante Gina le souhaitait.

—Rentrons, a dit Sebastian. Il fait un froid glacial ici.

—Ouais, euh, une chose... Euh, je sais pour toi et Zoey. Et je voulais juste dire que je suis désolé que les choses entre vous deux n'aient pas fonctionné, ai-je dit.

Sebastian m'a regardé longuement. —C'est de l'histoire ancienne. Elle n'est plus mon problème.

—Donc, ça ne te dérangerait pas si elle décidait de s'installer ici et de gérer l'auberge ?

Son visage a pâli et tout son corps s'est tendu. Cela a disparu rapidement, mais c'était là assez longtemps pour que je connaisse sa réponse avant qu'il ne mente. —Bien sûr que non. Elle devrait faire ce qui la rend heureuse.

Le ton sous-jacent disait qu'il pensait qu'elle faisait toujours ce qui la rendait heureuse. De son point de vue, c'était le cas. Mais Zoey n'était pas heureuse et elle regrettait sa décision, alors je me sentais toujours mal pour ma sœur. Même si je me sentais mal pour Sebastian aussi.

—Je le lui ferai savoir, ai-je dit.

Il a grogné et s'est dirigé vers l'auberge. Peut-être que si Zoey revenait, ils pourraient tous deux trouver le bonheur qui leur échappait. Et peut-être que L'anse MacKellar commençait déjà à m'influencer.

J'ÉTAIS ENCORE incertain à l'idée d'aller rencontrer Ian et le reste de ses amis jeudi soir, mais après avoir passé la majeure partie de la semaine à décorer l'auberge et à me disputer avec Tante Gina au sujet de son site web et à commencer le processus de recherche d'un acheteur, j'avais besoin d'un verre et d'une soirée ailleurs.

O'Kelley's était plus animé que je ne l'aurais pensé pour un bar de petite ville un jeudi soir. La semaine précédente, j'avais supposé qu'il était animé à cause des fêtes, mais dès que je suis entré, j'ai compris que je me trompais. C'était simplement un endroit fréquenté.

Ian était au bar avec quatre autres gars. Je n'en reconnaissais pas deux, mais James Rucker et Ramsey Holland étaient deux personnes dont je me souvenais.

Ian ne m'a pas remarqué jusqu'à ce que j'arrive à leur niveau. —Hé, tu es venu. Les gars, voici Gavin Holbrook. Le neveu de Gina. Il l'aide à remettre l'auberge en état.

—Ravi de te rencontrer, ont-ils tous dit successivement.

—Ta tante aime parler, a dit l'un des gars que je ne connaissais pas. Je suis Rowan Masterson. Elle m'a raconté toute l'histoire de la ville quand nous avons enquêté sur ce cambriolage il y a quelques mois. Mais bon sang, elle sait cuisiner.

—Cambriolage ? lui ai-je demandé.

—Oui, désolé. Je suis policier. Je travaillais avec Rucker à l'époque.

—Elle ne m'en a jamais parlé. Sebastian non plus, lui ai-je dit.

—Euh, désolé pour ça. Je pensais que tu étais au courant. Rowan a haussé les épaules comme si ce n'était pas grave. —On a attrapé le type juste après. Tout allait bien. C'est probablement pour ça qu'elle ne t'a rien dit.

J'ai acquiescé, me demandant si c'était aussi simple. Elle ne voulait probablement inquiéter aucun d'entre nous, et je devais admettre que je n'avais pas été assez en contact avec elle. Mais j'étais déterminé à changer cela.

—Hé, j'ai besoin d'un pichet et de deux vodka tonics, a dit Piper de l'autre côté du bar.

—Salut, ai-je dit, attirant son attention vers moi.

Ses yeux se sont écarquillés pendant une demi-seconde avant qu'elle ne plaque un sourire. —Salut. Son attention est immédiatement retournée à Hudson alors qu'il remplissait les commandes et les plaçait sur le plateau qu'elle avait. — Merci.

Et elle était partie. Aussi rapidement qu'elle était apparue.

—Toi et Piper ? a demandé Ramsey.

J'ai secoué la tête au même moment où Ian disait : —Il l'a raccompagnée la semaine dernière.

—Sérieusement ? a demandé Ramsey.

—Ne faites pas attention à eux, a dit l'autre gars que je ne connaissais pas. Je suis Colin. Et ces deux-là pensent encore que raccompagner une fille signifie que vous sortez ensemble. Le reste d'entre nous comprend que c'était probablement juste toi qui n'étais pas un connard.

J'ai ri. —Merci.

—Alors, lequel était-ce ? a demandé James.

—Lequel était quoi ?

—C'était parce que tu as un faible pour Piper ou parce que tu n'es pas un connard ?

—Sont-ils mutuellement exclusifs ? ai-je demandé.

—Donc, les deux, a interprété Ramsey.

—Je... Elle est célibataire ? ai-je demandé.

Ils ont tous acquiescé.

—Alors, est-ce que ça a de l'importance ? Si je ne marche sur les pieds de personne, est-ce un problème ?

—Non, mais si tu cherches quelqu'un, tu dois télécharger cette application. À la Recherche du Héros Littéraire Parfait. Toutes les femmes d'ici l'utilisent. Tous ces gars ont rencontré leurs femmes grâce à l'application, a dit Rowan.

—Une application de rencontres ? ai-je demandé.

Ils ont acquiescé.

—Vous avez tous rencontré les femmes avec qui vous êtes grâce à une application de rencontres ? ai-je demandé à nouveau.

—Je connaissais Blake avant, mais l'application nous a donné l'occasion de nous connaître d'une manière différente. Ramsey et sa femme étaient séparés et cela les a fait parler. Colin et Elise ne se connaissaient pas vraiment, mais cela lui a donné une entrée avec elle, et Rucker a eu de la chance quand Trinity lui a donné sa chance, a expliqué Ian.

—Hé ! s'est exclamé James.

—C'est vrai, a dit Rowan, coupant James. Et c'est bon pour rencontrer des femmes. Je suis dessus. Une femme locale l'a développée. Incroyablement intelligente.

J'ai haussé les épaules et sorti mon téléphone. J'ai téléchargé l'application et me suis fait une note mentale pour l'examiner davantage plus tard.

Hudson a rempli leurs bières et en a placé une devant moi. —Pale Ale, c'est ça ?

J'ai acquiescé. —Merci.

—Ouais, pas de problème. Tu commandes à manger ?

—Bien sûr. Je pourrais manger.

Hudson a pris ma commande de dîner et a orienté la conversation vers les fêtes. —Vous venez tous samedi, n'est-ce pas ?

—Que se passe-t-il samedi ?

—Il y a une cérémonie d'illumination du sapin de Noël dans le parc Catherine, a dit Ramsey. C'est un grand événement pour la ville. L'arbre est là depuis avant que la ville n'existe et c'est une grande partie de la saison des fêtes. O'Kelley's est l'un des sponsors de l'événement.

—Ce qui signifie que je ferme le bar pour l'après-midi afin que tout le monde y aille. Il y a de la musique en direct et de la danse. Le maire fait un discours. Des trucs de petite ville, a expliqué Hudson.

—Vous faites vraiment les choses en grand, n'est-ce pas ? ai-je demandé.

Ils ont tous acquiescé.

—Je possède la Jones Family Maple Farm, et nous organisons des promenades en traîneau et une foire de Noël. Le Père Noël vient et nous allons avoir des lumières dans toute la ferme pour que les gens puissent se promener et voir, a dit Colin.

—Est-ce que Gina t'a parlé de la décoration de biscuits ? a demandé James.

J'ai acquiescé. —Elle l'a mentionné.

—Il y a aussi un concours de construction de bonhommes de neige, des chants de Noël, et la meilleure fête du Nouvel An de la région, juste ici, a dit Ian. C'est une excellente période pour être à L'anse MacKellar.

Piper s'est approchée et a demandé à Hudson une autre commande, et j'ai eu du mal à être en désaccord avec Ian. Elle m'a lancé un petit sourire quand j'ai croisé son regard.

—Elle est sur l'application, a dit James quand Piper s'est éloignée.

—Je ne... Vous êtes fous, ai-je dit.

—Peut-être, mais nous n'avons pas tort, a dit Ian.

J'ai secoué la tête et bu ma bière.

—Que pensez-vous de l'idée de Piper ? a demandé Hudson.

—Quelle idée ? ai-je lâché.

Les autres m'ont souri d'un air narquois.

Hudson a eu pitié de moi et a expliqué. —Piper et

certaines des autres femmes parlaient de parrainer une famille ou d'obtenir de petits cadeaux et de les distribuer aux gens de la ville. Elle m'en a parlé et m'a demandé de faire passer le mot.

—C'est plutôt cool. Mon entreprise parraine toujours des familles pour les fêtes. Il y a tellement de gens qui n'ont pas assez, ai-je dit.

—Que fait ton entreprise ? a demandé Ian.

—Nous sommes une agence de publicité, lui ai-je dit.

—Sympa. C'est définitivement un ensemble de compétences que j'aimerais avoir.

—Et toi, que fais-tu ?

—Je construis des bateaux en bois sur mesure, a dit Ian.

—Sans blague. C'est plutôt génial.

—Je t'ai dit que ça ne me dérangeait pas de me salir les mains. J'ai vu que l'auberge est décorée. Beau travail.

J'ai acquiescé. —C'était principalement Sebastian. Il sait comment Tante Gina veut tout. Je suis juste la main-d'œuvre non rémunérée en ce moment.

—Sebastian est là depuis longtemps, a dit James.

J'ai acquiescé, même si cela ne me faisait pas sentir mieux.

—Penses-tu que Gina voudrait faire quelque chose ? Peut-être que les dames peuvent avoir quelque chose à la décoration de biscuits pour tout le monde. Un petit cadeau en quelque sorte, a dit Ramsey.

—Je pense que Tante Gina serait partante pour à peu près tout ce qui signifie que les gens sont heureux, leur ai-je dit.

—Ça ressemble à Gina, a dit James.

Hudson a apporté notre nourriture et tout le monde a commencé à manger. Nous avons regardé le match de football du jeudi soir à la télévision et avons lancé quelques autres idées sur les événements des fêtes. Et quand Piper est passée, j'ai essayé de ne pas être trop évident en la reluquant.

Quand je suis parti ce soir-là, je suis retourné chez Tante

Gina et j'ai commencé mon profil sur l'application de rencontres. Ce n'était pas comme les autres applications que j'avais vues. Mais j'ai été mis en relation avec quelques personnes dès le début. Au mieux, cela me tiendrait occupé pendant que j'étais en ville. Et avec un peu de chance, l'une de ces correspondances serait Piper.

5

Si j'avais eu la moindre idée de l'efficacité de l'application de rencontres, je m'y serais inscrit dès le premier jour. Au lieu de cela, en deux jours, j'ai obtenu cinq correspondances différentes. La vie s'annonçait vraiment bien.

L'une de mes correspondances m'a proposé de nous retrouver à la cérémonie d'illumination du sapin de Noël. Les traditions de Noël dans cette petite ville étaient un peu excessives, mais je n'étais pas encore prêt à m'en plaindre. À Pittsburgh, nous aimions Noël, mais je n'avais jamais vu un endroit qui en faisait un événement comme L'anse MacKellar. J'hésitais entre trouver ça charmant et considérer ça comme de la surenchère.

Tante Gina voulait assister à la cérémonie, et Sebastian a dit que c'était l'une de ses préférées, alors j'ai accepté de rencontrer ma correspondance en précisant que je ne pourrais peut-être pas me libérer de mes obligations familiales. Elle a immédiatement supposé que cela signifiait que j'étais marié et a pris ses distances. Je l'ai assurée que j'y allais avec ma tante et non avec mon épouse, mais il y avait définitivement une certaine hésitation de sa part. Oups.

Ou peut-être que je ne la sentais tout simplement pas. J'essayais de comprendre comment sortir avec quelqu'un quand on ne sait pas à quoi elle ressemble, mais je supposais que c'était tout l'intérêt. Éliminer les aspects superficiels qui poussent un homme à ramener chez lui une femme en robe moulante et lui permettre de voir au-delà de la beauté d'une femme en leggings.

Je n'avais aucun problème à voir la beauté d'une certaine femme en leggings. Ou en jeans. D'accord, j'avais définitivement besoin d'un rendez-vous. Non. D'une aventure sans lendemain.

Tante Gina a insisté pour que Sebastian nous conduise à la cérémonie puisqu'il y avait presque un mile de l'auberge jusqu'au centre-ville. Sebastian n'a pas protesté et l'a aidée à enfiler son manteau avant de la conduire à son pick-up. Je suis monté à l'arrière, sachant que je pourrais rentrer à pied si les choses se passaient bien, et que je pourrais utiliser leur départ comme excuse si les choses tournaient mal.

J'ai envoyé un message à ma correspondante une fois arrivés à la cérémonie pour lui faire savoir que j'étais là et lui indiquer ma position générale. Je n'ai pas eu à attendre longtemps pour qu'elle me trouve.

—Es-tu TemporaryResident ? demanda une femme en s'approchant.

Elle était menue, environ quinze centimètres plus petite que moi, et elle était minuscule. Elle aurait pu passer pour une lycéenne tellement elle était petite. Sa voix avait une qualité nasillarde qui a immédiatement mis mes sens en alerte.

—C'est moi, dis-je avec un sourire. Ravi de te rencontrer.

—Moi aussi, dit-elle. J'adore cette période de l'année. Si romantique.

J'ai acquiescé, essayant de cacher ma surprise. Nous discutions depuis deux jours et elle sortait déjà le romantisme comme sujet de conversation.

—Tu as dit que tu es ici avec ta tante ? Tu vis ici ?

—Euh, non. Je lui rends juste visite pour quelques semaines.

—Oh, ça doit être agréable. Surtout d'avoir un job qui te permet de prendre autant de temps libre. Que fais-tu ?

—Je possède une agence de publicité, dis-je sans réfléchir.

—Tu la possèdes ? Wow. C'est impressionnant. As-tu réalisé des pubs que j'aurais pu voir ?

J'ai eu la chair de poule à cette question. Les gens voulaient toujours savoir sur quoi j'avais pu travailler qu'ils connaîtraient. C'était normal, pour établir une connexion, mais cette femme cherchait un gagne-pain. Elle voulait savoir si j'étais suffisamment bon pour qu'elle puisse placer tous ses espoirs en moi.

Non seulement je n'étais pas intéressé par une femme qui n'était pas prête à assumer sa part dans une relation, mais je n'étais pas intéressé à être responsable de quelqu'un d'autre.

—Probablement pas, ai-je admis. Nous travaillons principalement avec des petites entreprises locales dans la région de Pittsburgh.

—Pittsburgh ? Pas même New York ?

J'ai secoué la tête. —Non.

Son sourire a légèrement faibli. —Oh, eh bien, tu dois gagner beaucoup d'argent pour être absent du travail si longtemps.

J'ai forcé un sourire. —Ce n'est jamais assez, n'est-ce pas ?

Elle a ri bruyamment, comme si j'étais un comique. J'ai lutté contre l'envie de lever les yeux au ciel. —Je ne pense pas qu'il soit possible d'avoir assez d'argent. L'argent fait tourner le monde, n'est-ce pas ? Et nous en avons besoin pour tout. Je ne comprends pas les gens qui donnent leur argent à des œuvres de charité et ce genre de choses. Si l'œuvre caritative avait besoin d'argent, elle devrait aller en gagner comme nous tous.

Je me suis mordu la langue. Littéralement. C'était la seule façon de m'empêcher de déchirer cette femme dont je ne connaissais toujours pas le nom. Elle voulait un sugar daddy qui ne partagerait pas sa richesse mais la couvrirait de cadeaux. Était-elle folle ?

—Eh bien, en fait, mon entreprise soutient de nombreuses œuvres caritatives. Nous aimons aider les personnes qui ont besoin d'un coup de main. Il y a beaucoup de gens qui n'ont pas eu les mêmes opportunités que mon associé et moi en grandissant, et nous voulons aider à donner aux autres les chances que nous avons eues. Des chances qu'ils n'auraient pas sans quelqu'un prêt à voir leur potentiel.

—Tu as un associé ?

—Oui. C'était mon colocataire à l'université. Nous avons eu l'idée de notre entreprise pendant nos études et avons commencé à utiliser notre expertise pour aider les clubs du campus à se faire connaître et à augmenter leur nombre de membres. Nous avons eu tellement de succès que nous avons décidé de continuer après l'obtention de nos diplômes et de nous faire payer pour cela.

—Comme c'est charmant, dit-elle d'une voix qui indiquait qu'elle ne trouvait pas cela charmant du tout. Écoute, je ne suis vraiment pas sûre que ça va fonctionner. Je pense que j'ai peut-être fait une erreur en te proposant de nous rencontrer.

—Je pense que tu as raison. Je ne suis définitivement pas ton genre. Passe une bonne soirée.

Je me suis éloigné sans un mot de plus, sachant qu'elle n'était pas plus déçue que moi.

Sebastian et Tante Gina étaient près de l'eau, où ils pouvaient voir l'arbre sans être au milieu de la foule. Tante Gina était assise dans une chaise Adirondack blanche, et

Sebastian se tenait derrière elle, bloquant le vent venant de l'eau.

—Je pensais que tu rencontrais un ami, dit Sebastian.

—Ouais, ça n'a pas marché.

Sebastian secoua la tête comme s'il n'était pas surpris. Tante Gina ne comprenait pas vraiment. —Comment ça n'a pas pu marcher s'il s'agissait d'un ami ?

—Malentendu, dis-je.

—C'est une excuse idiote. Tu devrais aller parler à ton ami. Arranger les choses. Perdre un ami à cause de quelque chose comme un malentendu n'est jamais acceptable, Gavin, me réprimanda Tante Gina.

J'ai soupiré. —Tu as raison. Je m'assurerai de clarifier les choses plus tard.

Elle a secoué la tête et m'a fusillé du regard. —N'attends pas jusqu'à plus tard, Gavin. Fais-le maintenant. Envoie un message à ton ami sur ton téléphone.

Elle m'a fixé jusqu'à ce que je sorte mon téléphone de ma poche. Je n'avais aucune idée de ce que j'allais dire ou comment je m'en sortirais, mais je savais que je devais trouver quelque chose.

Il y avait un autre message dans ma boîte de réception sur À la Recherche du Héros Littéraire Parfait. C'était d'une autre de mes correspondances. Elle me demandait si j'étais intéressé par un verre plus tard.

TEMPORARYRESIDENT

Bien sûr, je suis partant pour un verre. Un endroit particulier où tu aimerais qu'on se retrouve ?

SHOWMETHEMONEY

O'Kelley's à L'anse MacKellar.

TR

À quelle heure ?

SMTM

Dans une heure ?

TR

J'y serai. Veste noire, cheveux foncés. Je serai assis au bout du bar près de la cuisine.

SMTM

À tout à l'heure.

—Ton ami t'a-t-il pardonné ? exigea Tante Gina alors que je remettais mon téléphone dans ma poche.

J'avais déjà tout oublié. —Euh, oui. On se retrouve pour boire un verre chez O'Kelley's dans une heure.

—Oh, bien. L'arbre sera illuminé d'ici là et Sebastian pourra me ramener à la maison. Puis vous pourrez retourner chez O'Kelley's tous les deux.

—Euh, ça va aller. Gavin peut y aller tout seul pour retrouver son ami, dit Sebastian avec un sourire en coin.

—C'est probablement préférable, ai-je approuvé.

—Comment vas-tu rentrer ? demanda Tante Gina.

—Ce n'est pas si loin. Ça ne me dérange pas de marcher, l'ai-je assurée.

—Nous aurions dû apporter deux véhicules. Je ne savais pas que tu allais rester en ville plus tard, dit-elle.

J'ai secoué la tête et posé ma main sur la sienne. —Ça ira, Tante Gina. Je te le promets. Je me promène partout dans la ville à Pittsburgh. Conduire est souvent pénible, alors je marche simplement. Ça ne me dérange pas du tout.

Elle a retourné sa main dans la mienne et serré fort. —J'aimerais que tu restes ici et gères mon auberge pour moi. Je préférerais de loin ne pas avoir à la vendre à des étrangers.

J'ai forcé un sourire mais secoué la tête. Son auberge. Ce serait toujours son auberge. Si je faisais une erreur, je ne m'en remettrais jamais. Même après que Tante Gina ne serait plus là, je sentirais toujours son fantôme me surveiller, attendant que je me plante. Attendant que j'échoue. Je ne pouvais pas prendre ce risque.

—Nous trouverons quelqu'un qui aimera l'auberge autant que toi, l'ai-je assurée. Et Sebastian sera toujours là pour s'assurer qu'ils font les choses comme tu le ferais.

Tante Gina a regardé Sebastian et souri. —Je sais, mais lui non plus n'en veut pas. Aucun de vous n'en veut. C'est difficile.

J'ai regardé Sebastian avec plus qu'un peu de surprise, mais il a simplement haussé les épaules. C'était une nouvelle pour moi que Tante Gina lui ait offert l'auberge. Était-ce avant ou après qu'elle ait demandé à Zoey et moi de la reprendre ?

—Bonsoir à tous, dit une grande femme noire en s'approchant du micro à côté de l'arbre. Un podium avec L'anse MacKellar gravé dessus était décoré pour la saison avec des lumières et une grande couronne. —Comment allez-vous ce soir ?

—C'est le maire Kinsey. Elle est merveilleuse, me dit Tante Gina. Elle fait des choses formidables pour nous et fait de L'anse MacKellar une véritable destination pendant l'été. Je l'aime beaucoup. Malheureusement, elle est mariée.

—Pourquoi malheureusement ? ai-je demandé.

—Parce que ça signifie que tu ne peux pas l'épouser.

Sebastian a ricané mais l'a couvert par une toux. Je me suis simplement balancé sur mes talons et j'ai écouté le maire qui ne serait pas ma future épouse parler.

—Cette saison des fêtes va être formidable. Nous avons prévu une tonne d'événements merveilleux. Notre calendrier a été partagé en ligne et la rumeur dit que nous sommes complets dans certains de nos hôtels et auberges locaux. Si vous êtes ici pour nous rendre visite pendant cette saison, nous vous souhaitons la bienvenue et espérons que vous vous sentirez comme chez vous dans notre belle petite ville, dit le maire Kinsey.

—Nous sommes toujours complets, dit doucement Tante Gina. Les autres commencent à nous rattraper, mais c'est bon pour L'anse MacKellar.

—La chorale de l'école élémentaire de L'anse MacKellar s'entraîne toute l'année, et je les ai invités à venir chanter pour nous ce soir alors que nous illuminons l'arbre. Pour ceux d'entre vous qui ne le savent pas, c'est le parc Catherine. Il porte le nom de la belle-fille des fondateurs de notre ville, Catherine MacKellar. Mme MacKellar voulait que son mari fasse don d'un terrain à la ville pour être utilisé comme espace vert afin que les gens puissent se réunir, exactement comme nous le faisons ici ce soir. Elle voulait un sapin de Noël ici dans le parc, et l'histoire raconte que l'année où leur fils est né, Catherine a planté cet arbre pour qu'il ait un sapin de Noël chaque fois qu'ils visitaient la ville. En tant que ville, nous avons bénéficié de ce choix chaque année et pouvons profiter des idées d'une femme merveilleuse et brillante qui a contribué à faire de cette ville ce qu'elle est aujourd'hui.

Elle a fait une pause pendant que les enfants entouraient l'arbre.

—N'hésitez pas à vous joindre aux chants si vous le souhaitez. Et veuillez accueillir la chorale de l'école élémentaire de L'anse MacKellar dirigée par Mme Smith.

Le maire Kinsey a applaudi en s'éloignant du podium. Les élèves ont commencé à chanter, en commençant par « Rockin' Around the Christmas Tree », pendant lequel l'arbre a clignoté quelques fois puis s'est illuminé.

—C'est lumineux, dit Tante Gina.

—Oui, c'est vrai. C'est vraiment lumineux, ai-je approuvé.

—Peut-être qu'ils ont un peu exagéré avec les lumières cette année, dit Sebastian. Mais ça a l'air bien.

—J'espère simplement que ça ne va pas couper l'électricité dans toute la ville, dit Tante Gina.

J'ai secoué la tête face à sa dérision.

La chorale est passée à « Silent Night ». Les personnes qui ne chantaient pas encore se sont jointes, moi y compris. Cela a longtemps été l'une de mes chansons de Noël préférées, et l'entendre me mettait dans l'ambiance des fêtes.

La dernière chanson que les enfants ont chantée était « Jingle Bells », ce qui a fait sourire tout le monde. Quand ils ont terminé, le maire Kinsey les a remerciés d'avoir contribué à rendre la célébration plus festive et a encouragé les gens à chanter, boire du chocolat chaud et profiter de la soirée.

—J'ai froid, dit Tante Gina presque immédiatement. Je pense que je suis prête à rentrer à la maison.

—Ça me va, approuva Sebastian. Tu es sûr que tu ne veux pas qu'on te ramène ?

J'ai secoué la tête. —Ça ira. Merci de la ramener.

Il haussa les épaules. —Je le fais chaque année.

L'ampleur de ce que Sebastian faisait pour Tante Gina me frappait. Il était là pour elle au fil des ans, l'aidant pour tout ce dont elle avait besoin. Et pendant tout ce temps, il affrontait le fait que Zoey lui avait menti et n'était jamais revenue. Il devait voir des photos de Zoey partout dans l'auberge et probablement entendre constamment des histoires sur elle et sa famille. Mais pas une seule fois depuis que j'étais là, il ne s'était plaint des choses qu'il faisait pour Tante Gina.

—Merci, Sebastian.

Il a acquiescé et offert son bras à Tante Gina. J'ai regardé les deux naviguer dans la foule et monter dans son pick-up. Il l'a aidée à monter et a fermé la porte pour elle, prenant soin d'elle encore une fois.

Ma sœur était une idiote de ne pas l'avoir choisi.

Mais c'était un problème pour une autre nuit.

J'ai remonté le col de mon manteau et me suis dirigé vers O'Kelley's. La foule commençait déjà à y affluer. Je ne pouvais m'empêcher de regarder autour pour voir si Piper était là et je me suis trouvé partagé quand je ne l'ai pas vue. Je voulais la voir, mais je rencontrais quelqu'un d'autre, et cela n'aurait pas été exactement juste pour la femme que je rencontrais.

J'ai pris place au bout du bar et demandé au barman une pale ale à la pression. Hudson était à l'autre bout, servant les commandes aussi rapidement que le gars devant moi. Il a levé les yeux, fait un signe de tête puis est retourné à servir des boissons.

—Es-tu TemporaryResident ? demanda une femme derrière moi.

Je me suis retourné tout en parlant. —C'est moi. Es-tu... Piper ?

—Je savais que tu étais trop beau pour être vrai, dit-elle en prenant place à côté de moi. J'aurais dû me méfier de quelqu'un qui avait « résident » dans son nom.

—Tu es ShowMeTheMoney ?

Ses joues ont légèrement rosi, juste assez pour que je sache qu'elle l'était, et que ce nom était un nom qu'elle trouvait intelligent mais dont elle n'était pas sûre. — C'est moi.

—Et si on prenait un verre ? lui ai-je proposé.

Elle a soutenu mon regard pendant un long moment puis a acquiescé. —Bien sûr. Je peux toujours utiliser un verre.

Le barman était de nouveau devant nous, cette fois avec un sourire pour Piper. —Comme d'habitude ? lui demanda-t-il.

La jalousie débridée que j'ai ressentie face à leur simple familiarité n'était pas cool. Et elle n'était pas bienvenue. C'était un verre, rien de plus, et je n'avais aucune raison ni droit d'être jaloux. Mais je l'étais.

Piper a acquiescé et souri quand il a posé la chope en cuivre devant elle.

—Moscow Mule ? ai-je demandé.

Elle a souri en portant la tasse à ses lèvres et en prenant une gorgée. —C'est devenu mon préféré dernièrement.

—J'imagine qu'en travaillant dans un bar, tu expérimentes beaucoup de boissons.

Elle a secoué la tête. —Pas vraiment. Je les sers, mais je n'en bois pas la plupart. Je connais les noms de tonnes de boissons, mais je suis assez simple. J'aime les choses qui ne sont pas compliquées.

J'ai souri. —Ce qui explique pourquoi tu n'es pas ravie que je sois celui qui t'offre un verre ce soir.

—Je... Elle a soupiré et haussé les épaules. Je ne cherche pas d'attaches. Je suis heureuse d'être célibataire. Et ce n'est pas une phrase d'une femme qui espère être balayée par les sentiments. J'aime ma vie telle qu'elle est. Je ne veux pas commencer à changer les choses avec un gars. Donc je préfère les gars qui ne restent pas. Des gars que je ne vais pas croiser au travail tout le temps.

—Je comprends. Mais je ne reste pas. Je suis ici pour un mois environ et puis je partirai.

—Un mois environ, c'est long.

J'ai haussé les épaules. —Peut-être que nous pouvons nous accorder pour être amis. Pas d'attaches, pas d'engagements, juste deux personnes qui prennent un verre parfois.

—Et c'est tout ?

J'ai haussé les épaules. —C'est à toi de voir. Je ne vais pas dire que je n'y ai pas pensé, mais tu le sais déjà. Mais je ne vais pas non plus attendre que tu décides que tu n'es plus heureuse d'être célibataire. J'ai connu des moments comme ça. En toute honnêteté, je suis un peu jaloux de ton contentement.

Elle a ri. —La plupart des gens pensent que je suis soit délirante, soit une bonne menteuse.

J'ai secoué la tête. —Je pense que tu es forte. Et magnifique. Mais ça n'a rien à voir avec ta décision d'être célibataire.

Elle a souri et ses joues ont viré au rose. —Merci.

Je lui ai fait un clin d'œil et acquiescé.

—Alors, que font d'autre les amis ?

J'ai fini ma bière et me suis tourné vers elle. —Eh bien, les amis se rendent service. Tu pourrais me conduire à l'auberge plus tard ? C'est nul de demander, mais puisque tu sais que ce n'est pas une technique pour t'attirer dans mon lit, je me suis dit que c'était peut-être correct de demander.

Elle a tordu ses lèvres et plissé le regard. —Je ne sais pas si je dois être offensée d'être si rapidement reléguée dans la zone d'amitié que tu n'essaies pas de m'attirer dans ton lit, ou si je suis heureuse que tu fasses ça.

J'ai ri. —Eh bien, si ça te fait te sentir mieux, je peux essayer de t'embrasser plus tard.

Elle a secoué la tête. —Oui, je peux te ramener chez toi.

—Bien. Mais d'abord, nous devons jouer aux fléchettes.

6

PIPER

Gavin était étonnamment doué aux fléchettes. J'avais une vague idée des règles, mais pas assez pour savoir comment compter les points. Gavin s'était proposé de tenir le score, mais nous avions convenu de faire une partie amicale. Qui est rapidement devenue compétitive.

— C'est comme le jeu du P-E-R-D-A-N-T, dis-je en riant. Je n'étais jamais très douée à ça non plus.

Il se positionna pour lancer et m'adressa un sourire narquois. Il avait la compétition écrite sur tout le visage. — Ça rend juste les choses plus intéressantes.

— Et qu'est-ce que le gagnant remporte ?

Il se figea comme s'il n'avait pas envisagé de prix. — Eh bien, dit-il en rangeant sa fléchette et en se frottant la mâchoire, je bénéficie déjà d'un trajet jusqu'à chez moi.

Je ricanai. — Et tu es si sûr que tu vas gagner ?

Il leva un sourcil.

J'éclatai de rire parce que nous savions tous les deux qu'il allait absolument gagner.

— Que dirais-tu de... il se rapprocha de moi. Sa voix

baissa d'un ton. Toutes les parties de mon corps négligées se penchèrent pour mieux l'entendre... tu m'offres un verre ?

J'aimerais pouvoir dire que je n'étais pas déçue, mais une partie de moi l'était. Il ne me draguait pas. Il ne m'avait pas touchée de la soirée. Il n'avait pas essayé de me montrer comment tenir les fléchettes ou positionner mes pieds ou quoi que ce soit. Il me traitait comme une amie.

Et ça me piquait un peu.

Mais je n'allais certainement pas le lui faire savoir. Je ricanai et roulai des yeux. Il avait payé nos verres jusqu'à présent. J'étais passée à de l'eau gazeuse avec un zeste de citron vert après mon Moscow Mule puisque je conduisais plus tard, mais il avait quand même insisté pour payer. Il avait également insisté pour passer à quelque chose sans alcool.

— Je pense que je peux gérer de t'offrir un verre.

— Pas ce soir, cependant, ajouta-t-il. Il s'avança à nouveau vers la ligne et prit sa position. — Nous devons refaire ça.

Il lâcha la fléchette pendant que je fixais son dos, essayant de comprendre ce que cela signifiait. Je n'avais aucun intérêt à sortir avec quelqu'un ou à m'impliquer, mais... bon sang, je ne voulais pas l'apprécier.

— Yes ! siffla-t-il. Il se tourna vers moi avec un sourire triomphant.

Je jetai rapidement un coup d'œil au tableau et vis sa fléchette plantée dans le blanc intérieur du 17. C'était un tir difficile, et il l'avait réussi. — Joli coup, dis-je.

Ses sourcils dansèrent et il s'avança vers moi avec un sourire et une main tendue. — À ton tour.

Je savais, sans même toucher les fléchettes, que je ne pourrais pas réussir le même tir, mais j'essayai quand même. Et quand j'échouai, il fut le vainqueur de notre jeu.

— Belle partie, dit-il vaillamment, comme si c'était plus

serré que ça ne l'avait été. Il n'avait que P, mais moi j'étais finie.

Je ricanai. — Pas vraiment. Mais c'était amusant.

— Je le pensais aussi. Merci d'avoir joué avec moi. Et de ne pas être une femme folle.

— Pardon ? demandai-je alors que nous retournions au bar. Nous réclamâmes des tabourets et commandâmes des verres frais à siroter pendant notre conversation.

— J'ai eu une autre correspondante qui voulait me rencontrer plus tôt. Elle était à l'illumination du sapin de Noël. Elle a immédiatement commencé à parler de combien c'était romantique et à me questionner sur mon travail. Elle était pratiquement ton opposé.

— Je suppose que c'était une mauvaise chose, dis-je.

Il hocha la tête et ricana. — Absolument. Je ne suis pas ici pour toujours, donc une relation à long terme ne va pas fonctionner pour moi, et on ne peut pas savoir si quelque chose peut devenir sérieux dès la première conversation avec une personne. De plus, je ne cherche pas à être le gagne-pain de qui que ce soit.

— Gagne-pain ? Peut-être que je devrais te demander ce que tu fais et revenir sur cette histoire de t'offrir un verre.

Il rit. — Hé, on avait un marché.

— Oui, mais c'était avant que je sache que tu étais un gagne-pain. On parle d'un steak tous les soirs ou de cheeseburgers au drive ?

Il rit à nouveau. — Puisque le steak et le cheeseburger sont la même viande, y a-t-il une différence ?

— Oh, oui, une grande différence, dis-je avec un visage impassible.

— Eh bien, je déteste te l'annoncer, mais je suis définitivement plus du genre cheeseburger. Les steaks sont bons pour les dîners d'affaires, mais je ne suis pas assez chic pour être du genre steak tous les soirs.

Je repris mon sérieux et hochai la tête. — Je suis pareille. Je veux dire, je travaille ici. Et j'adore ça. J'ai eu d'autres emplois, mais mon dernier boulot ne me convenait pas. Je ne peux pas imaginer faire autre chose que ceci.

Il sirota sa boisson et hocha la tête comme s'il comprenait. — Cet endroit est vraiment super. Il me donne l'impression de ne pas être un étranger même si j'en suis un.

— Pourquoi penses-tu ça ?

Il haussa les épaules. — Je ne suis pas d'ici. J'ai beaucoup visité en grandissant, mais ce n'est pas chez moi. Je ne serai pas ici pour toujours. Une partie de moi se sent mal à l'idée de partir, mais personne ne m'a traité comme si c'était un problème.

— Pourquoi ce serait un problème ?

Il haussa à nouveau les épaules. — Je ne sais pas. En grandissant, j'ai toujours eu l'impression que c'en était un. J'étais ici pour l'été au lieu de toute l'année, et les enfants qui vivaient ici se connaissaient. J'adorais venir ici, mais je ne connaissais pas beaucoup de monde.

— Alors, change ça. Fais connaissance avec les gens. C'est une ville assez géniale.

Il ricana. — On forme une sacrée paire. Tu n'es pas intéressée par les rencontres, et je ne suis pas intéressé à m'installer.

Je souris. — Ce qui fait que nous sommes assez bien ensemble, tu ne crois pas ?

Il soutint mon regard pendant un long moment et sourit. — Oui, je pense que c'est le cas.

— As-tu déjà exhibé ton corps à quelqu'un ? demanda Gavin trois verres plus tard.

Je ricanai mais souris. — Oui, mais c'était mon petit ami, pas une personne au hasard.

— Vraiment ? Tu penses que je vais croire ça ?

— Si ! On travaillait ensemble et je plaisantais.

Gavin secoua la tête avec une horreur feinte. Il prit une gorgée de sa boisson puis demanda : — Donc, je suppose que c'est un ex-petit ami ?

Je hochai la tête. — Oui.

Heureusement, Gavin n'insista pas pour plus d'informations, ce qui signifiait que c'était mon tour de poser une question. — As-tu déjà envoyé une photo de ton sexe à quelqu'un ?

Il éclata de rire. — Non. Il y a quelque chose d'infiniment vulgaire à essayer d'obtenir un rendez-vous en partageant ses parties intimes. Surtout parce qu'il n'y a aucune garantie que ce soit vraiment les tiennes.

— Le dick-fishing, dis-je.

— Quoi ?

— Tu sais, comme le cat-fishing où tu prétends être quelqu'un d'autre, mais avec ton sexe.

Il rejeta sa tête en arrière et rit fort. Je ricanai avec lui, son rire m'infectant.

— C'est la meilleure chose que j'ai entendue de toute l'année.

— De toute l'année ? L'année est presque terminée.

— Je maintiens ce que j'ai dit. Dick-fishing. Génial.

— Et précis.

— Absolument. OK, alors... as-tu déjà nagé nue ?

— Depuis quand c'est devenu un jeu de connaissance coquin ?

Il sourit. — Depuis qu'on a convenu d'être amis. Je ne te juge pas parce qu'on ne sort pas ensemble, et tu ne me juges pas pour la même raison. Donc, on peut parler de tout. Et arrête d'éviter la question.

Je serrai les lèvres et secouai la tête. — Non. Je ne l'ai jamais fait.

— Vraiment ? J'aurais pensé que oui.

— Ah bon ? Eh bien, il fait plutôt froid par ici, et le seul endroit où nager est dans la Crique, qui est aussi très proche du rivage, donc ce ne serait pas très malin.

— Tu ne l'as même pas fait en grandissant ?

— Euh, non. Sérieusement ? Quel genre d'enfance penses-tu que j'ai eue ?

Il rit. — Bien vu.

— As-tu déjà couché avec quelqu'un avec qui tu n'aurais pas dû ?

— Tu parles de tromper quelqu'un ? Parce que c'est un non catégorique pour moi.

— N'importe quoi. Tromper, quelqu'un de beaucoup plus âgé ou plus jeune, l'amie de ta sœur, n'importe quoi.

— OK, tromper, absolument pas. Plus âgée ou plus jeune, eh bien, j'ai trente-six ans, mais je pense que la plupart des femmes avec qui j'ai couché avaient dans les cinq ans de mon âge à l'époque, donc je dirais non. Et les amies de ma sœur, je ne dirais pas qu'elles étaient interdites ou quoi que ce soit, mais non, je n'ai jamais couché avec aucune d'entre elles. Les seules femmes avec qui j'ai couché, c'était consensuel et juste des relations normales ou du sexe ou peu importe.

Je hochai lentement la tête, me demandant avec combien de femmes il avait couché.

— OK, as-tu déjà simulé un orgasme ?

J'hésitai juste assez longtemps pour qu'un sourire se dessine sur ses lèvres.

— Tu l'as fait ? Sérieusement ?

— Eh bien, je... oui, mais il ne l'a jamais su.

— Tu crois vraiment ?

— As-tu déjà été avec quelqu'un qui a simulé ?

— Non, ricana-t-il.

Je souris et inclinai la tête.

— Quoi ? Non. C'est impossible.

— Avec combien de femmes as-tu couché ? demandai-je.

— Quoi... je... pourquoi ?

— Réponds juste à la question. En gros.

— Une douzaine.

Je ne réagis pas. — OK, donc si tu as couché avec douze femmes, et en supposant que tu as couché avec chacune d'elles cinq fois, ça fait soixante expériences. Je suppose que tu en as eu beaucoup plus, mais disons juste ça. J'ai simulé environ une fois par mois, et à raison de deux fois par semaine, c'était un peu plus de dix pour cent du temps. Mes amies m'ont dit qu'elles faisaient pareil, donc je suppose que la moitié des femmes avec qui tu as couché ont simulé une fois.

— Quoi ? demanda-t-il, déconcerté. C'est impossible.

Je haussai les sourcils et haussai les épaules.

— Tu te fous de moi.

Je secouai la tête.

— Tu as simulé si souvent ?

Je hochai la tête.

— Peut-être qu'il n'était simplement pas si bon. Je m'assure toujours que les femmes avec qui je suis prennent du plaisir. Il bomba le torse.

Je lui tapotai la main. — J'en suis sûre.

Il ricana et se recula. — Pas drôle.

— Hé, c'est toi qui as posé la question. As-tu déjà fait l'impasse sur les sous-vêtements ?

Il lui fallut une minute pour s'adapter au changement de sujet mais hocha la tête. — Oui, ça m'est arrivé. Ce n'est pas mon truc, mais je l'ai fait. Et toi ?

Je hochai la tête. — Oui, et pareil.

— Et les soutiens-gorge ? Es-tu déjà sortie sans en porter

un ? Son regard tomba sur ma poitrine généreuse mais ne s'y attarda pas. Il leva son verre et le vida.

Je secouai la tête. — Non. Pas avec ces choses. J'aimerais pouvoir, et dès que je rentre chez moi, je l'enlève, mais pas en public.

— Je ne pense pas qu'un homme se plaindrait jamais qu'une femme ne porte pas de soutien-gorge.

Je souris. — Probablement vrai, mais j'ai l'impression qu'il me manque quelque chose. Ce n'est juste pas pour moi.

Il hocha la tête et jeta un coup d'œil autour du bar. Il commençait à se vider, ce qui me surprit.

— Quelle heure est-il ?

Je sortis mon téléphone et vis quatre appels manqués de Sofia et neuf SMS.

— Merde. Je dois appeler ma colocataire. Je lui ai dit que je serais rentrée il y a des heures.

— Oui, bien sûr.

J'appelai Sofia, et elle répondit à la première sonnerie. — Ça va ?

— Oui. Je suis vraiment désolée. Je suis à l'O'Kelley's en train de boire un verre avec Gavin et j'ai complètement perdu la notion du temps.

— Gavin ?

— Oui, on s'est retrouvés ici pour boire un verre et je n'ai pas réalisé comme il était tard. Je suis vraiment désolée.

— Ce n'est rien. Je te promets. J'étais juste inquiète. Je suis contente que tu ailles bien. Tu as conduit, c'est ça ?

— Oui.

— Et tu ne bois pas ?

— Non. Je vais bien. Je serai bientôt à la maison.

— Piper, amuse-toi. Ne t'inquiète pas pour moi. Je vais me préparer pour me coucher. Je suis désolée de t'avoir dérangée.

— Jamais, Sof. Je te promets. Merci de prendre soin de moi.

Elle ricana. — Je ne suis pas sûre que quelqu'un d'autre dirait que c'est moi qui prends soin de toi.

— Eh bien, ils ne nous connaissent pas. Je serai à la maison avant longtemps.

— À tout à l'heure. Salut.

— Salut. Je raccrochai et rangeai mon téléphone. — Désolée pour ça.

Gavin secoua la tête. — Ne t'excuse pas pour ça. Vous êtes proches toutes les deux ?

Je hochai la tête. — C'est ma meilleure amie. On s'est rencontrées juste après mon déménagement ici. Sofia est géniale, mais elle est vraiment timide donc elle ne sort pas beaucoup.

— Ma sœur est un peu pareille. Mais pour elle, son ex lui a fait pas mal de mal. Elle doute de pratiquement tout en ce moment.

— Ça craint.

Gavin hocha la tête. — C'est vrai, parce que Zoey est géniale, et son ex est un connard. Il ne l'a jamais méritée, mais elle s'est laissé emporter par l'image qu'il donnait de lui.

— J'imagine que tu n'as jamais été son plus grand fan.

Il secoua la tête. — Pas vraiment. Elle m'a parlé de lui et il avait l'air génial. Puis je l'ai rencontré et j'ai envisagé de la dissuader de sortir avec lui.

— Tu ne l'as jamais fait ?

Il secoua à nouveau la tête. — Non. Je l'ai regretté pratiquement depuis. Mais ma nièce et mon neveu sont des enfants formidables, donc je ne peux pas tout détester dans son mariage avec lui.

— Tu as dit que tu es proche d'eux ?

Il hocha la tête. — Oui. Je les vois tout le temps. C'est difficile d'être si loin d'eux.

— Ils viennent pour Noël ?

— J'espère. Ma sœur n'est pas totalement sûre parce qu'elle est sortie avec Sebastian avant et ne veut pas le mettre mal à l'aise, mais j'essaie de la convaincre.

— Sebastian ?

— Il gère le phare.

— Ah, oui. Désolée. Je ne l'ai rencontré qu'une ou deux fois depuis que je suis ici.

— Ça fait trois ans que tu es ici, c'est ça ?

— Oui.

— Tu es heureuse d'avoir déménagé ici ?

— C'était la meilleure décision pour moi. De loin.

Je regardai à nouveau mon téléphone, débattant si je devais lui demander si nous pouvions mettre fin à la soirée pour que je puisse rentrer. Je me sentais mal de ne pas avoir appelé Sofia, pour la seconde fois parce que j'étais distraite par Gavin.

— On devrait y aller ? Et je peux rentrer à pied si tu dois rentrer chez toi. Ça ne me dérange pas.

— Non, je te déposerai. Je t'ai dit que je le ferais.

— Tu es sûre ? Parce que si tu dois rentrer chez toi—

— Merci, mais ça va. Sofia s'inquiète pour moi. Aucune de nous n'a de famille ici, donc on est comme des sœurs.

— Avoir une sœur, c'est plutôt génial, dit Gavin. Il fit un signe de tête à Hudson.

— Je dois payer.

— Déjà réglé, dit Gavin. — Hudson l'a mis sur ma note.

— J'étais censée t'offrir un verre.

— J'ai dit la prochaine fois, dit-il avec un sourire.

Je secouai la tête et le remerciai. Dehors, nous montâmes dans mon véhicule utilitaire sport et je me dirigeai vers l'auberge. — Tu loges à l'auberge ou dans la maison ?

— Dans la maison. J'ai séjourné à l'auberge la première

nuit, mais Tante Gina a réservé toutes les chambres, donc je suis dans l'une de ses chambres d'amis.

— Ce n'est pas si mal, non ?

— Non. Sauf si je veux tester ta théorie et m'assurer que les femmes avec qui je suis ne simulent pas.

J'éclatai de rire. — Ça te dérange vraiment, n'est-ce pas ?

— Parle d'un coup à l'ego d'un mec. Oui, ça me dérange.

Je ris et secouai la tête. — Rien n'a changé. Juste ta conscience de la chose.

— Ça n'améliore pas les choses.

Je ricanai en me garant devant la maison. Le clair de lune scintillait sur l'eau juste derrière la maison. Les lumières des décorations de fêtes faisaient briller toute la propriété.

— C'est magnifique ici.

— Oui, ça l'est, dit-il, sa voix basse et rauque.

Je le regardai, et il me fixa en retour. Je tirai ma lèvre inférieure entre mes dents et attendis.

Le moment était chargé de tension et de désir. Il se pencha en avant, et je relevai mon menton. Ses lèvres touchèrent ma joue pendant une demi-seconde, puis il se recula.

— C'était agréable de faire ta connaissance. Merci pour le trajet.

— Euh, oui. Bien sûr.

Il sourit et sortit de mon véhicule utilitaire sport sans un mot de plus. Ni aucune tentative de voler un baiser comme il avait dit qu'il allait le faire.

Pourquoi cela me décevait-il autant ?

— Tu t'es amusée hier soir ? demanda Sofia quand je sortis en trébuchant de ma chambre le lendemain.

Je hochai la tête et haussai les épaules en même temps.

— Oh oh, ça n'a pas l'air très convaincant. Que s'est-il passé ?

— Je ne sais pas. Ce n'est rien.

— Non, ce n'est pas rien. Que s'est-il passé ? A-t-il fait quelque chose ?

Je ricanai. — Non.

Elle sourit. — Et c'est ça le problème.

Je gémis et m'enfonçai dans le canapé à côté d'elle. Sofia me tendit sa tasse de café et j'en bus une gorgée avec reconnaissance avant de la lui rendre. — Je ne l'aime pas. Je ne veux pas qu'il tente quelque chose.

— Mais tu es déçue qu'il ne l'ait pas fait.

— Je sais, pleurnichai-je.

— Je pense que tu l'aimes bien, mais je pense que tu as peur. Frederick était un connard, et tu mérites mieux, mais je sais que tu ne le crois pas.

— Si, je le crois. C'est pour ça que je l'ai quitté. Mais le croire et être prête à essayer sont deux choses très différentes.

— Parle-moi de Gavin, dit Sofia, se blottissant dans le canapé et enroulant une couverture autour de ses jambes. Elle serra sa tasse contre sa poitrine et me regarda avec un sourire.

— Laisse-moi prendre un café.

Elle hocha la tête pendant que je me levais du canapé et allais à la cuisine. J'ajoutai une touche de crème à la vanille et une cuillerée de sucre à ma tasse et retournai au canapé.

Je restai silencieuse pendant une minute, mais Sofia me laissa réfléchir. Elle ne me poussait jamais à parler. Elle comprenait que j'avais besoin de déterminer ce que je voulais dire avant d'ouvrir la bouche.

Je pris finalement une respiration et dis : — Il est gentil. Il est drôle et flirte beaucoup, mais c'est un type bien. Il me rappelle toi à certains égards parce qu'il veille sur moi. Il a une sœur, donc je suppose que c'est en partie ça.

— Je l'aime déjà, dit Sofia avec un sourire.

Je lui souris en retour. — C'est le genre d'homme dont je pourrais me voir tomber amoureuse. Mon sourire s'effaça. — J'ai réussi à tenir tout le monde à distance depuis Frederick, mais Gavin se rapproche de plus en plus. Ce soir, quand je me suis assise à l'O'Kelley's et que je l'ai vu, je savais que j'aurais dû partir, mais je n'en avais pas envie. Il m'a offert un verre et on a joué aux fléchettes et parlé et il m'a demandé de le ramener chez lui—

— Il a quoi ? C'est un profiteur ? Pas qu'un mec doive avoir une voiture et conduire tout le temps, mais tu vois ce que je veux dire.

Je secouai la tête. — Non. Il est allé à l'illumination du sapin avec sa tante et Sebastian, et ils sont rentrés. On avait fait nos plans, et il allait simplement marcher jusqu'à l'auberge, mais on a convenu d'être amis, alors il m'a demandé si je pouvais le déposer. Il a une voiture. Je crois. En fait je n'en sais rien, mais...

— Il vit avec sa tante, n'a peut-être pas de voiture, est-ce qu'au moins il t'offre des verres ?

Je hochai la tête. — Oui. Il possède sa propre entreprise. Il vit aussi à Pittsburgh, donc s'il n'a pas de voiture, c'est à cause de ça. Mais ça n'a pas d'importance. Rien ne va se passer entre nous.

— Que s'est-il passé après que vous avez joué aux fléchettes ?

— Quoi ?

— Fléchettes, répéta Sofia. — Que s'est-il passé après que vous avez joué aux fléchettes ?

Je haussai les épaules. — On a juste parlé. On s'est assis au bar et on a parlé. On a posé des questions étranges à tour de rôle, puis je l'ai ramené chez lui et je l'ai déposé.

— Quel genre de questions ?

Je haussai les épaules alors que mes joues brûlaient.

Sofia leva un sourcil. — Vraiment ? Des trucs sur le sexe ?

— Certains. C'était juste pour plaisanter. Ce n'était pas bizarre.

Elle leva les mains. — Je n'ai rien dit. Mais il me semble que peut-être il y a quelque chose.

Je secouai la tête. — Il n'a pas essayé de m'embrasser.

— Et alors ?

Je soupirai contre moi-même. — Plus tôt dans la soirée, il a dit qu'on devrait juste être amis, et j'ai plaisanté qu'il avait accepté ça rapidement. Il a dit qu'il allait essayer de m'embrasser à la fin de la soirée, mais il ne l'a pas fait.

— Et tu penses que tu as passé des heures à parler avec un gars et qu'il a décidé qu'il n'était pas intéressé alors que toi, tu l'es.

Je haussai les épaules. — Difficile de ne pas le penser.

Sofia ricana. — Toi, ma chère, es un beau désordre. Donne-lui une chance, et peut-être que tu essaieras de l'embrasser la prochaine fois.

Je ricanai. Ça n'allait certainement pas arriver.

7

GAVIN

Sebastian et moi avons passé le dimanche après-midi à travailler à l'extérieur de l'auberge. Je réalisais rapidement que c'était lui qui maintenait l'endroit à flot pour Tante Gina, et je me sentais coupable de lui avoir laissé tant de travail à faire.

— Comment arrives-tu à gérer ton propre travail ? lui ai-je demandé quand nous nous sommes assis pour faire une pause.

Il faisait beau et ensoleillé, mais l'air était vif, voire mordant par moments. C'était le genre de journée que les amateurs d'activités hivernales adoraient, car on pouvait faire à peu près tout. Je n'avais jamais été un grand fan de l'hiver, mais j'étais aussi un bourreau de travail sans vie sociale. Être loin du bureau signifiait que j'étais obligé de faire différentes choses.

Je me surprenais à apprécier cela.

Sebastian haussa les épaules. — Je fais tout ce qu'il faut. Il n'y a pas grand-chose à faire avec le phare. Je m'assure que tout fonctionne, mais en général, le travail est plutôt tranquille.

— Je suis désolé qu'on t'ait refilé tant de choses au fil des années. Nous aurions dû venir ici plus souvent. J'aurais dû. Si j'avais su ce qui se passait avec Tante Gina...

— Gina va bien. Elle vieillit, mais ça nous arrivera à tous. Le cambriolage de cet été l'a vraiment effrayée.

J'ai secoué la tête. — Je n'arrive toujours pas à croire que tu as oublié de m'en parler. J'aurais aimé être là pour elle.

— Tu ne peux pas tout faire. Tu as un travail. Je me souviens quand tu voulais être médecin. Tu as toujours eu de grands rêves.

Mes joues ont brûlé, mais j'ai simplement hoché la tête. Personne ne mentionnait mes anciens rêves. Ma famille savait que c'était un sujet dont je ne voulais pas parler, et mes amis... eh bien, mes amis étaient des amis d'après. Ils ne savaient même pas que c'était quelque chose que j'avais envisagé. Pas même Chad.

— Mes parents nous ont toujours dit que la famille devait passer en premier. J'ai été là pour Zoey et les enfants, mais Tante Gina a été complètement seule.

— Je ne suis pas de la famille, mais elle n'est pas seule.

J'ai souri et lui ai tapoté le dos. — Tu es de la famille. Et j'apprécie ce que tu as fait pour l'aider. Surtout après tout ce qui s'est passé.

Sebastian a hoché la tête et s'est levé. Il continuait de faire comprendre que parler de Zoey était hors limites. — Je vais finir puis me nettoyer pour le dîner. Gina n'aime pas qu'on soit en retard.

Je me suis levé avec lui et nous avons travaillé côte à côte pour finir d'accrocher les volets à l'extérieur de l'auberge. Le bâtiment blanc était toujours remarquable, mais avec les volets bleu vif, il prenait vie. Ce n'était qu'un élément parmi tant d'autres sur la liste des choses à réparer, mais c'était quelque chose que nous pouvions faire sans déranger les clients.

J'ai suivi l'exemple de Sebastian et j'ai pris une douche avant le dîner. Tante Gina était dans la cuisine à cuisiner tout l'après-midi, donc j'avais sa maison pour moi tout seul et j'ai profité de l'eau chaude après avoir été dans le froid la majeure partie de la journée.

La chaleur m'a imprégné et a détendu mon corps pour la première fois depuis mon arrivée. Non, ce n'était pas vrai. Être avec Piper était relaxant. Elle était amusante à qui parler, et belle. Mon Dieu, j'avais envie de l'embrasser quand elle m'a déposé, mais je ne pouvais pas. Nous avions passé une bonne soirée, et elle avait déjà dit qu'elle n'était pas intéressée par une relation. C'était mieux que je ne sente pas la douceur de ses lèvres pulpeuses sous les miennes ou que je ne pose pas mes mains sur ses courbes sensuelles.

J'ai enroulé ma main autour de mon sexe et j'ai laissé mon imagination combler les lacunes de ce qui aurait pu se passer si elle n'avait pas été si catégorique sur le fait que nous n'étions que des amis. Des lèvres douces, des courbes encore plus douces. Des sons et des caresses délicats. Des mamelons durcis et une chair tendre.

Il n'a pas fallu longtemps avant que ma délivrance vienne. J'ai grogné son nom et j'ai fermé les yeux. Le fantasme allait devoir suffire car la réalité était qu'elle ne ressentait pas la même chose.

Je me suis habillé rapidement, me rendant compte que Tante Gina commençait le dîner dans quelques minutes et que j'allais être en retard. J'ai traversé la propriété en courant jusqu'à la maison principale, me suis laissé entrer par la porte arrière, et j'ai trouvé Tante Gina avec un grand plateau dans les mains.

— Laisse-moi t'aider, ai-je dit.

— Je m'en occupe, a-t-elle insisté. Tu as failli manquer le dîner.

— Désolé, ai-je marmonné, sachant que je serais prêt à manquer tous les dîners si Piper était vraiment là avec moi.

Tante Gina m'a observé alors qu'elle poussait la porte battante avec sa hanche et quittait la cuisine.

J'ai accroché mon manteau au crochet à côté de la porte et j'ai pris un autre plateau de nourriture. Sebastian est entré dans la cuisine et a fait un signe de tête avant de prendre les deux derniers plateaux.

Tante Gina avait créé un autre chef-d'œuvre. Je ne me souciais jamais trop de ma taille, mais je commençais à me demander si je pourrais encore rentrer dans mes costumes à mon retour à Pittsburgh. Apparemment, c'était la soirée italienne avec les trois types de pâtes, les petits pains à l'ail et au parmesan, et deux salades.

— Ça a l'air délicieux, ai-je dit à Tante Gina. Je me suis reculé pour permettre à ses clients de manger d'abord. C'était toujours la règle, une que je suivais dans ma propre entreprise. Les personnes qui rendent votre vie possible devraient être traitées comme des rois. Chad et moi faisions tout notre possible pour bien traiter nos employés, même si nous n'en avions pas beaucoup. Sans leur aide, nous n'aurions pas eu les succès que nous avions.

— Ça sent bon aussi, a ajouté Sebastian, nous rejoignant de l'autre côté de la salle à manger.

— Eh bien, merci à vous deux. J'espère que c'est bon au goût.

J'ai regardé les clients qui étaient déjà assis. Des yeux fermés à la première bouchée et de doux gémissements d'approbation remplissaient l'air. — On dirait que c'est le cas.

Tante Gina a regardé autour d'elle avec un sourire triste. — Ça va me manquer. Cuisiner pour les gens.

— Tu n'es pas fatiguée ? lui ai-je demandé.

Sebastian a inspiré brusquement. Il a légèrement secoué la tête, mais c'était trop tard.

— Tu insinues que je suis trop vieille pour cuisiner ? Trop vieille pour m'occuper des choses ? Parce que je te ferai savoir que j'ai fait tout ce qui devait être fait ici. J'ai aidé à faire de cet endroit ce qu'il est aujourd'hui.

— Je sais, Tante Gina. Tu as raison. Et je ne dis pas que tu es trop vieille ou incapable de le faire. Je sais simplement qu'à un moment donné, j'espère pouvoir prendre ma retraite. Je me demandais juste si tu ressentais cela.

Elle a réfléchi une minute puis a secoué la tête. — J'ai un travail que j'aime. Un travail que je ferais jusqu'à ma mort si je le pouvais. Ça a toujours été mon rêve. Rob s'occupait de la propriété, et je m'occupais des clients. Nous voulions des enfants, mais je n'ai pas pu en avoir. C'est pourquoi toi et ta sœur veniez ici. Vos parents savaient que nous voulions des enfants. Ça les aidait à ne pas s'inquiéter pour vous, mais c'était bon pour nous de vous avoir dans les parages. Mais les clients qui viennent ici, c'est ma famille. J'aime cuisiner pour eux. Et ça va me manquer.

— Pourquoi n'engages-tu pas quelqu'un pour s'occuper de la propriété et tu continues à cuisiner ? ai-je demandé.

Elle a secoué la tête. — C'est trop demander à quelqu'un de faire ça. Je devrais payer presque tout ce que je gagne en un an pour avoir quelqu'un qui travaille ici. Ce ne serait pas juste pour cette personne.

J'ai regardé Sebastian. Il a légèrement hoché la tête.

— Peut-être qu'on peut trouver une solution, ai-je dit.

Elle a souri et m'a tapoté la main. — Allez vous servir, les garçons. Je vais vérifier comment vont les clients.

Sebastian est passé devant moi, remplissant une assiette avec chaque type de pâtes, une salade, et deux petits pains. J'ai fait de même, puis l'ai posée sur la table et ai pris une autre assiette pour Tante Gina.

— Merci, a-t-elle dit quand elle nous a rejoints. Tout le monde dit que tout est bon. Et vous, les garçons ? Oui ?

Nous avons hoché la tête pour marquer notre accord, ne faisant pas assez de pause pour parler. Sa nourriture était incroyable. J'allais définitivement avoir du mal à rentrer dans mes costumes à mon retour.

— Qui t'a déposé si tard hier soir ? a demandé Tante Gina alors que j'avais la bouche pleine.

Je l'ai regardée fixement, essayant de trouver une réponse tout en mâchant. — Piper. Elle travaille au O'Kelley's. C'était le mieux que je pouvais faire.

— Oh, a-t-elle dit, paraissant un peu trop excitée. J'espérais que tu avais un rendez-vous. Tu ne m'as pas parlé de femmes depuis un moment. Je sais que tu avais cette femme il y a un moment... Cindy ? C'était son nom ?

J'ai hoché la tête. Cindy était géniale, mais ça n'a pas marché. Elle était gentille, magnifique, intelligente et talentueuse, mais elle était aussi très ambitieuse. Tellement que lorsqu'elle a commencé à gravir les échelons et a voulu que je grandisse avec elle, j'ai dû mettre fin à notre relation. Ce n'était pas moi. Je ne voulais pas d'une grande entreprise et d'une grande carrière. Je voulais ce que j'avais. C'était la bonne taille. Plus petit, plus sûr. Rien ne s'écroulerait.

— Ça n'a pas marché avec Cindy, ai-je dit à Tante Gina.

— C'est dommage. Mais j'ai entendu des choses sympa sur Piper.

— Elle est incroyable, ai-je dit sans réfléchir.

Les sourcils de Sebastian ont bondi vers le haut, et Tante Gina a souri.

— Je savais que si tu venais ici, tu t'installerais et rencontrerais des gens.

J'ai gémi intérieurement. — C'est difficile de ne pas le faire dans une petite ville.

— Eh bien, tu as l'air heureux. Es-tu heureux ?

J'ai souri. — Bien sûr.

— Oh, tant mieux. J'espérais que tu trouverais quelqu'un ici. Tu dois l'inviter à dîner. Je veux la rencontrer.

— Mais Tante-

— Elle aime la dinde ? a demandé Tante Gina.

— Je... je n'en ai aucune idée.

— Oh, eh bien tout le monde aime la dinde. Fais-la venir mardi soir. Je fais de la dinde et tout ce qui l'accompagne. Elle est fan de chocolat ?

— Je ne sais pas.

— D'accord, eh bien, je préparerai plusieurs options. Je le fais toujours de toute façon. Je savais que tu trouverais quelqu'un ici.

— Mais-

Tante Gina m'a regardé. Ses yeux bruns étaient remplis d'espoir et de joie. Je voulais lui dire que Piper et moi n'étions que des amis, mais je m'étais promis de faire tout ce qu'il fallait pour que Tante Gina passe les meilleures fêtes possible.

— Je m'assurerai qu'elle puisse venir, ai-je dit.

Tante Gina a souri et a tapé dans ses mains. — Oh, super. Je suis si excitée de rencontrer ta nouvelle petite amie. Tante Gina était heureuse, ce qui signifiait que tout irait bien.

Tant que Piper acceptait de se joindre à nous. Et qu'elle ne voyait pas d'inconvénient à être ma fausse petite amie.

JE ME SUIS SOUVENU TARD dimanche que je pouvais contacter Piper sur l'application de rencontres. Je l'ai ouverte et j'ai réalisé que j'avais manqué un message d'elle plus tôt disant qu'elle avait passé un bon moment la veille au soir.

TEMPORARYRESIDENT

Moi aussi. Merci de m'avoir permis de t'offrir un verre.

Je n'étais pas sûr qu'elle répondrait rapidement, mais avant que je ne ferme l'application, j'avais un message d'elle.

SHOWMETHEMONEY

Comment s'est passée ta journée aujourd'hui ?

TR

Bien. Dîner avec ma tante. Nous réparons ce que nous pouvons à l'auberge. Et toi ?

SMTM

Pas mal. Journée tranquille et soirée entre filles.

TR

Soirée entre filles ?

SMTM

Oui, plusieurs d'entre nous se réunissent le dimanche soir à la librairie pas loin du O'Kelley's. Je suis une addition assez récente au groupe.

TR

Des personnes nouvelles en ville ?

SMTM

Non, elles ont pour la plupart grandi ici. C'est moi qui suis nouvelle. Je ne les connaissais pas bien pendant un moment.

TR

C'est définitivement bon d'avoir des amis.

J'ai attendu qu'elle réponde, mais elle n'a rien dit tout de suite. Je me suis demandé ce que c'était que tout ça.

TR

Tu es toujours là ?

SMTM

Oui, je réfléchis juste.

TR

À quoi ?

SMTM

À ce que tu as dit. C'est bien d'avoir des amis.

TR

Je suis d'accord. Et en parlant d'amis, ma tante veut que tu viennes dîner mardi soir. Es-tu disponible ?

SMTM

Comment ta tante me connaît-elle ?

TR

Elle a demandé qui m'avait ramené hier soir.

Je n'allais pas lui dire que Tante Gina avait tout de suite conclu que nous étions ensemble ou que j'avais accepté. Tante Gina ne dirait rien devant Piper et tout irait bien.

SMTM

Suis-je la seule amie que tu as à L'anse MacKellar ?

TR

Il semblerait. Bien que, comme ta soirée entre filles, j'ai reçu une nouvelle invitation à la soirée entre mecs. Ils ne sont pas aussi agréables à regarder, cependant.

SMTM

MDR ! La plupart des femmes sont en couple, alors ne te fais pas trop d'espoir.

TR

Tu es célibataire, cependant, non ?

SMTM

Oui, je te l'ai dit hier soir.

TR

Bien. Alors dîner ? Mardi ?

SMTM

Avec ta tante ?

TR

Oui. Je suis sûr que Sebastian sera là aussi. Et Tante Gina cuisine le dîner pour tous les clients, donc ce sera animé.

SMTM

Y a-t-il quelque chose que je peux apporter ?

TR

Non. Tante Gina s'occupera de tout. Elle insistera. Tu es son invitée et elle prendra plaisir à te gâter. Elle m'a dit aujourd'hui qu'elle allait regretter de ne plus pouvoir nourrir les gens.

SMTM

C'est étrange de regretter ça.

TR

Je le pensais aussi, mais elle a dit qu'elle adore ça. Elle considère les clients comme sa famille et veut prendre soin de tout le monde. L'auberge va lui manquer.

SMTM

C'est vraiment nul qu'elle doive vendre.

TR

Ouais, c'est vrai.

SMTM

Tu es sûr que je ne peux rien apporter ?

TR

> Oui, certain. Elle ne me le pardonnerait
> jamais.

SMTM

C'est presque une assez bonne raison
d'apporter quelque chose. Juste pour te voir
transpirer.

TR

> Argh. Tu me devras quelque chose si tu
> fais ça.

SMTM

Ça pourrait en valoir la peine.

TR

> Tu pourrais bien être un problème.

SMTM

Je suis définitivement un problème. Et je vais
te laisser. Sofia et moi regardons un film.

TR

> Désolé de t'interrompre. Profite bien. Et
> merci.

SMTM

À mardi.

J'ai quitté l'application avec un sourire. J'avais hâte d'être à ce dîner.

J'ÉTAIS VRAIMENT anxieux mardi après-midi. Tante Gina me posait des questions sur tout ce que Piper aimait, mais je ne connaissais pas beaucoup de réponses. J'étais à peu près sûr que Tante Gina préparait deux fois plus de nourriture que d'habitude, mais elle chantait tout l'après-midi dans la cuisine.

Quand l'heure du dîner est arrivée, j'ai vérifié mon téléphone et je me suis dirigé vers la fenêtre de devant pour guetter Piper. Tante Gina parlait avec les clients dans la salle à manger principale, mais Piper n'était pas encore là, donc elle ne servait personne.

Je faisais les cent pas devant la fenêtre, me demandant si je devais l'appeler. Ou lui envoyer un message puisque je n'avais pas son numéro. Ou appeler O'Kelley's au cas où quelque chose serait arrivé.

J'ai finalement vu des phares tourner vers la propriété. Le soleil était presque couché, et l'éclat des lumières de Noël rendait plus difficile de voir s'il s'agissait du véhicule utilitaire sport de Piper jusqu'à ce qu'elle se gare devant.

Elle est sortie puis a tendu le bras à l'intérieur pour attraper quelque chose. J'ai ouvert la porte d'entrée et j'ai ri quand j'ai vu le grand vase avec des fleurs rouges et blanches éclatantes.

— J'ai pensé que de la nourriture serait une mauvaise idée, mais je ne pouvais pas venir les mains vides, a dit Piper quand elle m'a rejoint sur le porche.

— Tu essaies de me mettre dans le pétrin, n'est-ce pas ?

Elle a haussé les épaules. — Ça en vaudra totalement la peine.

J'ai embrassé sa joue, un geste qui semblait totalement naturel même si je ne la connaissais pas bien. Nous nous sommes tous les deux figés alors que mes lèvres s'attardaient sur sa joue. J'ai inspiré, l'inhalant et la gardant en moi.

Tante Gina s'est éclairci la gorge, nous faisant sursauter. — Bonjour. Tu dois être Piper.

— Oh, euh, bonjour, Madame Holbrook. C'est un plaisir de vous rencontrer. Elle s'est précipitée vers Tante Gina, me laissant dans le froid. Littéralement.

— Toi aussi. Gavin ne m'a pas dit assez de choses sur toi. Tu vas devoir tout me raconter pendant le dîner. Entre.

Piper a suivi Tante Gina. Elles discutaient toutes les deux pendant que Piper lui remettait les fleurs qu'elle avait apportées. Je les suivais, me demandant comment j'allais survivre à la soirée si elles s'alliaient contre moi.

Sebastian m'a tendu le couteau à découper et l'aiguiseur, s'écartant quand je suis entré dans la salle à manger. Piper était assise à une table sur le côté. Tante Gina n'avait pas une grande table unique car elle voulait que les gens puissent s'asseoir avec leur propre groupe, mais elle gardait toutes les tables dans une seule pièce pour que tout le monde puisse parler et manger ensemble.

Tante Gina a posé un grand bol de pommes de terre sur la table devant Piper. — Mange, ma chérie. J'en ai préparé beaucoup.

Les yeux de Piper étaient grands comme des soucoupes. Elle m'a regardé pendant que j'aiguisais le couteau pour découper la dinde. — Tante Gina ne fait pas les choses à moitié.

C'était un euphémisme. C'était un mardi soir. Il n'y avait rien de spécial à ce dîner. Mais Tante Gina insistait sur le fait que chaque dîner que nous partagions était spécial et voulait cuisiner une dinde pour l'occasion.

J'ai planté la fourchette dans la viande tendre et fait glisser le couteau aiguisé à travers la peau croustillante. Tante Gina était une cuisinière phénoménale. Ma bouche salivait rien qu'à penser à quel point la dinde allait être bonne.

Nous avons rempli nos assiettes avec plus de nourriture qu'il ne devrait être possible de manger en une seule fois et avons commencé à manger.

— Je suis si heureuse que tu aies pu te joindre à nous, Piper, a dit Tante Gina.

— Moi aussi, a répondu Piper avec un sourire.

— J'avais envie de faire ta connaissance. Quand Gavin m'a dit que vous sortiez ensemble, je lui ai dit qu'on devait t'inviter.

Piper s'est étranglée avec sa bouchée. Elle a tenu la serviette en tissu vert sur son visage et m'a lancé un regard paniqué.

Je lui ai frotté le dos et j'ai dit : — Tante Gina, tu n'étais pas censée la mettre dans l'embarras.

Tante Gina a haussé les épaules. — Je ne veux pas qu'elle pense que je ne suis pas d'accord avec le fait que vous soyez ensemble. Je gère une auberge. Je sais comment les choses se passent. J'ai nettoyé plus de draps souillés que la plupart des gens. Je n'ai pas peur que deux personnes profitent l'une de l'autre. Et je ne suis pas si vieux jeu pour penser que vous devez être mariés. À mon époque, plus de gens étaient mariés avant d'avoir des relations sexuelles, mais maintenant c'est presque inouï. Si Piper passe la nuit ici, ça ne me choquera pas.

— Oh mon Dieu, a murmuré Piper.

Ses joues étaient rouge vif. Ses yeux étaient fixés sur ses genoux. Le petit mensonge que j'avais dit à Tante Gina se retournait contre Piper au lieu de moi. Je n'avais jamais pensé que Tante Gina lui dirait quelque chose.

J'ai ouvert la bouche pour rétablir la vérité quand Piper a tendu le bras et a pris ma main. Je l'ai regardée, mon regard allant à nos mains entrelacées.

Piper s'est retournée vers Tante Gina. — Merci, Madame Holbrook. Je m'assurerai que Gavin s'occupe de tous les draps souillés pour que vous n'ayez pas à vous en inquiéter.

Tante Gina a hoché la tête et a souri à nos mains jointes. — Eh bien, il a changé sa part de draps aussi. Et s'il te plaît, appelle-moi Gina.

J'ai regardé entre elles deux et j'ai essayé de ne pas laisser ma mâchoire tomber par terre. Puis Piper m'a fait un clin d'œil et a demandé à Tante Gina comment elle gérait l'auberge.

Je pourrais bien être amoureux d'elle.

8

PIPER

Le regard choqué sur le visage de Gavin valait bien le petit sentiment de frustration que j'éprouvais envers lui. En fait, je trouvais hilarant qu'il ait laissé Gina croire que nous sortions ensemble. C'était encore plus drôle qu'il ne me l'ait pas dit et qu'il ait pensé que je ne le découvrirais pas.

Il ne connaissait manifestement pas le fonctionnement des petites villes. Ni celui des tantes qui veulent voir leur neveu rangé.

Pendant le dîner, je lui ai lancé des regards doux et j'ai joué le jeu du mensonge sur notre relation. Ce n'était pas grand-chose jusqu'à ce que Gina demande comment nous nous étions rencontrés.

— Nous nous sommes rencontrés au O'Kelleys, dit simplement Gavin.

— Je travaillais tard le jour de Thanksgiving, lui expliquai-je. Gavin est resté et a proposé de me raccompagner chez moi. Après ça, c'était comme si nous nous connaissions depuis toujours.

89

— Et ça ne te dérange pas que Gavin parle encore de retourner à Pittsburgh ? demanda Gina.

Je secouai la tête et me penchai vers Gina.

— Nous, les femmes, avons une façon d'obtenir ce que nous voulons d'un homme, n'est-ce pas ?

Gina gloussa et acquiesça.

— C'est certain. Je suis tellement heureuse que vous vous soyez trouvés. Après que tu l'auras convaincu de rester, tu devras le persuader de reprendre l'auberge pour moi, pour que je n'aie pas à la vendre.

— Oh, c'est une excellente idée, lui dis-je. J'adressai à Gavin un autre sourire, celui-ci lui faisant comprendre qu'il était cuit et que j'allais en rajouter une couche pour le punir.

— Je n'arrête pas de le lui dire, poursuivit Gina. Mais il dit qu'il doit retourner dans son entreprise.

— Oui, mais il peut travailler sur des campagnes publicitaires depuis n'importe où. Gérer une auberge exige d'être présent. Et il m'a dit que vous vouliez rester pour cuisiner, c'est bien ça ?

— Tout à fait, dit-elle avec enthousiasme. Ses yeux s'illuminèrent. J'en ai vraiment envie.

J'acquiesçai.

— Je pense que Gavin pourrait être heureux ici, s'il se donnait la peine d'essayer.

— Je suis d'accord.

Gavin grogna et bouda sur sa chaise. Il ne dit presque rien pendant le reste du dîner, laissant Gina et moi bavarder et faire connaissance. À chaque occasion, j'ajoutais quelque chose sur le fait que Gavin devrait rester.

Quand le dîner fut terminé et que tous les invités eurent quitté la salle à manger, Gina nous demanda si nous voulions nous retirer dans le salon pour prendre un café.

— Ça me semble merveilleux, lui dis-je.

— Gavin, montre à Piper où aller. Sebastian peut m'aider avec le café.

Gavin acquiesça et se leva, toujours gentleman. Je lui adressai un sourire narquois en passant devant lui, puis glissai ma main sous son bras pour qu'il puisse me conduire dans la bonne pièce.

Je n'avais jamais été dans l'auberge auparavant. Pas à l'intérieur du moins. Ils participaient aux événements des fêtes chaque année, mais la décoration de biscuits n'était jamais une activité à laquelle je prenais part. Le bois sombre étincelant et les photos couvrant les murs lui donnaient l'aspect d'une vieille maison familiale plutôt que d'une auberge. J'étais presque sûre que c'était voulu. Gina connaissait chacun de ses invités par son nom et les remerciait d'être là pendant le dîner. Elle se surpassait pour leur donner l'impression d'être ses invités personnels.

— Tu t'amuses ? demanda doucement Gavin quand nous arrivâmes dans la pièce avant de l'auberge.

Des canapés fleuris et des fauteuils à oreilles faisaient face à la grande cheminée en pierre. D'autres photos couvraient les murs, toutes dans des cadres coordonnés pour donner une impression d'intention et de perfection. J'étais fan des vieilles maisons, et celle-ci me rendait euphorique.

— Oui, vraiment. Et toi ?

Il rigola.

— Tu es quelque chose, toi.

— Et toi, tu mens à ta tante, répliquai-je.

— Et tu as totalement joué le jeu.

— À quoi t'attendais-tu ? Elle me dit que tu lui as raconté que nous sortons ensemble et je devrais partir en trombe en te traitant de menteur ?

— Je m'y attendais un peu.

— Est-ce pour ça que tu ne m'as pas dit que tu lui avais dit que nous sortions ensemble ?

— Je ne lui ai pas exactement dit ça. Je lui ai dit que tu m'avais raccompagné l'autre soir et elle a supposé que nous sortions ensemble. Elle ne m'a jamais donné l'occasion de la corriger. Et quand elle a voulu que tu viennes dîner, je ne pensais pas qu'elle allait te dire que j'avais dit que nous étions ensemble. Je me suis dit qu'on dînerait et que ce ne serait pas grave.

— Jusqu'à ce qu'elle parle de draps souillés, dis-je, luttant contre un rire.

Gavin gémit et essaya de ne pas rire trop fort.

— J'ai voulu me glisser sous la table quand elle a dit ça.

— Toi ? Et moi alors ? C'est la première fois que je rencontre cette femme et elle pense que je suis celle avec qui tu souilles les draps. Peut-être que je devrais te questionner à ce sujet, puisque nous sortons ensemble.

— Je n'ai passé la nuit avec personne. Il n'y a pas eu de draps souillés, dit-il fermement, sans aucune trace de rire dans ses yeux ou son ton.

Ce n'était pas bon que cette nouvelle me rende si heureuse. Gavin n'était pas à moi, peu importe ce que pensait sa tante. Et s'il souillait des draps avec quelqu'un d'autre, je n'avais aucun droit de lui dire de ne pas le faire.

— Je suis désolée. Je n'aurais pas dû demander.

Il s'approcha de moi et releva mon menton jusqu'à ce que nos yeux se rencontrent.

— Tu peux me demander n'importe quoi, Piper.

Nos corps étaient à peine séparés d'un souffle. Nous nous regardions dans les yeux. Chaque battement de mon cœur me rapprochait de lui. Mes mains se levèrent d'elles-mêmes, rencontrant sa poitrine. Il inspira brusquement, soulevant mes mains. Il fit un pas de plus vers moi, sa main glissant derrière ma nuque.

Mes yeux se fermèrent et ma tête s'inclina sur le côté. Son souffle caressait mon visage. Je me figeai, attendant, ayant besoin, voulant. Puis ses lèvres touchèrent les miennes.

Il m'embrassa d'abord doucement, comme s'il n'était pas sûr d'en avoir le droit. Nos lèvres restèrent fermées, le premier baiser n'étant pas plus qu'un bisou qu'on donnerait à sa tante. Puis sa main se resserra sur ma nuque et mes mains glissèrent autour de la sienne.

Je soupirai de bonheur. Sa main libre entoura ma taille, amenant nos corps en contact total. Il gémit et traça la couture de mes lèvres avec sa langue. Je m'ouvris pour lui. Sa langue effleura la mienne juste une seconde avant que nous entendions :

— Oh. Je suis vraiment désolée.

Gavin recula aussi vite que moi. Gina et Sebastian se tenaient près de la porte, nous regardant.

J'évitai de les regarder tandis que Gavin prenait le plateau que Gina portait. Il se ressaisit rapidement, rentrant parfaitement dans le rôle du neveu attentionné. Il versa le café et distribua des tasses à chacun d'entre nous. Sebastian prit l'un des fauteuils après que Gina eut pris l'autre, nous laissant, à Gavin et moi, le canapé pour nous asseoir côte à côte.

— Est-ce que tu viens à la décoration de biscuits ce week-end, Piper ? demanda Gina.

— Oh, euh, je ne suis pas encore sûre. C'est quand ?

— Samedi à quinze heures, dit Gina.

Gavin sirotait son café et son bras frôla le mien. Je me figeai, ce contact désinvolte me surprenant. Il s'écarta juste assez pour que je ressente le manque.

— Euh, je dois vérifier mon emploi du temps. Je ne suis pas sûre exactement de quand je travaille ce week-end, lui dis-je avec un sourire forcé. Je savais exactement quand j'étais censée travailler. Je le savais toujours. Je travaillais les jeudis soirs, les vendredis après-midi et les samedis soirs. J'avais demandé à Hudson de me donner ces services parce qu'ils étaient chargés et que je gagnais beaucoup de pourboires. Les autres serveurs préféraient avoir plus de temps libre les week-ends pour passer du temps avec leur famille et leurs amis, mais moi, j'aimais travailler. Et je n'avais jamais eu de raison de devoir être libre.

J'avais changé mon emploi du temps pendant l'été pour pouvoir commencer à aller aux soirées entre filles le dimanche. Le reste de mon emploi du temps restait toujours le même. Mais Gavin et moi n'avions pas parlé de décoration de biscuits. Ni de se retrouver pour quelque raison que ce soit. Et nous n'avions certainement jamais parlé de s'embrasser.

— Tu devrais venir, dit Gavin. Si tu ne travailles pas. Tante Gina prépare de la pâte à biscuits depuis une semaine. Elle prévoit de faire cuire des biscuits toute la journée de vendredi pour qu'il y en ait plein samedi après-midi.

Je lui souris et acquiesçai.

— Ça a l'air amusant.

— Ça l'est, dit Gina. Tous les enfants du coin viennent et décorent des biscuits, mais beaucoup d'adultes aussi. Presque chaque année, quelqu'un fait sa demande. C'est un événement formidable. Nous ouvrons le terrain pour que les gens puissent se promener, et nous l'organisons en fin d'après-midi pour que les gens puissent voir les lumières. C'est magique.

— Tout cet endroit l'est, lui dis-je, espérant changer de sujet. Depuis combien de temps possédez-vous l'auberge ?

— Oh, mon mari et moi l'avons achetée il y a des années. Nous adorions être ici. L'auberge était autrefois une maison familiale, mais les Robinson sont partis il y a des décennies. Cet endroit est resté vacant pendant longtemps avant que nous l'achetions. Les photos racontent toute l'histoire de ce que nous avons fait pour la restaurer. Malheureusement, nous avons encore beaucoup de travail à faire. Ça fait longtemps que je n'ai pas fait de rénovations majeures. Toi et Zoey étiez probablement des enfants à l'époque, n'est-ce pas ?

Gavin haussa les épaules.

— Je ne me souviens pas des rénovations, donc c'est possible. Ou avant notre naissance.

— Zoey est la petite sœur de Gavin. Nous essayons de la faire venir pour Noël. Elle a deux enfants, et ils devraient être avec leur famille pour les fêtes.

— Vos parents sont... euh... demandai-je.

— Mes parents vivaient à Pittsburgh quand nous grandissions, mais ils ont déménagé en Oklahoma peu après que j'ai terminé mes études. Ils adorent y vivre, mais c'est un voyage. Zoey n'aime pas prendre l'avion, et voler seule avec deux enfants est particulièrement difficile. Nous prévoyons un voyage pour voir nos parents au printemps quand les enfants seront en vacances. Nous avons essayé de les faire venir pour Noël mais les vols sont impossibles si tard, expliqua Gavin.

J'acquiesçai, reconnaissante qu'il ait compris la question que j'avais eu du mal à poser. Il posa sa main sur mon genou et serra. J'inspirai brusquement et levai les yeux vers lui. Ses yeux s'élargirent à ce qu'il vit dans les miens et son pouce glissa sur mon genou d'une manière rassurante. Je pensais qu'il lâcherait prise après une seconde, mais sa main resta là. Me distrayant. Me taquinant. Me touchant.

— Je pense qu'il est peut-être temps pour moi de rentrer chez moi, dit Gina après un moment. Sebastian, peux-tu m'aider à rentrer ?

— Bien sûr, dit Sebastian, sautant sur ses pieds. Il avait à peine parlé pendant le dîner, mais il semblait qu'il tenait profondément à Gina. Sans sa nièce et son neveu autour, c'était agréable qu'elle ait quelqu'un comme Sebastian qui l'aiderait.

— Bonne nuit, dit Gina, se penchant pour me serrer dans

ses bras et m'embrasser sur la joue. Tu devras revenir dîner bientôt. Et venir aussi pour Noël.

— Oh, non, je ne voudrais pas m'imposer, insistai-je.

— Tu fais partie de la famille maintenant, dit Gina. Ce ne serait pas une intrusion.

— Je passe habituellement Noël avec ma colocataire. Aucune de nous n'a de famille dans les environs, alors nous passons la journée ensemble.

— Amène ta colocataire ici. Vous pouvez toutes les deux vous joindre à nous. Je n'accepterai pas de refus, dit Gina.

Je la fixai pendant un moment puis tournai mon regard vers les deux hommes. Gavin n'était d'aucune aide, mais Sebastian dit :

— Elle n'acceptera pas de refus. Peu importe combien de fois vous dites non, elle vous usera. Acceptez simplement et laissez-vous faire.

Je lui souris.

— D'accord. Alors nous serons là. Merci.

— Oh, bien. Ce sera un merveilleux Noël pour mon dernier dans cette auberge. Gina sourit et prit le bras de Sebastian, le laissant la conduire au loin.

— Son dernier ? demandai-je à Gavin.

— Puisqu'elle va vendre, dit-il.

— Oh ! Je pensais... Bien.

Il sourit.

— Elle essaie de nous laisser du temps seuls.

Je triturais la poignée de la tasse et évitais de le regarder à nouveau.

— Ce baiser...

— C'était ma faute, dis-je.

Il s'immobilisa.

— J'allais dire que c'était incroyable.

— Vraiment ?

Il rit de mon sourire.

— Oui. Mais si tu n'étais pas d'accord...

— Je l'étais. D'accord. C'était incroyable.

— Bien, alors peut-être que nous pouvons réussir cette relation fictive et donner à ma tante le Noël qu'elle espère avoir. Je sais que tu ne cherches pas à t'attacher...

— Et tu ne cherches pas à rester, dis-je.

Il acquiesça.

— Donc, nous passons les fêtes ensemble. Tu laisses ma tante folle te traîner à tous ces événements et cuisiner pour toi, et nous prétendons être fous amoureux pour qu'elle s'amuse.

— Que se passera-t-il quand tu partiras ?

Il soupira.

— Elle vendra l'auberge et nous nous séparerons en étant amis.

— Tu es sûr que c'est la meilleure idée ? Je veux dire, elle est si gentille. Et lui mentir me semble mal.

— D'accord, alors que dirais-tu d'un arrangement différent. Un où nous ne mentirions pas complètement. Nous passons du temps ensemble. Nous partageons plus de ces fantastiques baisers. Nous laissons les choses se faire. Je t'aime bien, Piper. Je ne vais pas tomber amoureux de toi parce que je m'en vais, et tu n'es pas intéressée, mais nous avons matché sur À la Recherche du Héros Littéraire Parfait parce que nous cherchons tous les deux quelque chose.

J'inspirai profondément et considérai ce qu'il suggérait.

— Des amis avec avantages ?

— Faute d'un meilleur terme.

— Avons-nous des règles ?

— Pas de rendez-vous avec d'autres personnes.

— Ça me semble une bonne première règle.

— Pas de jeux.

— D'accord. Et je pense que nous devons dire pas de tomber amoureux.

Il acquiesça.

— Ce ne sera pas un problème pour aucun de nous.

— Bien, alors nous sommes d'accord. Jusqu'à ce que tu retournes à Pittsburgh, nous sommes ensemble pour autant que tout le monde sache, dis-je.

— Oui. Maintenant, allons faire une promenade pour que je puisse te voler quelques autres de ces baisers.

Je souris et mes joues chauffèrent. J'avais eu la même pensée.

QUAND JE ME levai le lendemain matin, Sofia était sortie pour un appel. Je lui envoyai un message lui demandant si elle voulait aller déjeuner, mais elle me dit que ça allait lui prendre un moment et d'y aller sans elle.

J'avais envie de me faire plaisir après ma soirée avec Gavin et sa tante. C'était une soirée amusante, et les baisers que nous avions partagés pendant notre promenade avaient certainement chassé le froid, mais je devais garder les idées claires, ce qui signifiait éviter de trop penser à lui.

Je traversai la ville, appréciant les guirlandes enveloppant les lampadaires et les flocons de neige suspendus aux fenêtres de presque tous les magasins de la ville. L'anse MacKellar rendait définitivement les fêtes plus festives. La première année où j'y ai vécu, j'ai pensé avoir été transportée au Pôle Nord, mais avec le temps, j'ai réalisé que c'était l'endroit parfait où être. Les gens se souciaient les uns des autres, et passer du temps ensemble pendant les fêtes ne signifiait pas seulement s'acheter des choses, mais aussi redonner de manière importante.

J'aperçus Blake à travers la vitrine de Cracked et décidai d'y entrer pour déjeuner. Elle me fit signe et me montra une table dans le coin. Je regardai et trouvai Karissa et Trinity qui me faisaient signe.

— Salut, mesdames. Ça vous dérange si je me joins à vous ? demandai-je.

— Bien sûr que non, dit Karissa. Elle déplaça son sac du siège à côté d'elle. Nous ne te voyons pas souvent sortir pour déjeuner.

— Je mange à la maison la plupart du temps. Sofia travaille, mais je voulais sortir aujourd'hui. Profiter de la joie que cette ville apporte, dis-je.

— Pas vrai ? Nous sortons habituellement déjeuner environ une fois par semaine puisque nous travaillons toutes les deux de la maison et devenons un peu folles après un certain temps, mais nous devrons peut-être sortir plus pendant cette période de l'année, dit Trinity.

— Oui ! Ça me fait simplement sourire d'être ici, dis-je. Je pris le menu alors que Blake s'approchait.

— Tu sais ce que tu veux ? Je peux demander à Earl de le préparer maintenant pour que ça arrive avec leur nourriture, me demanda Blake.

Je fermai le menu et acquiesçai.

— Du pain perdu me semble tellement bon en ce moment. Avec une portion de bacon.

— Génial. Je reviens tout de suite. Plus de café ? De l'eau ?

— De l'eau pour moi, dis-je.

Karissa et Trinity secouèrent la tête.

— Alors la rumeur dit que toi et Gavin Holbrook êtes impliqués, dit Karissa.

Je ris de sa franchise et sus que je ne pourrais jamais garder les choses secrètes à L'anse MacKellar.

— Nous sommes amis.

— Vraiment ? demanda Trinity. Parce que je n'ai pas d'amis qui m'embrassent comme il t'a embrassée.

— Comment sais-tu qu'il m'a embrassée ?

— James a vu Sebastian ce matin. Je jure que ces hommes sont plus commères que nous, dit Trinity. Il m'a appelée juste après pour me questionner à ce sujet. Il était ravi de pouvoir me dire quelque chose que je ne savais pas déjà.

Karissa ricana.

— Ils sont hilarants. Mais c'est vrai, n'est-ce pas ?

Elles se tournèrent toutes les deux pour me regarder. Je soupirai et ne pus retenir mon sourire.

— Oh, mon Dieu, c'est vrai, dit Trinity. Je ne l'ai pas encore rencontré. Est-il mignon ?

— James ne t'a pas dit ça ? taquina Karissa.

Trinity rit.

— Non, il ne l'a pas fait. Je pense qu'ils se sont rencontrés, cependant. Soirée entre mecs ?

J'acquiesçai.

— Oui, Gavin y est allé la semaine dernière.

— Oh, vraiment ?

— Ian l'a invité, dis-je.

— Ian a invité qui où ? dit Blake, livrant nos assiettes. Elle les avait toutes en équilibre sur un plateau et les posa devant nous, puis mit une autre assiette à la place vide et s'assit. Je meurs de faim. Ça ne vous dérange pas si je me joins à vous, n'est-ce pas ?

— Bien sûr que non, dit Karissa. Et nous essayons d'obtenir des informations de Piper sur Gavin. Ian l'a invité à la soirée entre mecs la semaine dernière ?

Blake acquiesça.

— Oui. Il a dit que c'était un type sympa. Il se souvenait de lui quand nous étions plus jeunes, mais ils n'étaient pas amis. Est-ce que toi et Gavin flirtez toujours ?

Je gémis pendant qu'elles gloussaient toutes.

— J'avais oublié que tu as rencontré Gavin, dit Trinity avec un sourire.

— Oui. Pourquoi parlons-nous de lui maintenant ?

Quelque chose d'autre s'est-il produit ? demanda Blake. Elle écarta un cheveu de son visage et mangea un morceau de bacon.

— Ils se sont embrassés hier soir, informa Trinity.

— Sérieusement ? Et alors ? Comment c'était ? Êtes-vous ensemble ? demanda Blake.

— Elle est allée dîner à l'auberge. Gina l'a invitée, dit Trinity.

— Je ne suis pas sûre que ce soit une bonne chose que sa tante l'ait invitée et pas Gavin, dit Karissa.

Elles se tournèrent toutes et me regardèrent, attendant que j'explique.

— Ce n'était pas grand-chose. Il lui a dit que je lui avais donné un tour le week-end dernier et elle a décidé que cela signifiait que nous sortions ensemble, alors elle lui a dit de m'inviter à dîner pour la rencontrer. Nous avons convenu d'être amis avec avantages ou quelque chose comme ça et de simplement rester décontractés.

— Amis avec avantages ? demanda Blake avec un sourire. Ouais, bonne chance avec ça. Ian et moi avons fait la même chose.

— James et moi n'avons jamais été amis. Nous étions des ennemis avec avantages, mais ça s'est quand même terminé de la même façon.

— Gavin retourne à Pittsburgh dans quelques mois. Il n'y a aucune chance qu'il reste. Et je ne suis pas intéressée par une relation, insistai-je.

— Dieu, j'aimerais ne pas être intéressée par une relation, dit Karissa. J'aimerais trouver un homme qui me frottera le dos après une longue journée ou se blottira contre moi dans le lit ou me fera simplement savoir qu'il est là. Je veux quelqu'un avec qui partager ma vie. Comme Laura l'a dit, je me sens superficielle ou anti-féministe en pensant ça, mais c'est vrai. Finley est génial, mais ce n'est pas la même chose.

— Non, ce n'est pas la même chose, dit Blake. Et je ne pense pas que cela te rende anti-féministe ou quoi que ce soit. Tu es honnête. Tu sais qui tu es et ce que tu veux. Tu ne dis pas que toutes les femmes ont besoin d'un homme dans leur vie. Ce serait différent.

— Non, nous n'avons pas besoin d'eux, mais ce serait bien d'en avoir un. Piper, tu dois me raconter tout sur les choses avec Gavin pour que je puisse vivre par procuration à travers toi. N'épargne aucun détail, dit Karissa.

— Je... vous ne voulez pas tout entendre, n'est-ce pas ? demandai-je.

Karissa regarda les autres, et elles acquiescèrent toutes.

— Oh, si, nous le voulons. Commence à parler.

9

GAVIN

Le travail ne manquait jamais à Auberge L'anse MacKellar. Je regrettais presque l'époque où je passais mon temps dans mon bureau, au téléphone et devant l'ordinateur, mais pas complètement. Travailler à l'auberge et être dehors au grand air frais m'apportait un tout autre type de plaisir.

Tout comme Piper.

Bon sang, quelle femme. Nous avons marché autour de la propriété après le dîner et chaque baiser me donnait envie de la ramener dans ma chambre chez tante Gina et de passer plus de temps à la vénérer. Je savais que tout cela n'était que pour s'amuser, mais passer du temps avec elle était la meilleure distraction que j'avais eue depuis bien trop longtemps.

— Tu aides ou tu rêvasses ? demanda Sebastian. Il remonta le chemin que j'étais en train de déblayer. Il souffla dans ses gants noirs et se frotta les mains.

— Je travaille. Et toi, qu'est-ce que tu fais ? Tu te promènes ?

— Je me demande sur quoi je vais tomber la prochaine fois.

— De quoi tu parles ?

Sebastian s'arrêta devant moi et me lança un regard dur. — Qu'est-ce que tu fabriques avec Piper ?

— En quoi ça te regarde ?

— Parce que Piper est quelqu'un de bien. Elle a toujours été gentille avec moi. Je ne la connais pas très bien parce que je garde mes distances, mais elle ne m'a jamais fait sentir que je n'avais pas ma place chez O'Kelley's ou posé des questions indiscrètes. C'est une bonne personne. Et toi, tu t'amuses avec elle.

Je n'aimais pas qu'on remette en question mon caractère, pas plus que je n'appréciais l'attitude protectrice de Sebastian envers Piper. — Ce qui se passe entre Piper et moi est consenti et ne regarde que nous. Pas toi. Tu n'as pas à me dire avec qui je peux être.

— Tu es vraiment impliqué avec elle ? Parce que quand tu parlais d'elle à Gina, j'avais l'impression que vous n'étiez que des amis. Même pendant le dîner, on aurait dit que vous vous connaissiez à peine et que vous étiez simplement copains, pas amants. Mais on vous a surpris en train de vous embrasser comme des adolescents. À moins que ce ne soit pour le spectacle, tu n'es pas juste avec elle. Elle mérite mieux.

— Mieux que moi ? demandai-je. Comment osait-il ?

— Tout ce que je dis, c'est que tu pars. Tu n'as pas l'intention de rester. Pourquoi t'impliquer avec elle ?

— Elle sait tout ça. Nous en avons parlé. Elle n'est pas intéressée par une relation. Même si ce ne sont pas tes affaires, nous profitons de la compagnie l'un de l'autre pendant les fêtes pour faire plaisir à tante Gina et ensuite je retourne à Pittsburgh. Piper le sait. Tu peux venir avec moi ce soir chez O'Kelley's et lui demander.

Sebastian me dévisagea à nouveau, m'examinant comme s'il pouvait voir la vérité en regardant assez intensément. Puis ça me frappa...

— Tu as un faible pour elle, c'est ça ? Merde, je n'en avais aucune idée. Je suis désolé. Si j'avais su—

— Je n'ai pas de faible pour elle. Je la connais à peine. Elle est jolie, mais je suis encore moins intéressé par une relation que ce que tu prétends qu'elle est. Je n'aime tout simplement pas voir les gens souffrir, et ta famille est vraiment douée pour faire des promesses puis quitter la ville.

J'ai inspiré brusquement face à ses mots durs. Il n'avait pas tort. Mais je n'avais jamais vu les choses sous cet angle. — Tu as raison, et je suis désolé. Piper et moi avons un accord. Je ne pensais pas que tante Gina la mettrait dans l'embarras comme elle l'a fait, mais Piper a suivi le mouvement. Quand je lui ai expliqué que je n'avais pas vraiment eu l'occasion de dire à tante Gina que nous sommes seulement amis, Piper a compris. Elle a dit qu'elle jouerait le jeu pour offrir à tante Gina un dernier joyeux Noël ici. Mais Piper comprend ce que c'est et ce que ce n'est pas.

Sebastian soutint mon regard encore une minute puis finit par hocher la tête. — Simplement... ne lui promets rien à moins de le penser vraiment. C'est le genre de chose qui peut gâcher la vie de quelqu'un pour toujours.

Sebastian s'éloigna, me laissant le regarder partir. Je détestais que ma sœur lui ait fait ça. Que la douce, attentionnée et merveilleuse Zoey qui se donnait entièrement aux autres puisse blesser quelqu'un comme elle avait blessé Sebastian. Zoey était à peine adulte quand elle avait accepté de revenir, mais leur relation était bien plus sérieuse que ce que j'avais réalisé.

J'ai fini de déblayer le chemin de l'auberge à la maison de tante Gina et je suis entré pour me réchauffer quelques minutes. Tante Gina utilisait plus la cuisine de l'auberge que la sienne, donc celle-ci était presque impeccable. Je ne cuisinais pas beaucoup, mais je savais faire des croque-monsieurs.

Je me suis assis à la table de la petite salle à manger avec mon croque-monsieur et un verre d'eau et j'ai appelé ma sœur. Zoey a répondu à la deuxième sonnerie.

— Salut, dit-elle, l'air épuisée.

— Salut, toi. Comment vas-tu ?

— Eh bien, Cameron a ses achats de Noël cet après-midi et je me suis portée volontaire pour aller à l'école aider. Alexis a un spectacle de danse ce vendredi soir et je dois finir d'ajouter des choses à son costume. Je nettoie la maison et j'essaie de préparer le dîner tout en me demandant comment je vais pouvoir me permettre de rester dans cette maison si je ne commence pas à travailler à temps plein bientôt.

— Donc, tu te portes à merveille ?

Elle a ri. — Merde, tu me manques. Je déteste que tu ne sois pas là en ce moment. Et je déteste que la personne qui me manque le plus au monde soit mon frère.

— Je suis plutôt génial, dis-je.

— Oui, c'est vrai. Comment va l'auberge ? Comment va tante Gina ? Et tout le monde ?

— L'auberge va bien. Nous établissons une liste de tout ce qui doit être fait. Sebastian et moi nous occupons de ce dont nous sommes capables, mais il y a beaucoup de choses que nous ne pouvons pas faire nous-mêmes. Tante Gina et tout le monde vont bien. Sebastian est grincheux. Je crois que ma présence l'agace.

— Pourquoi ? Parce que tu es là pour aider ? demanda Zoey. Sa voix monta, comme si elle essayait d'être en colère contre lui mais n'y arrivait pas.

— Non, parce que je lui rappelle toi. Il m'a sermonné aujourd'hui. Que s'est-il vraiment passé entre vous deux ?

— Je... Gav... Je... Elle inspira péniblement. Le canapé craqua tandis qu'elle s'asseyait. Elle prit quelques respirations profondes. J'aurais aimé être là pour lui tenir la main ou lui faire un câlin, mais elle était seule.

— C'est moi. Tu peux tout me dire.

— Je sais, dit-elle. Mais j'ai peur que tu me voies différemment si je te dis ça.

— Jamais, Zo.

Elle prit une autre respiration puis dit : — Sebastian travaillait à l'auberge un été. Il ramassait des feuilles ou quelque chose comme ça. Je ne m'en souviens même plus maintenant. Pendant les premières semaines, je disais bonjour et il répondait salut et c'était tout. Je le trouvais mignon, mais je voyais bien qu'il était beaucoup plus âgé que moi. Il m'a demandé de l'eau une fois. Puis il m'a demandé si je voulais aller voir un film avec lui. Tu avais un rendez-vous ce soir-là, alors j'ai dit oui. J'ai dit à tante Gina que j'y allais avec d'autres filles de la ville, mais c'était juste nous deux.

— C'était quand ?

— J'avais quinze ans. Il était gentil. Il me tenait la main et me demandait avant d'essayer de m'embrasser. Tout cet été, tout ce qu'il a fait, c'est m'embrasser. J'aimais ça. Beaucoup. Nous sommes restés en contact pendant l'année, et quand nous sommes revenus l'été suivant, nous avons repris là où nous nous étions arrêtés. Chaque été après ça, nous avons passé du temps ensemble. Avant que j'aille à l'université, nous... tu sais.

— Oui, compris. J'ai ri. Je n'avais pas besoin d'entendre parler de sa vie sexuelle.

— Pendant l'université, je revenais. L'été avant ma dernière année, il venait de commencer à travailler au phare. Il vivait dans le cottage d'à côté. Il se glissait dans ma chambre chez tante Gina chaque nuit et au matin, il était parti. Nous étions amoureux. Je lui ai dit que je reviendrais l'été suivant. Que je voulais passer le reste de ma vie avec lui.

Que je l'aimais et ne voulais rien d'autre que d'être avec lui pour toujours.

Elle s'arrêta de parler. Ses doux gémissements me brisaient presque le cœur. Je voulais être là pour elle.

— Que s'est-il passé, Zoey ? Pourquoi n'es-tu pas revenue ici ?

— Quand j'ai rencontré Trevor, nous sommes devenus amis. Il était doux et charmant et il me faisait me sentir spéciale. Sebastian était le seul homme avec qui j'avais été. Le seul que j'avais embrassé ou avec qui j'avais dormi ou que j'avais aimé. Mais Trevor... tout était différent avec lui. C'était rapide et amusant et excitant. Ce n'était pas un garçon d'une petite ville qui voulait une vie simple. C'était un homme d'une grande ville qui voulait tout ce que le monde avait à offrir. C'était enivrant, et j'ai succombé. Complètement. On pouvait être ensemble en public. Avec Sebastian, nous cachions notre relation parce qu'il était tellement plus âgé que moi.

Quand j'ai obtenu mon diplôme, j'étais tombée amoureuse de Trevor. Je savais que je devais à Sebastian de lui dire ce qui s'était passé, mais je ne pouvais pas l'affronter. Je ne savais pas comment lui dire que j'étais avec quelqu'un d'autre et que je ne voulais plus de lui, alors j'ai simplement arrêté de communiquer avec lui. J'ai changé mon adresse e-mail et je me suis jetée dans la construction d'une vie avec Trevor en oubliant tout de Sebastian.

J'ai inspiré profondément et me suis demandé pourquoi elle ne m'avait jamais raconté tout ça avant. Je savais qu'elle et Sebastian avaient eu une histoire, mais je ne savais pas qu'elle avait duré sept ans ni qu'elle l'avait ghosté. Pas étonnant qu'il soit si en colère.

— Tu ne l'as jamais contacté ? Tu ne lui as jamais dit que tu ne reviendrais pas ?

— Je ne pouvais pas. Je savais que si je lui parlais ou si je le voyais, je serais déchirée entre eux. J'aimais Sebastian, mais j'aimais Trevor aussi. C'était plus facile de rester à Pittsburgh. Tu étais ici et installé, et je n'étais pas sûre de pouvoir vivre à L'anse MacKellar pour toujours. Alors j'ai fait un choix.

— Oh, Zoey. Je t'aurais soutenue si tu avais déménagé. Je t'aurais soutenue dans tout ce que tu aurais voulu faire. Je suis désolé de t'avoir fait croire que je ne l'aurais pas fait.

— Ce n'est pas ça. Je voulais vivre près de toi. Je l'ai toujours voulu. Tu as toujours été mon meilleur ami, et vivre à des heures de distance ne m'attirait pas quand tu étais installé à Pittsburgh. C'était un choix facile à l'époque.

— Et maintenant ?

Elle rit sans joie. — Maintenant... eh bien, maintenant je sais que la vie ne se déroule pas comme on le prévoit.

— Regrettes-tu de ne pas être venue ici après l'université ?

— Non, dit-elle fermement. Si je l'avais fait, je n'aurais pas Cameron et Alexis. Les choses n'ont pas marché avec Trevor, mais je ne souhaiterais jamais ne pas avoir mes enfants. Et Sebastian... Tu as dit qu'il est célibataire, mais je suis sûre qu'il a avancé, non ? Il a eu une vie heureuse ?

Elle pêchait des informations. J'étais surpris que tante Gina ne l'ait pas tenue au courant de tout. Je n'étais pas sûr de ce qu'elle voulait vraiment savoir, mais je n'allais pas édulcorer les choses pour elle. — En fait, non. J'ai l'impression qu'il n'a pas laissé beaucoup de gens entrer dans sa vie depuis. Je pense qu'il te déteste et t'aime encore.

— C'est censé être le discours d'encouragement pour me faire venir à Noël ? Parce que si c'est le cas, tu es nul.

J'ai ri. — Je ne vais pas te mentir. Oui, je veux que tu viennes. Je veux vous voir tous. Mais si tu viens, ce ne sera pas comme entrer dans le plus heureux endroit sur terre. Il ne sera pas content de te voir.

Elle soupira lourdement. — Je ne lui en voudrais pas. Et

comme je l'ai dit avant, je ne suis pas sûre de devoir venir à cause de lui. Je ne veux pas le mettre mal à l'aise dans sa ville.

— Je vais lui parler. Je vais lui demander s'il sera d'accord avec ça. Mais tante Gina veut que tu sois là. Elle n'arrête pas de parler de son dernier Noël ici, et je sais qu'elle aimerait vous avoir ici aussi.

— Et puis je pourrai rencontrer Piper.

J'ai toussé et ri. — Comment sais-tu pour Piper ?

— Oh, j'ai mes sources. Écoute, je dois aller à l'école, mais je vais continuer d'y réfléchir. Tiens-moi au courant de ce que dit Sebastian.

— D'accord. On se reparle bientôt. Commence à faire tes valises.

— J'aimerais bien. Je t'aime.

— Je t'aime, frangine.

J'ÉTAIS PRESQUE ARRIVÉ à ma voiture quand Sebastian m'a interpellé.

— Hé, attends.

Je me suis retourné et j'ai attendu qu'il me rattrape.

— Tu pars maintenant ?

— Ouais. Tu veux toujours venir ?

— Je veux parler à Piper, alors oui.

J'étais un peu irrité qu'il s'inquiète autant que je profite de Piper, mais si cela signifiait qu'il me laisserait tranquille, je l'accepterais. Il ne me connaissait pas. Il n'avait aucune idée de qui j'étais ou de ce que j'avais fait.

J'ai haussé les épaules. — Allons-y.

— Je conduis, dit-il en faisant un signe vers son camion.

J'ai levé les yeux au ciel et l'ai suivi. La radio s'est allumée sur quelqu'un qui parlait de sport. Je l'ai à moitié écouté pendant le court trajet jusqu'en ville. Sebastian n'a rien dit, il a juste conduit et m'a ignoré.

Il s'est garé à quelques pâtés de maisons d'O'Kelley's et il est sorti, marchant vers le bar sans m'attendre. Je l'ai rejoint à la porte et j'ai secoué la tête.

— Salut les gars, dit Piper en passant devant la porte alors que nous entrions. Content de te voir, Sebastian.

— Toi aussi. Il faut qu'on parle, dit-il en inclinant la tête vers le côté.

— D'accord ? dit Piper, me lançant un regard confus.

J'ai secoué la tête et levé les yeux au ciel. Piper n'avait pas l'air moins confuse face à mon irritation évidente.

Je me suis dirigé vers le bar pendant que Sebastian parlait à Piper. Ramsey et Colin étaient les seuls présents, chacun avec un verre devant lui.

— Ce n'est pas souvent que Sebastian se montre, dit Hudson. Comment as-tu réussi ce tour de force ? Et pourquoi parle-t-il à Piper ?

— Il pense que je profite d'elle, lui ai-je dit.

Hudson retira la bière qu'il allait poser devant moi. — C'est le cas ? Parce qu'on peut tous te botter le cul tout de suite si tu joues avec elle.

— Ce n'est pas le cas. Je sais que vous ne me connaissez pas, mais non. Elle et moi avons parlé. Je ne lui cache rien et je ne prétends pas être quelque chose ou quelqu'un que je ne suis pas. Et n'est-ce pas à Piper de décider si elle veut être avec moi ?

— Ça dépend si tu es un connard ou pas, dit Ramsey.

Sebastian s'assit à côté de moi et fit un signe de tête à Hudson.

Hudson demanda : — Il a droit à la bière ou à une raclée ?

Sebastian me lança un regard noir. — La bière pour l'instant. On garde la raclée pour quand il foirera.

— Il n'y a rien à foirer. Nous sommes amis, et tout ce qui

va au-delà est temporaire. Nous sommes d'accord, leur ai-je dit.

Hudson me fixa du regard pendant un long moment puis finit par poser la bière devant moi. — Je te surveille. Piper est comme ma sœur. Que tu restes quelques semaines, c'était bien, mais s'il s'inquiète pour toi, je m'inquiète aussi.

— Il n'y a pas de quoi s'inquiéter, ai-je insisté.

— Qu'est-ce que fait le nouveau ? demanda Ian en nous rejoignant. Il me donna une tape dans le dos et s'assit à côté de Sebastian. Content que tu te joignes à nous.

Sebastian hocha la tête et but une gorgée de ma bière.

— Hé !

— Tu peux en avoir une nouvelle, dit Sebastian.

J'ai soupiré profondément. Hudson m'a donné une autre bière et a dit à Ian : — Gavin tourne autour de Piper. Sebastian le surveille.

— Vraiment ? demanda Ian. Je pensais qu'elle t'avait rejeté ?

J'ai secoué la tête. — Avec des amis comme vous, qui a besoin d'ennemis.

— On te taquine, dit Ian. Les choses se passent bien ? Ou tu te comportes comme un con ?

— Pas du tout ! ai-je dit. Sérieusement ?

— D'accord, laissons-lui un peu d'espace, dit Colin. Laissons-le en placer une.

— Merci, lui ai-je dit. Tu es mon préféré.

Colin a ri. — Alors, toi et Piper ?

— Quoi, moi ? demanda Piper en passant. Elle s'arrêta et regarda tout le monde.

Ils sont tous devenus muets.

J'ai levé les yeux au ciel. — Ils veulent tous connaître les détails sur nous. Ce sont des commères.

Piper sourit et glissa sa main sur mon épaule. — Vous voulez qu'il vous raconte la nuit qu'on a passée ensemble et les choses qu'il m'a faites ? À quel point je suis bonne au lit ? Tout ce qu'on a fait ? Elle haussa un sourcil et sourit en coin. Vous allez tous être tellement déçus parce qu'il n'y a pas grand-chose à raconter. Fichez la paix à ce pauvre gars.

Elle me fit un clin d'œil et secoua la tête en s'éloignant.

— Je crois qu'il faut lui offrir un verre, dit Ian. Je pense que Piper pourrait être trop pour lui.

Les autres ont ri à mes dépens. Je leur ai tous fait un doigt d'honneur, mais j'ai accepté avec joie la bière qu'Hudson a posée devant moi. Piper n'était pas trop pour moi. Elle était parfaite.

Mais sa voix sexy et le fait qu'elle se frotte contre moi m'empêchaient définitivement de me lever et de partir dans l'immédiat.

10

PIPER

Je suis retournée au bureau et j'ai fermé la porte derrière moi. J'avais besoin d'une pause. C'était bondé, et je savais que je devrais être là-bas, mais j'avais besoin d'une minute.

J'étais habituée à vivre dans l'ombre. À être quelqu'un à qui personne ne prêtait attention. Être sous les projecteurs était difficile. Et je n'aimais pas vraiment ça.

Je n'étais pas contrariée, mais j'ai déménagé à L'anse MacKellar pour échapper aux gens qui dévisageaient, posaient des questions et décidaient qu'ils avaient le droit de tout savoir sur ma vie. Vivre dans une petite ville signifiait que plus de gens pensaient qu'ils devaient savoir, mais je n'avais jamais été quelqu'un sur qui ils offraient des opinions.

Quand Sebastian m'a prise à part, je n'avais aucune idée de ce qu'il allait dire. J'étais partagée entre être touchée que lui et les autres gars s'inquiètent pour moi et agacée qu'ils pensent que je ne pouvais pas gérer les choses moi-même.

La porte du bureau s'est ouverte et j'ai soupiré intérieurement tout en affichant un sourire pour quiconque envahissait ma minute de solitude.

— Tout va bien ? a demandé Hudson.

Je ne me suis pas retournée pour le regarder. J'avais encore besoin d'une minute. Mais j'ai dit, — Bien sûr, d'une voix enjouée.

— Tu racontes n'importe quoi. Qu'est-ce qui se passe ? Est-ce qu'il fait quelque chose dont tu ne peux pas nous parler ? Je vais le jeter dehors. Lui botter le cul. Le chasser de la ville immédiatement. Sa voix est montée en colère au fur et à mesure qu'il parlait.

— Gavin n'a rien fait, ai-je dit en me tournant vers mon patron. Hudson était un grand gars, grand et large. Il m'a dit qu'il était mince en grandissant, mais je n'utiliserais pas ce mot pour décrire l'homme que je connaissais. Il était féroce et loyal et le meilleur patron que j'aie jamais eu. Et un bon ami.

— Pourquoi es-tu ici ? Tu ne prends jamais de pause, a-t-il dit en s'approchant de moi et en regardant mon visage.

— Je n'ai pas l'habitude d'être le centre d'attention, ai-je admis.

— On s'inquiète pour toi.

J'ai hoché la tête. — Je sais. Et j'apprécie. Mais c'est bizarre. Je ne sais pas comment l'expliquer.

— Essaye, a-t-il dit, en se penchant en arrière avec les bras croisés sur sa poitrine.

J'ai soupiré et dit : — J'aime bien Gavin, mais je ne suis pas intéressée par quelque chose de permanent. Les seuls gars avec qui j'ai été impliquée depuis que j'ai déménagé ici ont été encore plus temporaires que lui. Je ne veux pas de relation. Ce n'est pas pour moi. Mais je sais comment je sonne quand je dis ça, alors je ne le dis pas aux gens.

— Comment tu sonnes ? Pour moi, tu as l'air d'une femme qui sait ce qu'elle veut. Tu n'as pas besoin de vouloir une relation pour être une bonne personne. Les deux n'ont rien à voir l'un avec l'autre. Sauf si tu mens à ce sujet, mais je ne t'ai jamais connue pour mentir. Il a soupiré et s'est rapproché de moi. — Écoute, je sais que tu as tes secrets. Tu ne m'as jamais dit pourquoi tu as déménagé ici. Tu n'es pas en fuite face à la loi, alors je te fais confiance. Gavin semble être un bon gars, mais ça ne veut pas toujours dire qu'ils le sont—

— Il l'est, ai-je interrompu.

— Bien. Alors ne t'inquiète pas pour tout le monde. Tu es l'une des nôtres. On tient à toi. Donc l'interroger, c'est notre façon de nous assurer qu'il sait à quel point son cul sera botté s'il te fait du mal.

— Tu sais que je peux me débrouiller toute seule, lui ai-je dit.

Il a ri doucement. — Crois-moi, je le sais. J'ai vu trop d'hommes tomber à cause de toi pour penser que tu ne peux pas gérer quoi que ce soit. Mais ça ne veut pas dire que je ne serai pas juste derrière toi, prêt à distribuer ma propre forme de punition si un gars pense que la raclée que tu lui donnerais n'est pas suffisante.

J'ai souri. — Merci. Je ne pense pas que Gavin en aura besoin, mais merci.

— Juste au cas où.

J'ai ri.

— Tu es sûre que ça ira ? Je vais leur dire de reculer et de te laisser tranquille.

J'ai secoué la tête. — Ça ne ferait qu'empirer les choses.

Il a souri. — Probablement vrai.

— Merci, Hud. Ça ira. J'ai juste besoin d'une minute.

Il a hoché la tête et a quitté le bureau, me laissant seule. J'ai sorti mon téléphone et vérifié mes actions. Mes transactions avaient réussi ce jour-là et j'avais gagné un peu d'argent supplémentaire. Voir cela m'a fait sourire. C'était fou, mais le day trading m'excitait. Et me détendait. La plupart des gens le trouvaient stressant, mais j'adorais ça. Un vestige de ma vie précédente, et la raison pour laquelle je pouvais me permettre de travailler comme serveuse et de posséder mon propre immeuble.

Mais le bâtiment avait besoin de grosses réparations bientôt, alors je devais passer à la vitesse supérieure. Ce qui signifiait de nouvelles transactions et un peu plus de risque, car le risque mène à la récompense. Et j'avais besoin d'une récompense.

J'ai configuré quelques transactions pour le matin afin que ma journée commence bien et j'ai remis mon téléphone dans ma poche. J'ai rapidement utilisé les toilettes, puis je me suis lavé les mains et je suis retournée travailler.

Le reste de la soirée s'est écoulé assez rapidement. Les gens rentraient chez eux plus tôt que d'habitude avec la tempête imminente. De la glace et de la neige devaient frapper la région vers minuit, et personne ne voulait être dehors dans ces conditions. Sofia a insisté pour que je conduise afin de ne pas rentrer à pied par ce temps horrible. Lorsque le bar s'est vidé et que le vent hurlait à l'extérieur du bâtiment, j'ai su qu'elle avait raison de conduire.

J'envoyais un texto à Sofia pour lui faire savoir que nous nettoyions le bar et que je serais à la maison dans environ une heure lorsque la porte d'entrée s'est ouverte. Habituellement, Hudson dirait à quiconque entrait si tard que nous étions fermés, mais il n'a rien dit. J'ai levé les yeux et je l'ai vu parler à Gavin.

Mon cœur a bondi à sa vue. Il était parti plus tôt dans la soirée sans rien me dire. Je travaillais, alors j'appréciais qu'il ne m'interrompe pas, mais j'aurais quand même aimé qu'il dise quelque chose. Maintenant, il était de retour.

— Besoin d'aide ? a-t-il demandé, debout à côté de moi avec un chiffon.

— Je peux m'en occuper.

Il a hoché la tête. — Je sais, mais je voulais te raccompagner chez toi. Il fait un froid glacial dehors.

— Merci, mais j'ai conduit.

— D'accord, alors je veux te parler et peut-être embuer les vitres de ta voiture avant que tu rentres chez toi ce soir.

Mes joues ont chauffé et j'ai essayé de ne pas rire. — Je pourrais être ouverte à ça. Je pensais que tu étais parti.

— C'est le cas, mais seulement parce que Sebastian et moi sommes venus ici ensemble. Je ne savais pas que tu travaillerais ce soir, sinon j'aurais conduit mon propre véhicule la première fois.

— Tu n'étais pas obligé de revenir.

— Je le voulais, Piper.

J'ai soutenu son regard pendant une longue minute et j'ai laissé l'intensité m'imprégner. Cela faisait longtemps qu'un homme me regardait comme ça. Les hommes que j'avais connus récemment étaient des aventures. Du sexe occasionnel qui allait et venait. Avec certains d'entre eux, j'ai couché plus d'une fois, mais aucun d'entre eux n'était un homme qui restait. Et je ne voulais pas qu'ils restent. Mais Gavin était un défi. Gavin était le genre d'homme avec qui je ne voulais pas seulement coucher. Nous parlions et riions. J'ai rencontré sa tante. Nous passions du temps ensemble, en dehors de la chambre.

Ce qui me donnait encore plus envie de passer du temps ensemble dans la chambre.

Il m'a aidé à nettoyer, essuyant les tables et retournant les chaises. Il me frôlait chaque fois qu'il était proche. Sa main s'attardait sur ma hanche quand il se penchait derrière moi. Son souffle chatouillait ma nuque quand il essayait d'aider à balayer. Au moment où nous avons terminé, j'étais en feu et j'aurais aimé pouvoir essorer ma culotte.

— Tout est prêt ? a demandé Hudson après que j'ai rangé la serpillière.

J'ai hoché la tête. — Bien.

Hudson a verrouillé la porte et nous a dit bonne nuit, se dirigeant dans la direction opposée vers son camion.

— Ta voiture ou la mienne ? a demandé Gavin, glissant un bras autour de moi.

— Euh, pourquoi ne me suivrais-tu pas jusqu'à chez moi ?

Il s'est reculé et m'a regardée. — Tu es sûre ?

J'ai hoché la tête.

— Je suis garé de l'autre côté de la rue. Tu veux que je te conduise jusqu'à ta voiture ?

— Bien sûr, ai-je dit.

Nous avons traversé la rue en courant pendant qu'il déverrouillait sa voiture. Elle était belle, quelque chose de cher. Ce n'est qu'une fois à l'intérieur que j'ai réalisé que c'était une Subaru STI.

— Belle voiture, ai-je dit.

— Merci. Il a souri. — C'était mon cadeau à moi-même l'année dernière. Elle est géniale dans la neige et redoutable dans les virages autour de Pittsburgh. Et c'est une petite voiture sexy.

J'ai hoché la tête. C'était définitivement une voiture sexy. Je n'avais jamais été trop intéressée par les voitures, mais mon ex l'était. La STI était la voiture de ses rêves.

— Où es-tu garée ? a-t-il demandé.

— Juste au coin de la rue. Pas trop loin.

Il a pointé les bouches d'aération vers moi et s'est engagé sur la route vide. Personne ne nous a dépassés alors qu'il conduisait jusqu'à ma voiture. Il s'est arrêté juste à côté et a dit : — Je vais te suivre.

J'ai hoché la tête et je suis sortie, déverrouillant mon véhicule utilitaire sport en ouvrant la portière. Il faisait un froid glacial dans ma voiture, et mettre le chauffage semblait être un gaspillage pour un court trajet, mais je l'ai fait quand même. N'importe quelle chaleur valait mieux que le vent glacial dehors.

Nous étions devant mon immeuble en moins de trois minutes. Je me suis garée à mon endroit habituel et j'ai coupé le moteur. Gavin s'est garé juste derrière moi, et j'ai réalisé que je n'avais jamais dit à Sofia que je ramenais quelqu'un à la maison. Ça ne la dérangeait pas, mais je préférais la prévenir car elle n'était pas toujours à l'aise avec les étrangers.

Avant de sortir, je lui ai envoyé un texto rapide pour lui dire que j'allais bientôt rentrer et que Gavin était avec moi, si ça ne la dérangeait pas. Trois bulles sont apparues avant que son texto n'apparaisse.

Déjà au lit. Amuse-toi bien !

J'ai souri et glissé mon téléphone dans ma poche avant de sortir.

— Tout va bien ? a demandé Gavin. Il se tenait sur le trottoir de l'autre côté de mon véhicule utilitaire sport.

— Oui. Je préviens juste Sofia que tu es là.

— Je peux partir si tu—

— Non, ai-je dit rapidement. — Elle est déjà au lit et ça ne la dérange pas.

Il a hoché la tête mais n'avait pas l'air beaucoup plus convaincu. Je me demandais s'il voulait me demander quelque chose, mais il ne l'a pas fait.

J'ai déverrouillé la porte d'entrée et lui ai montré le chemin jusqu'à notre appartement. Je nous ai laissés entrer silencieusement pour déranger Sofia le moins possible. Elle avait laissé la lumière allumée près de la porte, et comme Gavin ne restait pas, je n'ai pas pris la peine de l'éteindre.

— Ma chambre est par ici, ai-je dit doucement, le conduisant à travers la salle à manger et la cuisine jusqu'à ma chambre. La chambre de Sofia était de l'autre côté du salon. Nous avions chacune nos propres salles de bain privées, ce qui était agréable pour nous, mais qui craignait quand nous avions des invités. Ce qui n'arrivait pas souvent, cela dit.

Quand nous sommes arrivés dans ma chambre, j'ai doucement fermé la porte derrière nous. Je me suis retournée pour le regarder et l'ai trouvé en train de me sourire narquoisement.

— Quoi ?

— Tu es tendue. Qu'est-ce que tu penses que je vais faire ?

— Je ne sais pas. Ça semblait être une bonne idée au O'Kelley's.

— Rien n'est obligé de se passer, Piper. Nous avons dit que nous sommes amis d'abord. Nous allons prendre les choses au jour le jour. Nous faisons les règles. Pas tomber amoureux, pas de jeux, et pas de rencontres avec d'autres personnes. Le sexe ne faisait pas partie de nos règles.

Je lui ai souri. — Je t'aime bien. C'est plus facile de coucher avec des gars quand je ne les connais pas.

— Je t'aime bien aussi. Mais nous savons tous les deux que c'est temporaire. Il y a beaucoup de choses que nous ne savons toujours pas l'un de l'autre. Est-ce que c'est le problème ?

J'ai secoué la tête. Il avait raison. Je ne connaissais pas son deuxième prénom ou à quoi ressemblait sa maison. Je ne connaissais pas le nom de son entreprise ou où il travaillait. Je ne savais pas s'il voulait une famille un jour ou s'il avait déjà été fiancé. Et je ne voulais pas le savoir. Tout ce que je voulais savoir, c'était à quoi il ressemblait nu.

Il a eu un sourire narquois quand j'ai levé les yeux vers lui. Il a tendu la main vers moi au même moment où je tendais la mienne vers lui. Nous nous sommes heurtés, nous agrippant l'un à l'autre, langues et mains et jambes entremêlées alors que nous cherchions mon lit.

Nous avons atterri avec lui au-dessus de moi. Mes jambes pendaient au bord du lit. Il a écarté mes genoux pendant que nous nous embrassions, se calant entre mes cuisses. Sa langue léchait et goûtait la mienne, la frénésie d'il y a un instant ralentissant une fois la décision prise.

J'ai soulevé sa chemise pour sentir la chaleur de sa peau. Il s'est penché en arrière et l'a enlevée, puis s'est baissé et a remonté la mienne doucement. Il embrassait et léchait ma chair nue à chaque centimètre qu'il exposait. Mes mains parcouraient ses épaules et son dos. J'ai fermé les yeux et profité de ce moment avec lui.

Il s'est arrêté quand il a atteint mon soutien-gorge, laissant mes seins couverts, et s'est allongé sur moi à nouveau. Il m'a embrassée lentement, son érection pulsant contre ma cuisse. J'ai accroché ma jambe autour de la sienne et gémi doucement quand il s'est frotté contre mon centre.

— Piper, a-t-il dit contre mes lèvres. Il a replongé, scellant nos lèvres ensemble. Ses mains ont glissé sous ma chemise, ses pouces frottant les côtés de mes seins.

J'ai gémi doucement, m'assurant de ne pas être trop bruyante pour Sofia, et me suis relevée. Il s'est dépêché de m'enlever ma chemise et a embrassé le contour de mon soutien-gorge. Il a léché sous la bretelle et s'est pressé contre moi.

— Oui.

Il a descendu une bretelle le long de mon bras et a libéré mon sein dans sa bouche. Sa langue a effleuré le bout érigé. Je l'ai maintenu en place, pressant mon sein contre sa bouche. Il a souri contre moi. Ses mains maintenaient mes hanches en place alors que j'essayais de bouger contre lui.

J'avais besoin de plus. Je voulais plus. — Gavin.

— Dis-moi ce dont tu as besoin, a-t-il dit.

— Toi. À l'intérieur de moi. J'ai besoin de toi.

Il s'est reculé et s'est levé. Il m'a regardée, ses yeux parcourant mon corps comme une main. Chaque centimètre de peau s'enflammait, le suppliant de revenir me toucher ou me goûter.

Il a déboutonné son jean et l'a laissé tomber au sol avec son boxer. Il s'est penché et a pris un préservatif de sa poche, puis s'est redressé et a poussé ses vêtements du pied.

Je voulais le lécher. Tout entier. De la pointe de sa grosse queue jusqu'à ses épaules. Il était magnifique. J'ai rencontré son regard et mon souffle s'est figé dans ma gorge devant son expression. Il savait que je le regardais et il me laissait faire. Me permettant de l'apprécier, de le juger.

Je me suis relevée du lit et me suis tenue devant lui. Il n'a pas bougé, ni même respiré, il est juste resté là, comme s'il attendait que je décide si je voulais toujours continuer.

Je me suis mise sur la pointe des pieds et j'ai pressé mon corps contre le sien. Il était plus grand que moi mais pas tellement que je ne puisse pas sceller mes lèvres aux siennes. Il a gémi et m'a attirée dans ses bras, écartant mes lèvres avec sa langue et prenant le contrôle du baiser.

Il m'a ramenée vers le lit, mais je l'ai arrêté avant qu'on ne s'allonge à nouveau pour pouvoir enlever le reste de mes vêtements. Il s'est assis sur le bord du lit et a déroulé le préservatif tout en me regardant me déshabiller.

Il y avait quelque chose d'étrangement intime dans le fait qu'il me regarde et se caresse en même temps. Quelque chose qui me rendait plus mouillée et plus prête pour lui.

Il a reculé sur le lit et m'a guidée au-dessus de lui une fois que j'étais nue. — Tu es magnifique, a-t-il murmuré.

— Toi aussi, lui ai-je dit.

Il a souri comme s'il pensait que je disais ça juste pour dire, mais m'a embrassée avant que je ne puisse argumenter avec lui. Il me faisait tout oublier quand il m'embrassait. Rien d'autre n'avait d'importance à part Gavin et moi et notre présence ici.

Sa main a pressé mes cuisses pour les écarter et m'a

incitée à m'asseoir sur ses jambes. J'ai rompu notre baiser pour le faire, puis j'ai gémi quand il a glissé un doigt épais en moi.

— Oh, oui, a-t-il grogné. Son doigt est allé plus profondément la deuxième fois, puis il en a ajouté un second. — Tu as tellement bon goût, Piper.

— Je pense que tu vas me faire jouir, ai-je admis.

Il a souri. — C'est le plan.

Je lui ai rendu son sourire et me suis soulevée plus haut. Alors qu'il poussait en moi, je me suis laissée tomber sur sa main.

— Prends ce dont tu as besoin, a-t-il dit. Il a amené mes mains à ses épaules. Je me suis servie de lui comme appui, baisant sa main jusqu'à ce que mon orgasme me rattrape.

— Oh, mon Dieu, ai-je gémi. Mon corps était tendu, prêt à lâcher prise. J'avais besoin de me libérer.

Il a pris mon sein en coupe et pincé mon mamelon, me faisant basculer. Je me suis penchée en avant et j'ai mordu son épaule pour étouffer mes bruits. Je me suis sentie mal dès que je l'ai fait, mais il a juste gémi et a continué à enfoncer ses doigts profondément en moi, me laissant lui faire mal.

Je me suis effondrée sur lui, mais il n'avait pas terminé. Il m'a caressée doucement, son pouce taquinant mon clitoris pendant que le reste de moi essayait de revenir à la normale après mon orgasme.

— Je ne sais pas... Oh, mon Dieu, ai-je gémi.

— Encore un, Piper. Mords l'autre épaule si tu en as besoin.

J'ai ri doucement, puis j'ai gémi quand il a pressé son pouce fort contre mon clitoris. Je me suis déplacée vers son autre épaule et j'ai léché sa chair.

— Tu as bon goût.

— Tu es délicieuse, a-t-il dit.

Il a accéléré, m'amenant de plus en plus haut rapidement.

Je n'arrivais pas à suivre et j'étais sur le point de crier quand l'orgasme m'a frappée fort. — Oui, ai-je gémi en mordant son épaule.

Il a tressailli légèrement. J'ai essayé de me retirer, mais il a frotté à nouveau mon clitoris et m'a tenue contre lui. Je n'avais pas d'orgasmes comme ça avec d'autres hommes.

Il a fait glisser sa main de haut en bas sur mon dos tout en taquinant paresseusement la chair trop sensible entre mes cuisses. J'ai posé ma tête contre son épaule et me suis sentie horrible quand j'ai vu les marques de dents correspondantes sur ses deux épaules.

— Ça va ? lui ai-je demandé.

— Ça en valait totalement la peine, a-t-il dit avec un clin d'œil.

J'ai souri et embrassé ses épaules. Ses doigts jouaient avec moi, caressant ma peau humide pendant que je léchais et embrassais ses épaules. J'ai fait mon chemin à travers elles et me suis arrêtée pour embrasser ses lèvres aussi.

Il s'est adossé à ma tête de lit et m'a guidée plus près de lui. La perte de ses doigts en moi m'a fait gémir jusqu'à ce que je sente sa queue alignée à mon entrée.

— Tu es sûre de ça ? a-t-il demandé, se reculant pour me regarder.

J'ai hoché la tête et je me suis abaissée sur lui, gémissant avec lui alors qu'il me remplissait et étirait mon corps.

— Putain de merde, a-t-il dit dans un chuchotement rauque. — Tu es tellement bonne, Piper.

— Putain oui, ai-je gémi. Je savais déjà que je n'allais pas pouvoir m'empêcher de jouir à nouveau. Il s'adaptait en moi comme s'il était fait pour moi, frottant mon clitoris en même temps qu'il frottait profondément à l'intérieur.

Ses mains guidaient mes hanches vers le haut, puis me faisaient redescendre doucement. Il poussait en moi, tous deux adoptant le même rythme en quelques coups.

— Je pourrais avoir besoin de mordre ton épaule, a-t-il grogné. — Seigneur, Piper. Si bon.

J'ai grogné mon accord, sachant que je ne pourrais pas tenir plus longtemps que lui. Chaque coup m'envoyait au bord jusqu'à ce que je bascule.

Mon corps s'est resserré autour de sa queue. Il a pris mon visage en coupe et a amené mes lèvres aux siennes brutalement, avalant mes cris alors que je jouissais. Il a pompé en moi et a suivi ma libération par la sienne, gémissant alors qu'il jouissait et me tenant fermement contre lui.

Nous sommes restés assis là, nous tenant l'un l'autre, jusqu'à ce que nos corps refroidissent et que nos pouls ralentissent. Il pulsait encore en moi quand je me suis soulevée de lui et j'ai bougé pour descendre du lit.

— Bon sang, je suis content qu'on ait passé cet accord, a-t-il dit, sa voix rauque et grave.

— Pourquoi ça ? lui ai-je demandé avec un sourire.

— Parce que c'était incroyable.

J'ai souri. — Oui, c'était le cas. Je pense qu'on devra peut-être refaire ça un jour.

Il a ri. — J'aime ta façon de penser.

11

Gavin est finalement parti très, très tard ce soir-là, et nous étions tous deux d'accord que c'était le meilleur arrangement que nous ayons jamais conclu. Je ne pouvais pas arrêter de sourire le lendemain et je rayonnais encore comme une idiote quand je suis arrivée à Auberge L'anse MacKellar pour la décoration de biscuits du samedi.

Sofia et moi sommes entrées en gémissant. — Wow, ça sent tellement bon ici, dit-elle.

— N'est-ce pas ? C'est plus que de simples biscuits. Je te l'avais dit que ça sentait incroyablement bon ici. Ça me donne envie d'apprendre à cuisiner.

Sofia ricana. — Tu ferais mieux de payer quelqu'un pour le faire à ta place.

J'ai ri et l'ai poussée. — Pas drôle. Mais totalement vrai.

Sofia a souri et a passé son bras sous le mien. — Tu sais que c'est vrai. Alors, où est ce Gavin ? J'ai besoin de rencontrer l'homme qui te fait sourire depuis deux jours.

— Je suis sûre qu'il est quelque part par ici. Allons trouver des biscuits.

— Déjà trouvés, dit Gavin, apparaissant derrière nous alors que nous nous retournions. Salut, je suis Gavin. Il tendit sa main à Sofia.

— C'est si agréable de te rencontrer enfin. Je suis Sofia.

— Je m'en doutais, mais je ne connais pas beaucoup de gens ici. Vous voulez une visite de l'auberge ?

— J'adorerais, dit Sofia. C'est magnifique ici. Le bâtiment où nous habitons est ancien comme cet endroit. J'adore les vieux bâtiments. Il y a tant d'histoire en eux. Tant de beauté et de charme. Et tellement de travail pour quelqu'un comme moi.

— Du travail ? demanda Gavin.

— Sofia est la personne chargée de l'entretien de notre immeuble. Elle s'occupe de s'assurer que tout fonctionne, lui ai-je expliqué.

— C'est un gros travail. Je ne suis ici que depuis quelques semaines et je sais à quel point ça peut être prenant de maintenir un endroit comme celui-ci. Mais c'est magnifique. Ma tante n'a pas hâte de le vendre. Elle sait que la plupart des gens moderniseront tout l'endroit et ruineront le charme qui s'y trouve, dit Gavin.

— Piper, tu devrais ache—

— Oh, ce sont les cadeaux pour tout le monde ? ai-je demandé, coupant la suggestion de Sofia. Je lui ai lancé un regard qui l'a fait pincer les lèvres. Gavin ne savait pas que j'étais propriétaire de notre immeuble, et je ne tenais pas à le lui dire. Sofia a souri à Gavin comme si rien d'étrange ne s'était passé.

Gavin nous a regardées tour à tour, puis a hoché la tête. — Euh, oui. C'est ça. Ils ont eu beaucoup de succès.

— C'est super. J'aime que nous ayons une petite attention pour les gens qui viennent à tant d'événements en ville. Désolée, j'ai été distraite. Tu as parlé d'une visite ?

— Oui, bien sûr. Euh, je ne peux pas vous montrer les chambres des invités, mais on peut voir le reste de l'endroit.

— Ça me semble parfait, dit Sofia.

Sofia a marché avec Gavin pendant que je les suivais. Il lui a montré les photos sur les murs de l'apparence de l'auberge avant les rénovations et ils ont parlé des améliorations qui avaient été apportées. Gavin est entré dans les détails de certains des changements qu'ils espéraient faire, et Sofia a ajouté quelques suggestions personnelles.

— Cet endroit est si beau que le changer semble être un crime, dit Sofia.

— Je sais, n'est-ce pas ? Tellement de gens pensent qu'il faut tout refaire, mais c'est magnifique. J'ai eu cette pensée quand je suis arrivé ici, mais plus j'y reste, plus je l'apprécie. Je vis dans un endroit plus moderne, mais je comprends l'attrait d'une maison plus ancienne. Et l'histoire ici est tout simplement incroyable, dit Gavin, en passant sa main sur les moulures sculptées autour de la porte du salon.

— Je ne peux pas imaginer vivre quelque part de neuf. Notre immeuble me tient occupée, mais même si je n'y travaillais pas, je voudrais quand même y vivre. C'est aussi pourquoi je ne suis pas fan de beaucoup de villes ou de banlieues autour des villes. Trop de nouvelles constructions, dit Sofia.

— L'immeuble où je vis a environ trois ans. J'adore sa praticité. Nous avons une salle de sport et une piscine et tout ce qu'il y a de mieux. Je ne peux pas dire que je préférerais vivre dans un des immeubles qui a un espace de lavage commun qui ne fonctionne jamais ou devoir aller ailleurs pour une salle de sport. Mais c'est mon avis, dit Gavin.

Il m'a adressé un sourire. Je le lui ai rendu, me demandant ce qu'il venait de dire. Est-ce que je n'en faisais pas assez pour mes locataires en n'offrant pas ces équipements ?

— Je vais aller marcher dehors quelques minutes, leur ai-je dit.

Ils ont continué leur conversation comme si je n'avais jamais été là.

Je me suis dirigée vers la porte arrière de l'auberge et suis sortie pour faire face à l'eau. L'endroit semblait différent pendant la journée, mais il n'était pas moins impressionnant. Il s'intégrait parfaitement à L'anse MacKellar. L'histoire de la ville, le style ancien des maisons. Ça fonctionnait.

Et je pensais que mon immeuble aussi. J'étais fière d'offrir un foyer sûr et abordable à mes locataires. Même s'ils ne savaient pas que je possédais l'immeuble, ils disaient souvent à Sofia à quel point ils aimaient y vivre. Aurait-elle pu me mentir à ce sujet ? Souhaitaient-ils vraiment vivre quelque part avec plus d'équipements dans l'immeuble ?

J'avais l'argent pour faire des améliorations, mais je n'ai jamais pensé qu'elles étaient nécessaires. Depuis que j'ai acheté l'immeuble, j'ai remplacé tout le câblage et les systèmes CVC pour tous les appartements. J'ai ajouté plus de machines à laver, et de meilleure qualité. J'ai rénové toutes les cuisines et les salles de bains et ajouté des ventilateurs de plafond dans les salons et les chambres.

Je savais qu'il y avait encore beaucoup à faire mais je pensais que ce que j'avais fait était suffisant.

À travers tout cela, j'ai payé les améliorations avec mon propre argent. Je n'ai pas augmenté le loyer de mes locataires. Je facturais ce que je pensais être juste. Je n'ai pas acheté l'immeuble pour gagner beaucoup d'argent. Je l'ai acheté parce que le dernier endroit où j'ai vécu n'était pas le mien. Il appartenait à mon ex. Et quand les choses se sont terminées avec lui, je me suis retrouvée sans abri.

Je n'étais pas prête à laisser cela m'arriver à nouveau. J'avais besoin de savoir que l'endroit où je vivais ne pouvait pas m'être retiré. J'étais intelligente avec mes investissements.

Je savais comment prendre des risques qui rapportaient. J'aimais ça, c'est pourquoi j'étais si douée.

Mais étais-je radine ? Est-ce que je ne donnais pas à mes locataires ce dont ils avaient besoin ?

Je ne m'étais jamais posé la question auparavant. Pourquoi Gavin me faisait-il remettre ça en question ?

— Te voilà, dit Gavin derrière moi.

Je me suis retournée et j'ai vu lui et Sofia s'approcher de moi. Sofia m'a lancé un regard inquiet. J'ai secoué la tête juste assez pour qu'elle sache qu'elle n'avait rien fait de mal.

— Je profite juste de la vue, ai-je dit à Gavin.

— C'est incroyable ici, dit Sofia. Wow.

— C'est la première fois que tu viens ici ? demanda Gavin.

Sofia secoua la tête. — Non, mais ça fait longtemps. Je n'ai pas vraiment de raison de venir ici.

— Je suis content que vous soyez venues aujourd'hui pour les biscuits. En parlant de ça, devrions-nous rentrer et décorer ? demanda Gavin.

Sofia et moi avons toutes les deux acquiescé et sommes rentrées avec lui. Gina avait tout installé dans la salle à manger principale. Des enfants entouraient la table, se tenant partout où ils pouvaient trouver un espace pour atteindre les fournitures. Les parents se tenaient autour des bords de la pièce.

— Où sont les chaises ? ai-je demandé à Gavin.

— Tante Gina a dit que c'est mieux de laisser les enfants debout. Il y a une autre salle avec des biscuits que nous pouvons décorer, dit-il.

Sofia et moi l'avons suivi à travers le chaos. J'ai fait un signe à Melody et Ramsey en traversant la pièce. Melody m'a souri et m'a fait un clin d'œil. J'ai juste secoué la tête.

— C'est un peu plus calme ici, dit Gavin en entrant dans la deuxième salle à manger. Quand j'étais là pour le dîner, Gina m'avait dit que c'était là qu'elle installait des collations toute la journée pour que les invités puissent se servir en partant explorer les environs. Il y avait quelques petites tables et la cheminée crépitait avec un feu chaleureux qui donnait à la pièce une ambiance apaisante.

— Hé, on se demandait si vous alliez venir, dit Finley depuis l'une des tables. Tu peux prendre ma place. Je vais manger mon biscuit.

Finley se leva, laissant un siège libre à la table avec Karissa et Blake. Ian serra la main de Gavin.

— Venez vous asseoir, nous dit Blake.

Sofia et moi nous sommes perchées sur les bords du siège pour pouvoir toutes les deux décorer des biscuits.

— Ces biscuits sont tellement bons, dit Karissa. Je crois que je pourrais tous les manger.

— Combien en as-tu décoré ? ai-je demandé.

— Trois, dit-elle avec un sourire.

— Eh bien, s'ils ont la moitié du goût de ce qu'ils sentent, je ne te blâme pas du tout.

— Ils sont encore meilleurs, dit Karissa avec un gémisse-ment. J'ai besoin de plus de ces biscuits, dit-elle à Gavin.

Il hocha la tête. — Je vais voir ce que je peux faire.

Gavin s'éloigna, nous laissant décorer.

— Il est tellement mignon, dit Karissa. Et il ne peut pas détacher ses yeux de toi.

— Oh, peu importe. Nous sommes juste amis, ai-je dit.

— Avec des avantages, ajouta Sofia.

J'ai poussé un cri de surprise vers elle.

— Quoi ? Ce n'est pas parce que je dormais quand il est venu l'autre soir que je ne sais pas pourquoi tu souris depuis deux jours, dit Sofia.

Karissa et Blake ont éclaté de rire. — Bien joué, dit Blake.

Mes joues brûlaient, mais je n'avais aucune raison d'avoir honte. — Vraiment ? ai-je dit à Sofia, mon sourire retrous-sant déjà mes lèvres.

Elle haussa les épaules. — Je n'ai pas tort.

J'ai reniflé. — Non, c'est vrai.

— Sympa, dit Karissa. Je veux un homme qui me fasse sourire pendant des jours.

— J'ai l'impression que je dois partir pour cette conversation, dit Ian.

— Oh, je t'en prie, dit Finley, tu sais combien de fois j'ai dû écouter Blake parler de vous deux ? Tu peux supporter ça. Prends des notes.

Ian sourit à sa sœur puis se pencha sur Blake et l'embrassa.

— Tu vois ? dit Finley, en mettant le reste de son biscuit dans sa bouche. Oh, plus de biscuits. Elle tendit la main vers l'assiette que tenait Gavin.

Il rit. — Ma tante est très heureuse d'entendre que vous appréciez ses biscuits. Et la décoration.

— C'est mon activité préférée chaque année, dit Karissa. Comment ne pas aimer décorer des biscuits ? Regarde ces petits gars.

Elle tenait le bonhomme en pain d'épice qu'elle venait de finir. Elle lui avait fait un pull de Noël laid et un pantalon noir. Puis elle lui a mordu la tête.

— Je plains tous les hommes qui vont essayer de sortir avec toi, la taquina Ian.

— Tu devrais, dit Karissa. Je suis trop pour la plupart des hommes, c'est pourquoi je suis encore célibataire.

— Ils ne savent tout simplement pas comment gérer des femmes fortes comme nous, dit Finley.

— C'est sûr. Mais nous nous avons les unes les autres, acquiesça Karissa.

— Et le reste d'entre nous, dit Blake.

— Oui, dit Finley. Nous nous avons tous les uns les autres. Même si certains d'entre nous ont un peu moins froid pendant les mois d'hiver.

Blake sourit mais semblait triste.

— Tu sais que nous n'échangerions pas ton bonheur contre le nôtre, l'assura Finley. Je suis ravie que tu sois ma belle-sœur.

— Nous avons été célibataires si longtemps que c'est presque bizarre de ne plus l'être, admit Blake.

— Tu n'as pas été célibataire si longtemps, dit Ian. Crois-moi, je m'en souviens. J'attendais.

Blake sourit. — Je ne compte pas vraiment les choses avec William. Nous n'avons jamais été faits l'un pour l'autre.

— Mais tu étais quand même avec lui pendant cinq longues et pénibles années, dit Ian.

Blake hocha la tête. — J'ai toujours su qu'il n'était pas celui qu'il me fallait.

— Eh bien, j'aurais aimé que tu t'en rendes compte il y a des années. Plus de temps que j'aurais pu passer à t'aimer, dit Ian, embrassant Blake à nouveau. Ils se chuchotèrent quelque chose que nous ne pouvions pas entendre, mais le regard d'amour qui passa entre eux disait tout.

J'ai rapidement détourné le regard. Être autour de couples comme eux me faisait penser à des choses que je disais ne plus jamais vouloir. Comme Blake l'a dit cependant, je savais que les choses n'étaient pas justes avec Frederick. Je n'aurais jamais pu dire ce que c'était, mais il y avait toujours une partie de moi qui se retenait avec lui. Qui gardait des parties de moi privées.

J'ai fini le biscuit que je décorais et j'ai levé les yeux, mon regard entrant en collision avec celui de Gavin. Je faisais la même chose avec lui. Il partait, donc il était logique de ne pas tout lui dire sur moi, mais c'était différent. J'avais l'impression qu'il ne me jugerait pas. Je gardais des choses de lui parce qu'elles n'étaient pas importantes. Je gardais des choses de Frederick parce que je ne pensais pas pouvoir lui faire confiance.

Gavin était... différent.

Il m'a souri et a fait un signe de tête vers mon biscuit. Je l'ai levé et son sourire s'est élargi. Mon biscuit n'était pas décoré avec art. La seule façon de savoir qu'il était censé être une personne était sa forme. Sinon, il ressemblait à une tache. Une délicieuse tache, cependant. Une à laquelle j'étais heureuse de mordre la jambe.

Gavin a ricané et a secoué la tête vers moi. J'ai tendu le biscuit, et il est venu mordre l'autre jambe de mon biscuit. Nous avons tous deux ri.

— C'est vraiment bon, même si ça ressemble un peu à quelque chose qui vient de l'autre salle, dit Gavin.

— Hé ! Tu dis que mon biscuit ressemble à celui décoré par un enfant ? ai-je demandé.

Il haussa les épaules. — Un des jeunes enfants. Qui ne sait pas tenir un couteau correctement.

— Hé ! J'ai poussé un cri de fausse colère. Mes amis ont tous ri.

— Il a un peu raison, dit Finley. Je pense que j'en ai vu de meilleurs dans l'autre salle.

— Certainement, acquiesça Karissa.

— Les compétences de Piper n'ont jamais impliqué la pâtisserie, leur dit Sofia.

— J'ai plein d'autres compétences, ai-je dit.

— Oui, c'est vrai, dit Gavin.

— Bien joué, chuchota Finley. Tu dois partager demain. J'ai besoin de détails.

— Des détails ? demanda Gavin.

J'ai secoué la tête. — Ne t'inquiète pas.

Gavin regarda les autres, mais seul Ian répondit à sa question. — Tu t'habitueras à savoir que les détails intimes de ta vie sexuelle sont partagés avec le groupe. Désolé, mec.

— Sérieusement ? demanda Gavin. Vous, genre, critiquez ?

— Seulement si c'est mauvais, lui dit Finley. Pas quand tu la fais sourire pendant des jours après. Alors on veut juste vivre par procuration.

Gavin me regarda et un lent sourire sexy retroussa ses lèvres quand il réalisa que je ne pouvais pas m'arrêter de sourire. Il hocha lentement la tête et ne put étouffer son propre sourire.

— Arrête de sourire, lui ai-je dit.

— Toi, arrête, dit-il.

J'ai roulé des yeux vers lui, mais mon sourire ne disparut pas.

Sofia et moi avons commandé à dîner après notre décoration de biscuits. Nous avions besoin de vraie nourriture au lieu de juste des biscuits, même s'ils étaient délicieux.

Nous nous sommes assises sur le canapé et avons mis un film de Noël pour pouvoir regarder d'autres personnes tomber amoureuses pour les fêtes.

— Gavin ne sait pas que tu possèdes l'immeuble ? me demanda Sofia pendant une publicité.

J'ai secoué la tête. — Je me suis dit que ce n'était pas vraiment important.

— Tu veux dire, tu t'inquiétais qu'il veuille quelque chose de toi s'il sait combien d'argent tu as, dit-elle.

J'ai haussé les épaules. — Je ne sais pas. C'est difficile de savoir comment les gens vont réagir en sachant tout. Avec Frederick, je pense qu'apprendre que je gagnais plus que lui a été en partie ce qui l'a poussé à me tromper. Ce n'est pas une excuse, mais tu sais comment sont les hommes.

Sofia renifla. — Je suis une femme de maintenance. Mon titre de poste m'appelle littéralement un homme. Oui, je connais bien l'ego fragile des hommes. Mais ils ne sont pas tous comme ça.

— Je sais, mais je ne connais pas si bien Gavin. Je ne sais pas s'il l'est ou non.

— Et tu n'es pas prête à prendre le risque et à le découvrir, dit-elle.

J'ai soupiré. — Je ne sais pas. On s'amuse. Je l'aime bien. Le sexe était incroyable. Il est drôle et mignon et j'aime passer du temps avec lui, mais je sais que c'est temporaire. Et ça me convient.

— Parce que s'ouvrir à quelqu'un de nouveau est terrifiant.

J'ai souri et hoché la tête. Sofia comprenait. Elle me comprenait. Elle savait ce que c'était d'être vulnérable face à quelqu'un qui n'était pas digne de cette partie de toi.

Nous avons fini de dîner et n'avons pas bougé pour choisir autre chose quand un autre film de Noël a suivi le premier.

— J'aimerais que ce soit aussi facile de laisser quelqu'un entrer, dit Sofia à un moment donné. D'être prête à risquer d'être blessée à nouveau.

— Moi aussi.

— Penses-tu que les choses seraient différentes avec Gavin s'il ne partait pas ?

J'ai reniflé. — Oui. Nous ne passerions pas de temps ensemble. Il serait un client, et je ne m'approcherais pas de lui.

— Vraiment ? Tu n'essaierais pas de faire fonctionner les choses ?

J'ai haussé les épaules et secoué la tête. — Je ne pense pas. Je sais que les choses finissent toujours. Pour moi. J'ai vu d'autres personnes avoir de bonnes relations, mais il y a telle-ment de choses qui peuvent faire changer d'avis à une personne, ou montrer leur vraie nature.

— Tous les hommes ne sont pas comme Frederick.

— Je sais. Mais je ne savais pas qu'il l'était jusqu'à ce que je le sache. Je n'ai jamais pensé que je trouverais mon petit ami, l'homme avec qui je vivais et que je pensais aimer, avec quelqu'un d'autre.

— Je suis désolée, dit tristement Sofia. Je ne comprends toujours pas pourquoi quelqu'un pense que tromper est acceptable.

— Moi non plus. Mais c'est pourquoi j'aime ces films. Personne ne trompe, personne ne manipule. Pas les personnages principaux du moins. Les personnes qui finissent ensemble sont toujours bonnes les unes pour les autres. Ça n'a pas été ma réalité.

Sofia hocha la tête et se blottit contre moi. Nous avons drapé la couverture en flocons de neige sur nos genoux et ri de nos pantalons de pyjama assortis. Nous les avions achetés l'une pour l'autre le Noël dernier sans savoir que nous avions toutes les deux acheté la même chose à l'autre.

Je n'avais pas besoin d'un homme quand j'avais une amie comme Sofia. Un temporaire était bon de temps en temps, mais je ne voulais pas que tout dans ma vie change à nouveau. Je l'aimais exactement comme elle était.

12

GAVIN

*P*ittsburgh était chez moi. Ça l'avait toujours été. J'aimais cette ville et son effervescence, être entouré par l'eau. C'était chez moi.

Mais il y avait quelque chose à propos de L'anse MacKellar qui m'attirait et me faisait repenser à tout ce que j'avais aimé ici durant mon enfance. Nous y passions tous nos étés, ce qui m'avait donné une vision idéalisée de la ville, mais y revenir en hiver et y vivre en tant qu'adulte était différent et me faisait penser que mes souvenirs d'enfance n'étaient peut-être pas aussi biaisés que je me l'étais dit.

Je marchais sur les trottoirs boueux et saluais la plupart des personnes qui me croisaient. J'étais surpris de réaliser que je reconnaissais la majorité d'entre elles. Je n'étais en ville que depuis quelques semaines, mais j'en faisais déjà partie.

— Gavin, comment ça se passe à l'auberge ? me demanda un homme en m'arrêtant dans la rue.

— Bien. Nous passons un bon hiver jusqu'à présent.

— C'est une excellente nouvelle. Nous nous inquiétons pour Gina. Ma femme et elle sont bonnes amies, vous savez.

Carrie essaie toujours de convaincre Gina de se joindre à nous pour dîner, mais vous connaissez Gina. Elle est mariée à cet endroit. C'est bien pour elle de vous avoir pour l'aider. Ça lui facilitera tellement la vie.

J'acquiesçai. — Je ne suis là que pour quelques mois, mais je fais ce que je peux.

— Vous allez redresser la situation. Faites-moi savoir si vous avez besoin de fournitures ou de contacts. J'ai un carnet d'adresses, dit-il.

J'acquiesçai à nouveau. — Je n'y manquerai pas. Merci.

Il me serra la main et poursuivit son chemin. C'était typique de L'anse MacKellar. Et j'aimais plutôt ça.

J'entrai dans la boutique de Kerri pour chercher un cadeau de Noël pour tante Gina. Je savais qu'elle avait tout ce dont elle pouvait avoir besoin, mais je ne pouvais pas ne rien lui offrir pour Noël.

Après avoir erré un peu dans le magasin, je vis une femme qui semblait avoir l'âge de Piper. Elle portait un tablier et regardait une vitrine à bijoux.

— Puis-je te poser une question ? lui demandai-je.

Elle se retourna et me sourit. — Bien sûr, que puis-je faire pour toi ?

Je regardai son badge. — Willow, salut. Je cherche quelque chose d'unique. Quelque chose qui serait bien pour une femme. Tu as l'air d'avoir bon goût.

Elle pouffa puis masqua sa réaction par un sourire. — Bien sûr, je peux te montrer quelques articles. Tu ne vis pas ici, n'est-ce pas ?

— Si, pour le moment. Ma tante possède Auberge L'anse MacKellar. Je suis Gavin.

— Ah, oui, je sais qui tu es. D'accord, alors ce cadeau est pour une amie, une parente ou une petite amie ?

— Euh, disons une amie.

— Tu me demandes ou tu me dis ?

— C'est compliqué, admis-je.

Elle hocha la tête. — Compris. Donc, rien de trop personnel, mais quelque chose qui montre que tu la remarques et que tu tiens à elle. C'est à peu près ça ?

Je ris. — Je savais que tu pourrais m'aider.

— D'accord, alors, nous avons toutes sortes de choses ici, mais on dirait que tu penches pour des bijoux. Qu'est-ce qu'elle porte ?

Je secouai la tête et essayai de réfléchir. — Elle est simple. Je l'ai vue avec un collier, mais je crois que c'est tout.

— La simplicité n'est pas une mauvaise chose. Si c'est son style, je resterais sur un collier, peut-être quelque chose avec une chaîne courte, ou des clous si tu penses à des boucles d'oreilles. Les bracelets ne sont pas appréciés par beaucoup de personnes, donc si elle n'en porte pas, je les éviterais.

— Bonne idée. Je suis d'accord.

— Jetons un coup d'œil à quelques articles, dit Willow.

J'examinai chaque pièce qu'elle me montra, mais aucune ne convenait vraiment à Piper. Quand elle suggéra que nous regardions une autre vitrine, je la suivis vers le comptoir principal. Et là je l'ai vu. C'était parfait pour elle.

— Puis-je voir celui-là ? demandai-je à Willow en montrant un collier en forme de lune comme je n'en avais jamais vu.

Elle acquiesça et le sortit. — C'est celui-là ?

J'acquiesçai. — C'est définitivement celui-là. Il est parfait.

— Il est magnifique, c'est certain.

Je souris. — Tout comme elle. Maintenant, as-tu des idées pour ma sœur ?

Willow rit et dit : — Si c'est vraiment ta sœur, ce sera beaucoup plus facile de lui faire plaisir.

Je pouffai. — C'est vraiment ma sœur. Je dois aussi

acheter quelque chose pour ma tante, ma nièce et mon neveu si tu as d'autres idées pour moi.

— Je suis sûre que je peux trouver quelque chose, dit-elle.

APRÈS MA SÉANCE marathon de shopping avec Willow, j'étais affamé. Elle m'avait recommandé Cracked si j'aimais le petit-déjeuner. J'en étais définitivement fan, alors je descendis la rue et entrai dans le petit restaurant.

— Hé, Gavin, entendis-je dès que je franchis la porte.

Je levai les yeux et trouvai Blake debout à quelques pas. — Blake, salut. Tu travailles ici ?

Elle acquiesça. — Oui. Tu ne le savais pas ?

Je secouai la tête. — Non. On m'a dit que cet endroit avait une excellente nourriture et je me suis dit que je ne pouvais pas rater ça.

— Eh bien, c'est vrai. Nous avons une excellente nourriture parce que notre propriétaire est le meilleur chef de la ville. Earl est incroyable. Prends une table. On dirait que tu as fait des achats.

J'acquiesçai. — En effet. Je pense avoir bien commencé.

— Un bon début ? Wow, tu te donnes à fond pour Noël.

Je souris et commençai à décharger mes sacs sur une chaise. — Pour ma nièce et mon neveu, oui. Leurs parents viennent de divorcer et j'essaie de les gâter pour qu'ils sachent que je les aime. Leur père n'a pas toujours été présent, alors je suis leur oncle préféré.

— Es-tu aussi leur seul oncle ? demanda Blake.

J'éclatai de rire. — Tu n'étais pas censée découvrir ça si rapidement.

Elle sourit. — Un café pour commencer ? Pendant que tu regardes le menu ?

J'acquiesçai en m'asseyant. — Ça me semble parfait. Merci.

Blake vérifia les autres tables après m'avoir servi une tasse de café frais. J'ajoutai de la crème et du sucre puis pris un menu. Willow avait raison, à en juger par le menu. Tout semblait délicieux.

Je me décidai pour les œufs Bénédicte avec une portion de saucisses et du pain au levain grillé. Blake passa ma commande et me dit qu'elle reviendrait bientôt voir si tout allait bien. Je sortis mon téléphone pour voir si j'avais manqué quelque chose, sachant que je devais contacter Chad bientôt. J'avais négligé le travail pendant mon séjour à L'anse MacKellar et me sentais coupable de l'avoir laissé tomber.

Je lui envoyai un message concernant l'un des e-mails de client qu'il m'avait transférés et lui assurai que je lui répondrais dans l'après-midi. Décembre était calme pour la plupart de nos clients, mais il y en avait toujours quelques-uns qui voulaient prendre de l'avance sur les projets pour la nouvelle année.

J'étais sur le point de ranger mon téléphone quand il sonna, affichant un appel de Zoey.

— Bonjour. Comment vas-tu ?

— Ugh, frustrée. J'ai besoin de foutre le camp d'ici.

— Que s'est-il passé ? lui demandai-je.

— Trevor n'est pas intéressé par le concert du Festival d'Hiver d'Alexis, alors elle est en larmes depuis des jours. Elle adore son papa et maintenant il lui fait faux bond. Je suis tellement en colère contre lui.

— Oh, merde, Zoey. Je suis vraiment désolé. Je peux revenir et assister au concert. C'est quand ?

— Non, tu n'as pas besoin de faire ça, dit-elle. Je ne te demande pas de régler ce problème à ma place. J'ai juste besoin de me défouler à propos de mon connard d'ex-mari.

— Défouie-toi. Tu sais que je t'écouterai toujours, et que je serai entièrement d'accord avec tout ce que tu diras.

Elle rit et soupira. — Tu me manques. Je sais que c'est idiot parce que tu n'es parti que depuis quelques semaines, mais je commence à réaliser que la seule raison pour laquelle j'ai conservé le peu de santé mentale qui me reste, c'est grâce à toi.

— Viens pour Noël. Tu as toujours adoré cet endroit. Et cette ville célèbre Noël comme il se doit, lui dis-je alors que Blake posait mon assiette. — Merci, dis-je à Blake.

— Bien sûr. Y a-t-il autre chose que je puisse t'apporter ?

— Qui est-ce ? demanda Zoey.

Je mis le téléphone en haut-parleur. — Zoey, voici Blake. Blake, ma sœur Zoey. J'essaie de convaincre Zoey de passer Noël ici avec nous. Peut-être que tu peux la convaincre. Je levai les yeux vers Blake. Elle sourit et prit place en face de moi.

— Salut, Zoey. Je ne pense pas que nous nous connaissions, mais je pense que ce serait génial si tu venais ici pour Noël. L'auberge est magnifique et nous avons tellement d'événements différents. Gavin a dit que tu as des enfants, n'est-ce pas ?

— Oui. Un garçon et une fille. Ils ont sept et cinq ans.

— L'une de mes amies a une fille de six ans. Ils sont occupés pendant toutes les vacances d'hiver. Tes enfants vont adorer. Et ça te donnera un peu de changement. Et si tu es partante, tu peux venir à la soirée filles avec moi et mes amies. Nous serions ravies de t'avoir parmi nous.

Je lui murmurai merci, et Blake acquiesça.

— Est-ce que tu connais Piper ? demanda Zoey.

Blake m'adressa un sourire narquois. — Oui. Elle est l'une de mes amies. Elle vient aux soirées filles.

— Est-ce qu'elle est une bonne personne ?

Blake sourit. — Piper est incroyable. Elle est gentille,

intelligente et drôle. Si j'avais un frère, je serais ravie qu'elle sorte avec lui.

— Merci, Blake. J'apprécie vraiment. Et merci pour la suggestion. J'ai besoin de m'éloigner d'ici, même si ce n'est que pour un petit moment.

— Bien. J'espère te voir bientôt, dit Blake.

— Moi aussi, dit Zoey.

Blake me fit un signe et alla s'occuper d'autres tables. Je désactivai le haut-parleur du téléphone et dis : — Est-ce que tu vas écouter Blake ?

— Tu as fait ça pour qu'elle n'aille pas dire à Piper que tu parlais avec une autre femme, n'est-ce pas ?

Je soupirai. — Ça m'a traversé l'esprit, mais aussi parce que je veux que tu viennes en visite. Ce sera bon pour vous tous.

Elle prit une profonde inspiration et la relâcha d'un coup. — Je vais en parler aux enfants ce soir. S'ils sont d'accord, nous viendrons.

— Bien. Ce sera génial pour eux. Et pour toi.

Je coupai dans mes œufs et pris une bouchée. Je gémis.

— Qu'est-ce que tu fais ?

— Je mange. Cette nourriture est incroyable. Apporte tes pantalons extensibles quand tu viendras. Entre la cuisine de tante Gina et les restaurants comme celui-ci, tu seras cinq kilos plus lourde à ton départ.

— Ne me dis pas ça. Je risque de ne pas venir. La dernière chose dont j'ai besoin, c'est de prendre du poids.

Je gémis. — Crois-moi, ça en vaut la peine. Je vais te laisser pour dévorer ce repas. On se parlera bientôt. Tiens-moi au courant de ce que disent les enfants. Et dis à Trevor d'aller se faire voir de ma part.

Elle ricana. — Avec plaisir. Je t'aime, Gavin.

— Je t'aime aussi, Zo.

Nous raccrochâmes et je me jetai sur mon repas. Lorsque

Blake revint débarrasser mes assiettes et m'apporter l'addition, elle me posa des questions sur Zoey.

— Elle est divorcée ?

J'acquiesçai. — Finalisé le mois dernier.

— Ça ne doit pas être facile. Surtout avec des enfants à cette période de l'année.

— Ce ne l'est pas, mais ce ne serait pas facile quel que soit le moment où ça arriverait. C'est quand même pour le mieux. Il n'est pas un excellent père et n'a jamais été un bon mari.

— Zoey a de la chance de t'avoir.

— J'ai de la chance aussi. Elle me garde concentré et sur la bonne voie. Elle me connaît mieux que quiconque au monde.

— Vous êtes proches.

J'acquiesçai. — Nous le sommes. Je ferais n'importe quoi pour elle, comme on devrait le faire pour un frère ou une sœur. Merci de l'avoir invitée à se joindre à vous. Elle a toujours eu du mal à se faire des amies. Elle a l'impression que les autres femmes la jugent pour une chose ou une autre.

— Nous nous sentons toutes comme ça, dit Blake en riant. Mais ce n'est pas le cas dans notre groupe. Tu le sais grâce à Piper.

— Elle est vraiment géniale. Et merci pour ça aussi. Zoey s'inquiète pour moi.

— Vous êtes proches. C'est normal qu'elle s'inquiète. Je comprends ça. Mon mari est le frère de ma meilleure amie.

Je ris. — Alors tu comprends totalement la dynamique fraternelle.

— Tout à fait. D'autres clients entrèrent et elle leur fit signe. — Fais-moi savoir si tu as besoin d'autre chose.

— Je vais bien. Merci. Je reviendrai certainement bientôt.

Blake sourit. — Le meilleur compliment que nous puissions recevoir.

J'acquiesçai et réglai l'addition, puis je retournai dans le froid. Je revins là où j'avais garé ma STI et chargeai les cadeaux dans mon coffre. C'était une bonne journée. Une parmi tant d'autres depuis que j'étais à L'anse MacKellar. Je ne pouvais pas me plaindre.

— DE QUOI DIABLE PARLES-TU ? demandai-je à Chad. Je faisais les cent pas dans la petite chambre que j'appelais mienne et j'essayais de ne pas perdre davantage de patience avec lui.

— C'était une bonne affaire, et je ne pouvais pas manquer la réunion. Pourquoi l'expansion est-elle une si mauvaise idée ? demanda Chad.

Je laissai échapper l'air que je retenais et essayai de retrouver ma patience, mais ça ne fonctionnait pas. La peur m'étreignait la gorge et ne lâchait pas prise.

— Nous avons toujours dit que nous voulions rester petits. Voler sous le radar. La croissance et l'expansion mènent toujours à l'échec. C'est ce que nous avons dit pendant des années.

— Non, dit Chad lentement, c'est ce que tu as dit. Je n'ai jamais été d'accord avec ça.

— Qu'est-ce que tu veux dire ? exigeai-je.

— Gavin, quel est le problème avec ça ? C'est un énorme contrat qui signifiera beaucoup d'argent et plus de visibilité. En quoi c'est mauvais ?

Je soupirai. Chad ne connaissait pas mon passé. Il ne savait pas que j'étais réfractaire au risque. Il ne savait pas que j'aimais que notre entreprise reste petite parce que petit était synonyme de sécurité. Nous étions allés à l'université ensemble, dans la petite université locale à l'extérieur de Pittsburgh. Je pensais qu'il était comme moi.

— Ça ne me plaît pas, Chad. Je ne veux pas que nous soyons grands. Je veux que nous gardions le contrôle de notre entreprise et que nous connaissions les gens avec qui nous travaillons. Partenariat avec des grandes sociétés signifie que nous abandonnons une partie de ce qui a fait notre succès. La touche personnelle ne sera plus là.

— Pourquoi pas ? C'est toujours nous.

— Mais si nous prenons des clients comme celui-ci, nous allons devoir embaucher plus de personnes. Nous allons devoir confier les contrats à nos employés. Nous allons perdre le contact avec tout ce que nous faisons.

— Nous ne confions pas ce contrat. Nous travaillerons dessus, insista Chad.

— Et Mme Hampton alors ? demandai-je.

— Qui ?

— Mme Hampton. La femme qui possède Totally Pitt. Nous l'aidons depuis une décennie. Son magasin est petit et local. Si nous confions son entreprise à un employé, nous perdons ce contact. Elle nous a apporté d'autres affaires. Ce n'est pas un risque qui vaut la peine.

— Oh, allez, Gavin. La vie est un risque. Tout est un risque. Nous ne pouvons pas refuser ce contrat.

— Nous devons le faire, Chad. Ce n'est pas ce que nous sommes. Nous faisons du B2C, pas du B2B.

Il soupira. — Réfléchis-y, Gavin. Prends juste quelques jours et réfléchis-y. Tu n'as pas besoin de dire oui tout de suite, mais je veux que tu l'envisages. Je t'enverrai tout ce que j'ai sur Pearson Ultimate. Nous en reparlerons bientôt. D'accord ?

Je retins ma respiration, ainsi que les mots qui voulaient jaillir. Non était facile. Non était ce que je voulais dire. Je n'avais absolument aucun intérêt à faire croître notre entreprise. Elle était parfaite telle quelle. Nous avions suffisamment de clients pour être à l'aise. Nous travaillions à plein temps, mais nous avions encore du temps pour une vie en dehors du travail. Nous avions du personnel, mais nous n'étions pas si grands que nous avions besoin de plus que la vingtaine d'employés que nous avions. Pourquoi essayions-nous de croître ?

— Gavin, s'il te plaît. Je pense que ce sera vraiment bon pour nous, et je pense que quand tu prendras vraiment une minute pour y réfléchir, tu seras d'accord.

— J'y réfléchirai. Je ne pense pas que je serai d'accord, mais j'y réfléchirai.

— Oui, d'accord, bien. Nous parlerons dans quelques jours. Tout ira bien, Gavin. Tu verras.

— Ouais, dis-je. Nous raccrochâmes et je laissai échapper un souffle. Je n'étais pas sûr d'être d'accord avec lui. Je ne voulais pas ça. Je n'aimais pas l'idée de tout changer. Pourquoi le ferions-nous ?

Je faisais les cent pas dans ma chambre et je savais que je devais sortir de là. J'étais agité. J'étais anxieux. Et je devais partir.

Pour voir Piper.

Cette pensée traversa mon esprit, et je me figeai. Je pris une respiration et m'avouai qu'elle était celle à qui je voulais parler. Pour la plupart des choses, je parlais à Zoey. Elle avait toujours été mon roc, ma confidente. Mais je voulais voir Piper. Je voulais lui parler.

Je pris ma veste et sortis. Je descendis le chemin en courant jusqu'à l'auberge pour faire savoir à tante Gina que je sortais. Dès que j'ouvris la porte, mon estomac gargouilla et je réalisai que j'avais complètement oublié le dîner.

— Te voilà, dit tante Gina avec un sourire. Je me demandais quand tu allais arriver.

— Je suis désolé, tante Gina. J'étais... je... je t'avais dit que je t'aiderais.

— Ce n'est pas grave. Est-ce que tu dois partir ? J'ai de l'aide si tu as quelque chose à régler.

— Sebastian est là ?

— Non, il travaille.

— Qui t'aide ?

— Oh, salut, dit Piper derrière moi.

Elle sortit de la salle à manger en tenant un plateau. Elle se dirigea directement vers le comptoir où tante Gina avait des plats prêts à servir. Piper posa son plateau et commença à le recharger.

— Piper m'aide.

Piper m'adressa un sourire, et bon sang, ça a failli me tuer.

13

PIPER

Je devais admettre que j'aimais le voir mal à l'aise. Je pensais qu'il savait que j'allais être là, mais il était évident que Gina ne lui avait jamais dit qu'elle m'avait invitée à dîner.

— Tu dois partir ? lui demanda Gina.

Je jetai un coup d'œil derrière moi. Il me regardait avec étonnement. Il secoua la tête et un sourire finit par se dessiner sur ses lèvres.

— Non, ça va. Comment puis-je aider ?

Il enleva son manteau et l'accrocha au portemanteau. Il portait un pull bleu avec un jean foncé et j'ai failli lâcher le plateau que je soulevais parce que j'imaginais poser mes mains sur lui plutôt que de les garder sur le plateau.

Je me ressaisis et quittai la cuisine avant de ruiner le dîner préparé par Gina.

Les invités commençaient à affluer dans la salle à manger et à trouver des places. Je les saluai et leur demandai comment se passait leur séjour. Beaucoup d'entre eux répondirent que c'était merveilleux et me demandèrent des recommandations pour occuper le reste de leur temps à L'anse MacKellar.

— Eh bien, ce week-end, il y a des balades en traîneau à la Ferme d'Érable de la Famille Jones. C'est un peu en dehors de la ville mais ça vaut vraiment le détour pour moins de dix minutes de route. Les promenades en traîneau traversent le domaine et on a vraiment l'impression d'être dans un pays des merveilles hivernal, leur ai-je dit.

— Ça a l'air incroyable, dit une femme. C'est pour ça qu'on adore venir ici. C'est un endroit si spécial.

— D'où venez-vous ?

— De Philadelphie. Nous venons ici chaque année. Nous aimons la ville, mais si nous n'étions pas obligés d'y être pour nos emplois, nous avons parlé de déménager dans une ville comme celle-ci. Est-ce que ça te plaît ici ?

J'ai acquiescé en essayant de ne pas laisser transparaître mon malaise à parler avec des gens qui vivaient dans mon ancienne ville natale. — J'adore être ici. Je ne retournerais jamais vivre dans une grande ville après avoir vécu ici. C'est la meilleure décision que j'aie jamais prise.

— Vraiment ? D'où viens-

— Je suis vraiment désolée. Excusez-moi, dis-je en levant un doigt alors que la porte de la cuisine s'ouvrait. Je me précipitai et attrapai l'un des plats que tenait Gavin.

— Merci, souffla-t-il. Je ne semble pas avoir les mêmes compétences que toi.

Je lui souris et choisis de le laisser croire que je le faisais pour lui et non pour éviter de dire à l'invitée que j'avais vécu à Philly. — Des années de pratique, dis-je à Gavin.

— Alors, je suis vraiment content de te voir, mais je ne savais pas que tu serais là. Comment ça s'est fait ?

— Ta tante a appelé et m'a invitée à dîner. J'ai supposé que tu étais au courant jusqu'à ce que tu entres. J'aurais dû lui dire non ?

Il secoua la tête. — Non. Bien sûr que non. Je suis... je suis vraiment content que tu sois là.

Je levai les yeux vers lui et souris. — Moi aussi.

Nous avons aidé Gina à apporter le reste du festin qu'elle avait préparé et nous nous sommes assis à une table pendant que Gina remerciait tout le monde de partager les fêtes avec elle et les invitait à commencer à manger.

Ce dîner était servi sous forme de buffet puisque la plupart de ce qu'elle avait préparé était dans de grands plats. Gina parlait aux invités pendant qu'ils allaient chercher leurs assiettes, et Gavin et moi nous sourions.

— J'allais te voir, dit-il doucement.

J'inclinai la tête sur le côté. Mes cheveux tombèrent sur mon épaule et je les repoussai. — Venir me voir ?

Il acquiesça. — Quand je suis entré dans l'auberge. J'allais dire à tante Gina que je sortais parce que je voulais te trouver.

— Oh, eh bien, ça a bien marché alors.

Il sourit et hocha la tête. Quand il tendit la main vers la mienne, je la retournai et pris la sienne. Nous nous sommes regardés, perdus dans notre petit monde pendant une minute.

— Tout va bien ? lui demandai-je finalement.

Il fit une pause puis acquiesça. — Oui, maintenant ça va.

— C'est énigmatique.

Il rit doucement. — Ce n'est pas mon intention. Je t'en parlerai plus tard si tu veux savoir.

— Je veux bien. Si tu veux en parler. Dis-moi juste une chose...

— Oui ?

— Est-ce que ça concerne une ex ou une petite amie actuelle dont je devrais m'inquiéter ?

Il sourit. — Ni l'un ni l'autre.

J'acquiesçai. — D'accord, alors.

— D'accord, alors.

Gina vint nous dire que nous pouvions aller dîner. Gavin attendit que je me lève et posa sa main au bas de mon dos pour me guider vers le buffet. Je me suis toujours demandé si les hommes qui faisaient ça le faisaient par contrôle. Avec Frederick, ça semblait être du contrôle. Me dire que j'étais à lui. Mais avec Gavin, j'avais l'impression qu'il disait aux autres que j'étais à lui. Comme s'il était fier que je sois sienne.

Quand nous sommes revenus à la table avec des assiettes pleines, Gina nous a rejoints et a demandé si tout était bon.

— Délicieux, comme toujours, lui dit Gavin.

— Bien. Piper ?

— Il a raison. C'est incroyable. Je ne cuisine pas comme ça. Je n'ai jamais connu quelqu'un qui cuisine comme ça.

— Tu aimes cuisiner ? me demanda Gina.

Je secouai la tête. — Pas vraiment. J'aime manger, mais mes parents n'étaient pas très portés sur la cuisine, alors on mangeait beaucoup de plats à emporter en grandissant. Mon père ne cuisinait jamais, mais certaines de ses petites amies le faisaient. Il avait toujours tout ce qu'il fallait pour préparer des repas sophistiqués, mais il ne savait jamais comment s'en servir. Ma mère pensait que cuisiner était en dessous de sa dignité. Elle commandait à manger pour le dîner et m'obligeait toujours à acheter le déjeuner à l'école.

— Je suis désolée pour toi, dit Gina. Cuisiner est l'une des plus grandes joies de la vie. Pouvoir créer quelque chose à partir de rien, servir les gens qu'on aime. J'adore ça. As-tu quelque chose comme ça ?

J'ai acquiescé. — Oui, en fait. Je comprends ce que tu veux dire, mais je n'ai jamais été particulièrement exigeante avec ma nourriture. C'est incroyable, ne te méprends pas, et c'est meilleur que tout ce que j'ai jamais mangé, mais je n'apprécie pas le processus de création.

— Le monde a besoin de nous tous, Piper. Ce pour quoi

tu es passionnée n'est pas quelque chose dont tu dois avoir honte. Si tout le monde aimait cuisiner comme ça, ce ne serait pas un tel plaisir, dit Gina. Elle tapota ma main et me sourit.

Elle avait raison. Je me sentais coupable que ma passion soit de gagner de l'argent, mais cette passion me permettait de créer un foyer sûr et confortable pour beaucoup de gens. Je rendais à ma façon. Je servais les personnes qui comptaient pour moi.

Nous avons terminé le dîner et Gavin a insisté pour que Gina aille s'asseoir devant le feu pendant que nous rangions. Je lui ai dit la même chose et j'ai commencé à porter les assiettes à la cuisine pendant que Gavin discutait avec elle pour qu'elle se détende pendant que nous nous occupions de tout.

J'avais les bras plongés jusqu'aux coudes dans l'eau savonneuse quand Gavin est entré dans la cuisine avec une pile d'assiettes.

— Tu ne cuisines pas, mais tu nettoies ? demanda-t-il.

J'haussai les épaules. — On n'a pas toujours eu un lave-vaisselle. Ma mère insistait pour sortir la nourriture des contenants à emporter et la présenter comme si elle l'avait préparée, alors il y avait toujours beaucoup de vaisselle à faire. Si elle pensait être trop bien pour cuisiner, tu imagines bien qu'elle se croyait trop bien pour nettoyer.

— Elle avait l'air d'être un défi, dit prudemment Gavin.

— Elle l'était. Elle l'est toujours. Mais elle est le problème de quelqu'un d'autre maintenant.

— Tu as des frères et sœurs ?

— Dieu merci, non. Je ne pense pas que j'aurais pu le supporter si elle avait eu plus d'enfants. Nettoyer après elle était déjà un travail assez difficile.

Gavin rit doucement. — Tu as vécu avec elle la plupart du temps ?

J'acquiesçai et rinçai le plat que je nettoyais. Je le posai sur la serviette à côté de l'évier et Gavin le prit pour l'essuyer. — Mon père accordait plus de valeur à ses affaires qu'aux personnes dans sa vie. Il a acheté un appartement élégant après son divorce avec ma mère. Quand j'étais jeune, j'étais trop désordonnée pour y être souvent. Il s'énervait pour tout. Une fois plus grande, je suis restée un peu plus chez lui, mais surtout quand il était en voyage d'affaires et que je pouvais être seule.

— Quel âge avais-tu ?

— J'étais adolescente. À partir de quatorze ans. Je disais à ma mère que je restais chez mon père et je partais. Aucun d'eux ne se préoccupait vraiment de ce que je faisais tant que je n'interférais pas avec leurs vies.

— Sérieusement ?

J'haussai les épaules. C'était si normal pour moi que j'oubliais que ce n'était pas normal pour la plupart des gens de grandir comme je l'avais fait. — J'ai appris très jeune à être indépendante. Je savais faire de la bouillie d'avoine au micro-ondes à huit ans. Je savais faire bouillir de l'eau et cuire des pâtes à dix ans. Mes parents s'occupaient toujours du dîner, mais j'étais livrée à moi-même pour le petit-déjeuner et le déjeuner la plupart du temps. Je peux faire des sandwichs, griller des bagels ou préparer des céréales, mais mes compétences culinaires sont à peu près celles d'un enfant de dix ans.

— La plupart des enfants de dix ans n'ont pas de compétences culinaires.

— Je suppose qu'un enfant de dix ans avancé alors.

Il acquiesça et rangea le plat puis en prit un autre. Nous avons travaillé côte à côte en silence jusqu'à ce que toute la vaisselle soit faite, les restes au réfrigérateur et le lave-vaisselle chargé avec les assiettes et les ustensiles utilisés par les invités.

— Tu veux aller te promener ? demanda-t-il.

— On devrait vérifier comment va Gina ? Je me sens mal qu'elle m'ait invitée à dîner et qu'on la laisse tomber.

— J'ai l'impression qu'elle t'a invitée parce qu'elle pense que tu vas me convaincre de rester.

Je souris et secouai la tête. — Elle ne nous connaît pas très bien. Je ne ferais jamais ça. Nous avons convenu que c'est temporaire, et bien que ce soit amusant, je ne vais pas te demander de faire quelque chose que tu ne veux pas faire.

Il m'entoura de ses bras et me serra contre lui. Il posa son visage contre le mien et respira profondément. — Merci.

Je le serrai fort et me demandai ce qui se passait.

— Allons voir tante Gina et ensuite nous pourrons aller nous promener.

J'acquiesçai contre sa poitrine. — Ça me va.

Gina a dit qu'elle irait bien pour rentrer chez elle toute seule et qu'elle prévoyait de rester à l'auberge encore un moment. Gavin et moi sommes sortis et nous sommes immédiatement tournés vers l'eau.

— J'ai toujours aimé être ici, dit doucement Gavin. Il tenait ma main gantée dans la sienne. En grandissant, je rêvais de vivre dans un endroit comme celui-ci, peut-être même ici.

— Pourquoi n'as-tu pas déménagé ici ?

Il haussa les épaules. — Je ne pensais pas pouvoir le supporter.

— Je comprends. Passer d'une grande ville à une petite ville comme L'anse MacKellar n'est pas facile. C'est un grand changement.

— Mais toi, tu l'as fait.

J'acquiesçai. — C'est vrai. Mais pour moi... Je pris une inspiration et fixai l'eau. J'ai surpris mon ex avec une collègue. Je vivais avec lui, et quand je les ai trouvés ensemble, elle à genoux devant lui, j'ai dû fuir de là.

— Putain, Piper. Je suis désolé. Quel con.

— Oui, il l'était. Mais ça m'a juste... j'étais blessée et en colère, mais plus que tout, ça m'a fait réaliser que je ne vivais pas vraiment ma vie. Je suivais les mouvements et faisais ce que je pensais devoir faire pour ne pas finir comme mes parents.

— Divorcés ?

J'haussai les épaules. Nous nous sommes assis sur le banc gelé surplombant la crique. L'eau venait doucement lécher le sol à trois mètres de nous. Gavin gardait le silence tandis que je cherchais les mots que je voulais dire.

— Je n'ai pas peur du divorce. Parfois, on tombe amoureux de quelqu'un qui n'est pas fait pour nous. Le divorce permet aux gens de sortir de situations qui ne leur conviennent pas. Mais mes parents se sont précipités dans tout. Ma mère est tombée enceinte de moi alors qu'ils venaient juste de commencer à sortir ensemble, alors ils se sont mariés. Ce n'est pas long avant qu'ils ne réalisent qu'ils se détestaient. Aucun d'eux ne voulait d'enfants, alors je suis devenue la cible de beaucoup de leurs frustrations. Sans moi, ils auraient pu rompre et ne plus jamais se revoir.

— Ce n'est pas ta faute, dit fermement Gavin.

J'acquiesçai. — Je sais. Mais je n'ai jamais voulu épouser quelqu'un dont je n'étais pas sûre, alors j'ai pris mon temps avec Frederick. Nous avons fréquenté pendant presque un an avant que j'emménage avec lui. Nous travaillions ensemble. Nous avions les mêmes amis. Je ne pensais pas que nous avions des secrets l'un pour l'autre. J'essayais d'être intelligente, et ça m'a explosé à la figure.

— Mon associé... c'est différent, mais quand nous avons démarré notre entreprise, nous avons parlé d'être une petite agence de publicité. Prendre des clients locaux qui avaient besoin d'aide pour trouver de nouveaux clients. Des gens pour qui nous verrions vraiment la différence. Cette semaine, il a accepté un contrat avec une énorme entreprise.

— J'imagine que c'est mauvais ?

Il acquiesça. — Ça signifie beaucoup d'argent, mais c'est beaucoup de pression. Nous devons apprendre un tout nouveau côté de la publicité. Cela signifie confier nos plus petits clients, qui nous ont aidés à construire notre entreprise, à des employés au lieu de les gérer nous-mêmes.

— Et tu as l'impression de leur faire un appât et un échange.

— D'une certaine façon, oui. Je suis aussi... terrifié.

— De quoi ?

Il prit une inspiration et se pencha en avant. — J'ai toujours été le meilleur ou l'un des meilleurs en tout. J'étais une star du sport au lycée, premier de classe et un type bien. J'avais des amis et il n'y avait rien que je ne pouvais pas faire. Jusqu'à l'université. Je suis allé à Carnegie Mellon ma première année et j'ai échoué. J'ai dû aller dans une petite université dont personne n'a jamais entendu parler pour terminer mes études. C'était une bonne école, mais...

— Ce n'était pas là où tu voulais être.

Il acquiesça et me regarda. — Oui.

— Et être poussé à nouveau au premier rang te fait te demander si tu vas échouer à nouveau.

Il sourit. — Exactement. Mais cette fois, si j'échoue, ce n'est pas juste moi. C'est mon associé et nos employés et tous nos clients qui vont en souffrir.

— Je comprends. Je suis pareille avec les relations. C'est pourquoi ça me convient. Je ne veux pas risquer de surprendre quelqu'un d'autre avec sa bite dans la gorge de quelqu'un que je connais. À Philadelphie, j'étais anonyme. Personne en dehors de mon petit cercle ne savait ou ne se souciait de ce qui se passait. Mais tous ceux que je connaissais faisaient partie de ce cercle. Je ne pouvais pas retourner au travail, je n'avais nulle part où vivre, et tous mes amis étaient ses amis. Ici, c'est pareil parce que tout le monde se connaît.

— Et tu ne veux pas partir.

J'acquiesçai. — Exactement. L'idée de quitter cet endroit me panique. C'est chez moi.

— Eh bien, si je me plante avec ce nouveau client, peut-être que je vais me réfugier ici. Alors nous pourrons nous cacher ensemble.

J'ai ri doucement. — Tu ne vas pas te planter. Tu vas être génial.

— J'aimerais avoir ta confiance. Tout ce que je ressens, c'est de la peur. C'est pourquoi je n'ai jamais déménagé ici avant. Il y a des années, tante Gina a mentionné que Zoey et moi pourrions reprendre l'auberge, mais si je venais ici et échouais avec cet endroit... c'est l'œuvre de sa vie. Je ne pourrais pas faire ça.

J'acquiesçai et détestais que Gavin n'ait pas plus foi en lui-même. Même si nous ne nous connaissions pas bien, je savais qu'il était capable de tout ce qu'il décidait de faire. Nous devons tous décider ce qui est vraiment important pour nous, et...

— Es-tu sûr que tu as peur et non pas que tu sais ce que tu veux faire mais que tu penses que c'est trop petit ? Quand j'ai quitté mon travail, je... j'aimais mon travail. Personne ne le sait vraiment, mais j'étais conseillère en investissement. J'adorais trouver les meilleurs investissements pour mes clients et voir l'argent fructifier. Je détestais la pression que mes patrons nous mettaient et la compétitivité du bureau où je travaillais. Quand je suis partie, j'ai arrêté d'investir pendant un moment, mais ce n'est pas long avant que je ne recommence à jouer avec le marché. J'investis pour moi-même maintenant et, euh, je suis propriétaire de mon immeuble.

— Vraiment ? demanda-t-il en riant. C'est impressionnant.

J'acquiesçai. — Je sais, mais je ne le dis pas aux gens parce que ça ne regarde personne. Mais quoi qu'il en soit, je sais ce qui compte pour moi. Je veux aider les gens. Les parties de mon travail que j'aimais étaient d'aider les personnes qui cherchaient à prendre leur retraite ou à aider les autres. Je détestais travailler pour les entreprises qui essayaient de tirer chaque centime de leurs revenus ou pour les riches connards qui voulaient juste amasser plus d'argent. Mais maintenant, j'aide toujours les gens. Je possède un immeuble qui offre un bon endroit où vivre à un prix équitable. Je travaille dans un bar et j'écoute les gens qui ont besoin de quelqu'un à qui parler. Et j'emploie même ma meilleure amie dans un travail qu'elle aime pour qu'elle n'ait pas à sortir de sa zone de confort. Je fais quelque chose de complètement différent de ce que j'avais initialement prévu, mais je suis plus heureuse parce que je fais toujours ce que je voulais vraiment faire, mais c'est à mes conditions.

Il resta silencieux un long moment et je craignais de l'avoir offensé ou mis en colère d'une façon ou d'une autre. Trop d'hommes n'aimaient pas savoir que j'avais de l'argent. Cela les intimidait et leur faisait sentir qu'ils étaient en quelque sorte moins parce que j'étais douée avec l'argent. C'est arrivé avec Frederick. Je l'ai surpris avec Rachel moins de deux semaines après qu'il ait appris que j'avais des clients plus importants et que je gagnais plus d'argent que lui.

Je ne pensais pas que Gavin était comme ça, mais je n'avais jamais pensé que Frederick l'était non plus.

— Je n'y avais jamais pensé comme ça. Mais tu as raison. Je ne me suis pas arrêté longtemps pour réfléchir à ce que je veux. Ou pour parler avec Chad de ce qu'il veut. Nous avons démarré l'entreprise parce que nous aimions travailler ensemble et que ça marchait bien, mais nous nous sommes juste lancés sans parler des projets à long terme. Maintenant, ça fait plus d'une décennie et on continue juste à suivre le mouvement.

— Peut-être qu'il est temps de s'arrêter et de réfléchir un peu.

Il acquiesça. — C'est aussi le moment de sortir de ce froid. Je ne sais pas pour toi, mais mon cul est sur le point de geler sur le banc.

J'ai ri alors qu'il se levait. — Je suis juste contente de ne pas porter une robe.

Il gémit. — Oh, ça, ce serait amusant en été.

Je souris. — Je pense que nous pouvons trouver des façons de nous amuser maintenant sans la robe ni le temps chaud.

Il se tourna vers la maison de Gina. — Tante Gina est toujours à l'auberge. Je peux penser à quelques façons de s'amuser tout de suite.

Il me prit dans ses bras et commença à me réchauffer là, sur le chemin.

14

Gavin m'embrassait pendant que nous trébuchions le long de l'allée et que nous nous frayions maladroitement un chemin à travers la maison. Il me conduisit à l'étage jusqu'à une petite chambre à l'arrière de la maison et ferma la porte. Nous n'avons pas allumé les lumières tandis que nous nous déshabillions mutuellement avant de tomber ensemble sur le lit.

Il se redressa et traça un chemin de baisers le long de ma gorge. Il fit tournoyer sa langue autour de mes tétons avant d'en aspirer un dans sa bouche. Il fit glisser sa langue sur ma peau et souffla sur la traînée humide qu'il avait laissée.

Des frissons me parcoururent tout le corps. J'entremêlai mes doigts dans ses cheveux et me cambrai contre lui. Je ne pouvais pas me rassasier de lui.

— Ça va comme ça ? demanda-t-il en s'installant entre mes cuisses.

Je baissai les yeux vers lui, les lumières de Noël à l'extérieur le faisant resplendir. Noël était une période de joie et d'innocence. Un moment pour célébrer la famille. Et j'étais en train de m'exciter alors que les lumières de Noël le faisaient resplendir avant qu'il ne me fasse jouir avec sa langue.

Un petit rire monta et s'échappa de mes lèvres.

— Quoi... euh... devrais-je m'inquiéter ?

Je ris à nouveau. — Je pensais juste à comment les lumières de Noël dehors te font briller, puis je me suis sentie vraiment coquine parce que Noël ne devrait pas être érotique.

— Je peux me déguiser en Père Noël coquin pour toi.

Un autre rire jaillit de moi. — Le petit-fils du Père Noël ?

Il gloussa et mordilla l'intérieur de ma cuisse. — Tu es vilaine. Puis il lécha l'intérieur de ma cuisse.

Je gémis et écartai davantage les jambes. Il appuya sur mes cuisses avec ses mains et embrassa mon mont de Vénus. Sa langue traça le contour de mon ouverture et me taquina.

— Oh, mon Dieu, murmurai-je. Cela faisait bien trop longtemps que personne n'avait passé du temps là-bas. J'ai toujours beaucoup aimé le sexe oral, mais Frederick était plus un preneur qu'un donneur. Il le faisait quand je le demandais, mais jamais sans exiger quelque chose en retour. Ça aurait dû être un signal d'alarme. Tant de choses auraient dû être des signaux d'alarme avec lui.

— Oui, gémis-je tandis que Gavin léchait mon clitoris. Mon dos s'arqua et mes yeux se fermèrent. Je voulais le regarder mais le plaisir était trop intense. Je me mordis la lèvre et tremblai.

Sa main remonta le long de mon corps, cherchant son chemin jusqu'à mon sein. Il joua avec mon téton pendant un moment, envoyant des décharges de plaisir dans tout mon corps. Tout était vivant, pulsant de désir et concentré sur chacun de ses mouvements. Il lécha, suça et me taquina jusqu'à ce que mon corps soit tendu de besoin et prêt à perdre le contrôle.

Puis il recula. Il ralentit son rythme, prolongeant l'orgasme qui se précipitait vers moi. Il traça des cercles paresseux sur ma cuisse avec ses doigts. Il embrassa mon intimité au lieu de lécher et sucer. Il abandonna même mon téton en faveur du dessous de mon sein.

— Argh, gémis-je.

Il sourit, véritablement sourit, contre mon sexe. — Frustrée ?

— Pourquoi t'es-tu arrêté ?

— Je ne me suis pas arrêté. Je veux juste m'assurer que tu es prête.

— Je suis prête, crois-moi.

— Ah oui ? Tu es prête à jouir sur ma langue. Et tu es prête à m'accueillir en toi. Et tu es prête à te laisser aller. Tout ça, Piper ?

Tout ça ? Me laisser aller ? Non, je n'étais pas prête pour ces choses-là. Je savais qu'il ne les entendait pas comme mon cerveau les interprétait, mais non, je n'étais pas prête. Je ne pensais pas que je serais jamais prête. J'avais essayé les deux une fois. J'avais essayé de faire confiance. J'avais échoué.

— Ne te perds pas dans ta tête, Piper. Ne disparais pas. C'est nous. Toi et moi. Nous sommes ensemble dans cette histoire. On est bien ensemble.

Je baissai les yeux vers lui, l'étrange lueur rouge et verte des lumières de Noël sur son visage mettant en valeur l'homme que j'avais appris à connaître. Il pencha la tête sur le côté et me sourit.

— Je suis vraiment dans cette histoire, Piper. Mais si tu ne l'es pas, on peut arrêter. Nous sommes amis avant tout.

Je secouai lentement la tête. — Je ne veux pas que tu t'arrêtes.

Il sourit lentement et se leva. Il se pencha sur moi, laissant son poids me presser contre le matelas bosselé. Ses lèvres se scellèrent sur les miennes, me donnant un goût de moi-même sur sa langue. Je la suçai fortement dans ma bouche, et il grogna. Il pulsait contre l'intérieur de ma cuisse, et je me déplaçai, l'alignant avec mon entrée.

— Préservatif, Piper, gémit-il, se reculant juste assez pour prononcer ces mots.

— Je sais. Je voulais juste te sentir contre moi.

— Tu vas vraiment me rendre fou, dit-il avec un sourire. Il laissa son poids peser plus fort contre moi et m'enfoncer plus profondément dans le matelas. Sa langue plongea dans ma bouche, faisant tout monter à grande vitesse.

Une seconde plus tard, il avait disparu, son poids glissant du mien alors qu'il s'agenouillait à nouveau et enfouissait son visage entre mes cuisses. Il n'y avait plus de retenue cette fois. Plus de questionnement pour savoir si j'étais dedans. C'était juste Gavin et moi, perdant la tête ensemble pendant qu'il me menait au bord de la folie.

Il effleura mon clitoris avec sa langue et glissa deux doigts en moi. Il pompa ses doigts dedans et dehors tout en suçant et léchant mon clitoris jusqu'à ce que je ne puisse plus me retenir.

Je saisis la couverture, la tordant entre mes doigts jusqu'à ce qu'ils me fassent mal. J'essayai de retenir mes gémissements, mais après que le premier orgasme m'eut traversée, je savais qu'il n'était pas possible d'arrêter les bruits que je faisais.

— Il n'y a personne ici, Piper. Laisse-moi t'entendre, grogna Gavin. Il replongea immédiatement. Il ajouta un troisième doigt et suça fort mon clitoris, me renvoyant directement par-dessus bord.

— Oh, mon Dieu, Gavin. Oui ! gémis-je, plus fort que je ne l'avais prévu.

— Encore, gronda-t-il.

— Oui, putain, oui. Gavin. Oh, mon Dieu !

— Putain, gémit-il.

Mon corps convulsa sous mes orgasmes tandis que l'un

après l'autre, je perdais la raison. Des répliques secouèrent mon corps.

Gavin se recula et me regarda fixement, embrassant mon entrée comme s'il ne pouvait pas en avoir assez. Il ouvrit un tiroir puis déchira l'emballage d'un préservatif. Il se leva et l'enfila pendant que je restais là, incapable de bouger.

Je le voulais. Plus que je n'avais jamais voulu une autre personne dans ma vie. L'ampleur de mon désir me submergeait et pour la première fois, je comprenais pourquoi les gens pleuraient pendant l'acte sexuel. Quand il se pencha sur moi et que son érection se cala entre mes cuisses, j'étais si reconnaissante qu'il soit là que j'ai failli craquer.

Il m'embrassa à nouveau, emportant toute l'émotion tandis que j'accueillais ses baisers. Il s'aligna entre mes cuisses et se glissa doucement en moi pendant que nous nous embrassions, connectant nos corps.

Il bougea en moi, ses poussées lentes et peu profondes. J'avais l'impression qu'il ne voulait pas se retirer plus que je ne voulais le laisser sortir.

Je soulevai mes jambes et les enroulai autour de son dos, m'ouvrant pour qu'il puisse s'enfoncer plus profondément. Il gémit et s'immobilisa lors de sa poussée suivante.

— Tu te sens si incroyablement bien, Piper. Je sais que ce n'est que des amis avec avantages, mais c'est tellement bon. Tellement bon.

J'acquiesçai, toutes ces émotions remontant à nouveau pour une raison différente. Oui, je savais ce qu'était notre arrangement. J'avais insisté là-dessus. Je ne voulais pas plus. Mais... merde.

Je l'aimais bien. Et pas seulement parce que je pensais qu'il était un type bien. C'était un gars pour qui je me perdrais. C'était un gars que je fuirais en déménageant. C'était un gars dont je tomberais amoureuse et pour qui j'abandonnerais tout.

Je ne voulais pas qu'il le soit. Et de toute évidence, il ne voulait pas l'être non plus. Et tandis qu'il allait et venait en moi, je détestais que les choses ne puissent pas être différentes. Une larme unique glissa du coin de mon œil et disparut dans mes cheveux. Je fermai fermement les yeux avant que d'autres ne suivent.

Gavin, c'était juste du sexe. Nous étions amis. Des amis qui avaient des relations sexuelles. Du super sexe. Du sexe incroyable. Mais du sexe temporaire. Et je devais l'accepter.

— Piper, grogna-t-il. Il se rapprocha de moi, son corps entier frottant contre le mien à chaque coup. — Oh, mon Dieu, Piper.

Je forçai mes yeux à s'ouvrir et levai les yeux vers lui. Il me regardait, ses yeux vitreux et flous mais fixés droit sur moi.

Je repoussai ses cheveux de son front et il se blottit contre ma paume. — Piper, gémit-il doucement. Il poussa profondément une fois de plus puis s'immobilisa en moi. Il pulsa et grogna, puis s'effondra sur moi.

Tout son corps tremblait alors qu'il me tenait. Je l'entourai de mes bras et le serrai contre moi, effrayée par la force de mes sentiments pour lui. Je n'étais pas censée l'aimer autant. Pas quand il avait une vie à Pittsburgh et moi une vie à L'anse MacKellar. Je ne voulais plus partir. Je ne voulais pas fuir. Et je ne voulais pas retourner dans une ville où la pression, le stress et l'anxiété de vivre quelque part signifiaient perdre la partie de moi-même que j'avais trouvée à L'anse MacKellar.

Je n'aurais pas dû commencer cette histoire avec lui. Je savais quand je l'ai rencontré que je ne pourrais pas gérer une relation avec lui. C'est pourquoi je ne m'accouplais qu'avec des hommes qui n'étaient pas locaux. Qui étaient en ville pour quelques jours. Je ne me laissais jamais m'attacher à des hommes qui vivaient en ville. Ça ne pouvait que mal finir pour moi.

Gavin finit par bouger et se dégagea de moi. Il m'embrassa rapidement puis ouvrit la porte de la chambre et se faufila dans le couloir sombre. Une autre porte se ferma une seconde plus tard, et je savais que je devais foutre le camp de là.

Je cherchai mes vêtements dans la chambre sombre et j'étais presque habillée quand Gavin revint dans la pièce, toujours nu.

— Tu dois partir ?

J'acquiesçai et passai ma chemise par-dessus ma tête. — Euh, oui, j'ai pensé que ce serait mieux. Je veux dire, ta tante va bientôt rentrer, j'en suis sûre.

Il hocha la tête. — C'est vrai. Je pensais juste que tu resterais un peu plus longtemps.

— Je devrais y aller. Je ne suis pas sûre de pouvoir la regarder dans les yeux après avoir souillé les draps.

Gavin éclata de rire et secoua la tête. — Notre accord était que je m'occuperais de tous les draps souillés.

Je souris.

— Es-tu sûre qu'elle est la seule que tu ne peux pas regarder dans les yeux ? Parce que tu ne me regardes pas.

Je pris une profonde inspiration et rencontrai finalement son regard. Il leva un sourcil vers moi. Je souris.

— Que s'est-il passé ?

Je secouai la tête. — Rien. Je pense simplement qu'il est préférable que je rentre chez moi.

— Est-ce qu'on va bien ?

J'acquiesçai et forçai un sourire. — Bien sûr.

Il m'observa attentivement pendant qu'il s'habillait. Il insista pour me raccompagner jusqu'à ma voiture. Je voulais m'enfouir en lui et rester là avec lui, mais je savais que prendre de la distance était la meilleure chose à faire.

Nous marchâmes côte à côte dans le froid, sans parler alors que nous faisions notre chemin de la maison autour de l'auberge jusqu'au parking avant. Quand nous sommes arrivés à ma voiture, je l'ai déverrouillée et me suis tournée vers lui.

— Je suis désolée d'avoir fait irruption dans ta soirée.

Il secoua la tête et m'attira dans une étreinte. Je me laissai faire et l'entourai de mes bras. Il me serra fort et embrassa le sommet de ma tête. — Tu as été la meilleure partie de ma soirée. Merci de m'avoir laissé me décharger sur toi à propos de mon partenaire.

— Tu trouveras ce que tu veux faire.

Il acquiesça. — C'est vrai. Mais c'est toujours bon d'avoir une perspective extérieure. Je te vois bientôt ?

J'acquiesçai et souris alors qu'il me lâchait. — Tu sais où me trouver.

Il me sourit en retour, mais son sourire n'atteignait pas ses yeux. Il savait que quelque chose n'allait pas, mais il n'insista pas pour que je lui dise. Et je ne l'ai pas dit.

Je montai dans ma voiture et lui fis un signe de la main avant de m'éloigner. Je le regardai dans le rétroviseur alors qu'il restait là, me regardant jusqu'à ce qu'il soit hors de vue.

Au moins, j'en avais choisi un bien cette fois.

— Pourquoi es-tu rentrée si tôt ? demanda Sofia quand je franchis la porte. Elle mit son film en pause et se tourna pour me regarder. — Qu'est-ce qui ne va pas ? Que s'est-il passé ? Tu vas bien ? Elle était debout du canapé et marchait vers moi en quelques secondes.

— Je vais bien. Rien ne s'est passé. Gavin ne savait pas que je venais dîner. Gina m'avait invitée sans le lui dire.

— Et il était en colère ?

Je secouai la tête et accrochai mon manteau. — Non. Il était heureux de me voir. C'était bien.

— Alors pourquoi as-tu l'air contrariée ? Que s'est-il passé ?

Je soupirai et fermai les yeux. — Laisse-moi prendre un verre.

Sofia recula, mais me suivit jusqu'à la cuisine. Elle resta là pendant que je mélangeais un cocktail et prenais une gorgée, puis me suivit jusqu'au canapé. Elle ne remit pas tout de suite le film en marche, me regardant simplement.

— Donne-moi une minute, dis-je.

Elle hocha la tête et démarra le film, comprenant mieux que quiconque que je devais réfléchir avant de pouvoir parler.

Le film jouait mais aucune de nous ne le regardait vraiment. J'essayais de trouver comment lui dire ce qui s'était passé sans avoir l'air d'être folle, mais il n'y avait vraiment pas de moyen. J'étais folle.

— Je crois que j'aime bien Gavin.

— D'accord, dit-elle lentement, en faisant traîner le mot. — Je ne réalisais pas que tu ne le savais pas.

Je la regardai, lui lançant ce regard qui disait tout.

— Oh, répondit-elle. — Tu ne l'aimes pas juste bien, tu l'aimes vraiment bien.

J'acquiesçai et laissai retomber ma tête contre le canapé. — Je ne veux pas. Il va partir, et je ne veux plus m'impliquer avec quelqu'un.

— Je comprends, mais tous les gars ne sont pas comme Frederick.

— Je sais, dis-je avec un soupir. — Et je sais que Gavin est un type bien. Mais je ne veux pas m'impliquer. Je ne veux pas tomber amoureuse de lui.

— Alors ne le fais pas, dit Sofia.

Je ricanai. — Si seulement c'était aussi facile.

— Pourquoi pas ? C'est un ami, non ? C'est quelqu'un avec qui tu aimes passer du temps. Pourquoi dois-tu tomber amoureuse de lui juste parce que vous passez du temps ensemble ? Je veux dire, c'est un mec sympa. Je ne vais pas dire qu'il ne l'est pas, mais est-ce que ça signifie que tu l'aimes ? Ou es-tu juste tellement hors de pratique avec les hommes que tu penses que tu tombes amoureuse de lui ?

— Je... Que veux-tu dire ?

Sofia se tourna vers moi, posant son genou sur le canapé entre nous. Elle couvrit sa peau exposée avec la couverture bleue sous laquelle elle était pelotonnée et rejeta ses cheveux blonds derrière ses épaules. — Depuis Frederick, tu ne t'es pas permis de t'attacher aux hommes. Tu sais qu'il y en a des bons, comme Hudson, mais tu les mets dans une partie différente de ton cerveau. Les mecs que tu connais qui sont géniaux ne sont pas disponibles en ce qui te concerne. Jusqu'à Gavin. Tu as immédiatement décidé que Gavin n'était pas vraiment une option parce que tu savais que tu pourrais bien l'aimer. C'est le premier gars depuis très longtemps que tu t'es permis de voir comme quelqu'un qui n'est pas hors limites, mais qui est aussi disponible. C'est comme tomber amoureux de quelqu'un quand vous êtes ensemble dans une situation stressante, comme lors d'un braquage de banque ou quelque chose du genre. Vous vous liez parce que vous avez partagé la même expérience, mais cela ne signifie pas que vous êtes vraiment faits l'un pour l'autre.

— Donc, tu penses que j'aime bien Gavin parce qu'il est ici ?

— En quelque sorte, oui. Je sais que tu as été avec d'autres hommes, mais après un jour ou deux, ils sont partis. Tu n'as aucune idée si tu aurais pensé être tombée amoureuse de l'un de ces autres gars s'ils étaient restés.

— Mais Gavin est vraiment génial.

— Oui, et ça rend juste plus facile de tomber amoureuse

de lui. Mais ça ne veut pas dire que tu l'es vraiment. Je vois ça comme une bonne chose. Ça signifie que tu es toujours capable de tomber amoureuse. C'est une bonne nouvelle.

— Vraiment ? C'est vraiment une bonne nouvelle ?

Sofia ricana. — Je pense que oui. Parce que tu es une personne incroyable et je ne veux pas que tu sois seule quand je rencontrerai l'amour de ma vie et que je déménagerai.

— Tu me ferais ça ? Je pensais que quand tu rencontrerais quelqu'un, il emménagerait ici avec nous. Je pourrais t'aider à élever tes enfants et être Tante Piper, la dame bizarre qui vit avec vous.

Sofia ricana. — Tue-moi tout de suite.

— Tellement impolie.

— Tu m'aimes quand même.

J'acquiesçai. — C'est vrai. Et tu as raison. Je n'aime pas Gavin. J'aime simplement le sexe spectaculaire que nous avons.

— Tu vois ? Tout va mieux ? Maintenant raconte-moi tout sur ce sexe.

J'éclatai de rire et lui racontai chaque détail.

15

GAVIN

J'ai passé le reste de la semaine à osciller entre mes débats intérieurs sur Chad et mes interrogations sur ce qui se passait avec Piper. La façon dont elle s'était précipitée dehors me faisait penser que quelque chose n'allait pas, mais elle insistait chaque fois que je lui parlais que tout allait bien.

Samedi était une journée parfaite pour les promenades en traîneau à la Ferme d'Érable de la Famille Jones. Tante Gina était enthousiaste à propos de l'événement, et moi aussi. Colin avait dit que c'était leur plus gros événement de l'année en dehors de la saison des érables. Et dès notre arrivée, j'ai compris pourquoi.

La ferme était couverte de lumières. Je pensais qu'on en faisait trop à l'auberge, mais la ferme explosait littéralement de décorations. Certaines lumières bordaient les sentiers à travers les bois, d'autres décoraient l'étendue de terrain, et d'autres semblaient être là uniquement parce qu'il y avait des lumières en surplus.

— Wow, dit Tante Gina. Le crépuscule s'installait et les

lumières brillaient à l'extérieur des fenêtres tandis que nous descendions la route pour nous garer. C'est incroyable.

J'ai hoché la tête. — Oui, vraiment. Je n'ai jamais rien vu de tel.

— Moi non plus. Ça va être très amusant. Mais assure-toi de me dire de disparaître quand Piper et toi aurez besoin d'un peu de temps seuls.

— Tante Gina, tu n'as pas à t'inquiéter. Ne te fais pas de souci pour Piper et moi.

— Eh bien, je sais que tu as été déconcerté quand je l'ai invitée l'autre soir. Je ne veux pas être encore une fois dans vos pattes.

— Tu n'étais pas dans nos pattes.

— D'accord, dit-elle. Elle tourna son regard vers la fenêtre à nouveau, observant les lumières défiler comme si elle n'avait jamais vu de lumières de Noël auparavant.

Nous sommes finalement arrivés à la grange et avons trouvé une place dans le parking déjà bondé. Tante Gina est sortie et a ajouté son chapeau bordé de fourrure à son ensemble de manteau et gants également bordés de fourrure. Ses bottes crissaient dans la neige pendant que nous marchions. Je lui ai demandé pourquoi elles n'avaient pas aussi de fourrure, et elle m'a dit qu'elle n'arrivait pas à en trouver de confortables avec de la fourrure.

Je me suis demandé si j'étais habillé trop légèrement quand je l'ai vue, mais j'ai laissé faire. Je portais des caleçons longs sous mon jean et un Henley à manches longues sous mon pull. Et bien sûr mon manteau épais, un bonnet et des gants.

— Tu portes un bonnet de Père Noël ? demanda quelqu'un derrière moi.

Je me suis retourné et ai souri à Sofia et Piper. — En effet. Tu l'aimes bien ?

Sofia a ri, et Piper a simplement secoué la tête. Sofia a

chuchoté quelque chose à Piper, qui lui a lancé un regard qui disait de se taire.

— Gina, voici mon amie Sofia. Sofia, voici Gina Holbrook, dit Piper.

— C'est un plaisir de vous rencontrer. Je suis désolée de vous avoir manquée quand nous décorions les biscuits, dit Sofia avec un sourire. J'adore l'auberge.

— Merci, ma chérie. Je suis ravie que tu te joignes à nous pour Noël. J'ai entendu dire que tu aimais les vieux bâtiments. Je peux te faire une visite des coulisses.

Sofia rayonna. — Ce serait merveilleux. Merci.

Piper me jeta un coup d'œil et sourit quand elle me surprit en train de la fixer. Elle baissa le menton puis me regarda à nouveau à travers ses cils.

— Tout va bien entre nous ? lui ai-je demandé doucement.

Elle hocha la tête. — Tout va bien.

— Bien, dis-je doucement. J'avais envie de la prendre dans mes bras, de me convaincre qu'elle disait la vérité, mais je me suis retenu. Je ne savais pas si c'était ce qu'elle voulait, et je n'allais pas la brusquer.

— Alors, que voulons-nous faire en premier ? demanda Tante Gina.

— Balade en traîneau, dirent Piper et Sofia à l'unisson.

— Oh, moi aussi, dit Tante Gina. Elle passa ses bras sous ceux de Piper et Sofia, me laissant les suivre toutes les trois.

La veste noire de Piper couvrait ses fesses, mais son pantalon épousait ses jambes et m'offrait une belle vue. Pas aussi belle que lorsque j'étais entre ses jambes courbes et que nous nous rendions tous les deux fous, mais belle quand même. Piper portait des bottes noires qui lui montaient jusqu'aux genoux. Ses gants étaient rouges, et son bonnet était rayé rouge et blanc. Elle ressemblait à un lutin réticent.

Pendant que nous attendions dans la file pour les promenades en traîneau, Piper et Sofia parlaient avec Tante Gina de leurs projets pour les fêtes, de la vie et du travail. J'ai laissé mon esprit vagabonder vers HQA et Chad.

J'ai revu toutes les informations qu'il m'avait envoyées sur le nouveau client. C'était une excellente affaire avec un revenu garanti. Cela nous permettrait d'embaucher de nouvelles personnes et de développer l'entreprise. Mais je ne pouvais pas me défaire de la peur qui accompagnait une croissance si rapide dans une partie du marché que nous ne connaissions pas. Les entreprises qui grandissaient comme ça, d'un seul coup à cause d'un client, échouaient généralement à la fin. Si nous perdions ce client, nous perdrions plus de la moitié de notre activité. Et attirer d'autres clients comme celui-là nécessiterait plus de personnel, et nous nous retrouverions dans la même situation encore et encore.

Je comprenais le désir de Chad d'entrer dans les ligues majeures, d'avoir plus de stabilité, mais pour moi, cela ressemblait davantage à moins de stabilité, même avec le revenu garanti. Rien n'est jamais garanti. Je l'ai appris à la dure.

— Tu viens ? me demanda Piper.

Je n'avais pas réalisé que nous étions en tête de la file. Ils étaient déjà assis dans le traîneau, m'attendant pour les rejoindre. Tante Gina et Sofia étaient d'un côté, et Piper tenait une couverture levée, m'attendant pour la rejoindre de l'autre.

J'ai souri et suis monté dans le traîneau. Piper a étendu la couverture sur mes genoux. J'ai enroulé un bras autour d'elle et l'ai attirée près de moi, me sentant capable de respirer pour la première fois depuis des jours.

Le traîneau a avancé brusquement alors que nous commencions à bouger. Piper a rebondi contre le siège et m'a regardé avec une lueur dans les yeux. Oui, je me sentais définitivement mieux.

— C'est magnifique, dit Sofia.

Tenant le regard de Piper, j'ai hoché la tête. — Oui, c'est vrai.

Elle a souri timidement et baissé le menton. J'ai embrassé le sommet de sa tête. Elle s'est rapprochée de moi. Je l'ai serrée plus fort, ayant besoin de la sentir.

Nous avons passé le reste de la promenade comme ça, assis l'un contre l'autre, si proches que la seule façon de se rapprocher davantage aurait été qu'elle s'assoie sur mes genoux. Je n'étais pas du tout opposé à cette idée, mais nous n'étions pas seuls. Je me demandais si je pouvais la convaincre de faire une autre promenade, juste nous deux. Ou peut-être un autre genre de promenade, à l'intérieur.

Les lumières et la musique passaient au-dessus de ma tête tandis que nous traversions les bois. J'aurais aimé qu'Alexis et Cameron soient là pour voir ça. Ils auraient adoré toute l'expérience. Je ne pouvais penser à rien de comparable à Pittsburgh. L'année prochaine, nous devions faire quelque chose de nouveau avec les enfants. Quelque chose qui leur rappellerait qu'ils étaient spéciaux.

— À quoi penses-tu ? demanda doucement Piper.

Tante Gina et Sofia parlaient et ne nous prêtaient aucune attention. — À ma nièce et mon neveu. Ils adoreraient ça.

— Je m'en doute. Avez-vous quelque chose comme ça près de chez vous ?

J'ai secoué la tête.

— C'est la première année depuis longtemps qu'ils font ça. La grand-mère de Colin est décédée l'année dernière, et ces dernières années, elle ne pouvait plus organiser cet événement, alors elle n'a pas essayé. Il a décidé de le relancer.

— Je suis content d'être ici pour y assister, lui ai-je dit. Plus que cela, j'étais content d'y être avec elle.

— Moi aussi.

Elle a pris ma main et l'a serrée fort à travers nos gants.

J'ai embrassé le sommet de sa tête à nouveau et respiré son parfum. Nous sommes restés comme ça jusqu'à la fin de la promenade, quand nous avons dû descendre du traîneau.

— C'était amusant, mais je crois que j'ai besoin d'un chocolat chaud, dit Tante Gina. Qui vient avec moi ?

— Moi ! dit Sofia, se tournant pour partir avec Tante Gina.

Piper a passé sa main sous mon bras et m'a tiré dans la même direction. — Elles semblent bien s'entendre.

J'ai hoché la tête. — Tante Gina peut charmer à peu près n'importe qui, et Sofia semble être une personne formidable. Je ne peux pas vraiment dire que je suis surpris qu'elles s'entendent si bien.

Piper a ri. — Très juste. Elle a fait un signe à quelqu'un qu'elle connaissait et dit bonjour à quelqu'un d'autre, mais a gardé son bras lié au mien tout ce temps.

Le chocolat chaud, les kits de s'mores, les bretzels et le pop-corn sortaient du petit magasin près de la grange. Des foyers stratégiquement placés dans l'espace ouvert permettaient aux invités de fabriquer leurs propres s'mores. Nous avons pris quelques kits et du chocolat chaud, et Sofia voulait un bretzel. Nous avons trouvé une table près d'un des foyers et nous nous sommes organisés.

— Je vais rester à la table, dit Tante Gina. Gavin, peux-tu griller ma guimauve pour moi ?

— Bien sûr. Comment l'aimes-tu ?

— Brûlée, dit Tante Gina avec un sourire. C'est meilleur comme ça. Apporte-la-moi en feu et je soufflerai dessus quand tu arriveras ici.

J'ai ri et secoué la tête. — Si tu insistes.

J'ai embroché une guimauve et fait ce qu'on m'avait demandé, je l'ai enflammée et l'ai ramenée à Tante Gina. Elle l'a éteinte et l'a écrasée sur son chocolat et son biscuit graham. Elle a pris une bouchée et gémit. — Si bon. Pendant l'été, nous organisons des soirées s'mores à l'auberge. Nous avons un foyer près de l'eau et invitons tous les clients chaque vendredi soir pour manger des s'mores et profiter de la vue. C'est une excellente façon de terminer la semaine.

— Je n'arrive pas à croire que ça n'arrivera plus, dit Sofia. J'aimerais que quelqu'un de local achète l'auberge et vous garde pour la diriger.

Le regard pas-si-subtil de Sofia vers Piper m'a déstabilisé pendant une minute. Jusqu'à ce que je me souvienne que Piper m'avait dit qu'elle possédait leur bâtiment. Sofia voulait que Piper achète l'auberge.

— Tu penses à l'acheter ? ai-je laissé échapper.

Piper s'est tournée et m'a regardé. Elle m'a fait un faux sourire. — Euh, non. Ce n'est pas quelque chose que je pourrais faire.

— Pourquoi lui demandes-tu ça ? demanda Tante Gina.

— Je... ne sais pas. J'espère juste que quelqu'un l'achètera, comme Sofia l'a dit.

Piper et Sofia avaient une conversation silencieuse, où Sofia semblait penser qu'elle avait trahi Piper, et Piper n'était pas très contente.

— Je vois quelqu'un à qui je dois dire bonjour, dit Piper avec un autre faux sourire. Elle s'éloigna, nous laissant la regarder partir.

— Tu lui as fait sentir qu'elle avait tort de ne pas avoir assez d'argent pour acheter mon auberge, me réprimanda Tante Gina. Une femme devrait pouvoir faire ce qu'elle veut avec son argent.

— Je suis désolée, dit Sofia. Je ne voulais pas faire croire que Piper allait acheter l'auberge. Ou qu'elle le pouvait.

— C'est bon, ma chérie, dit Tante Gina. Mon neveu n'est pas intéressé et il espère que quelqu'un viendra la voler pour qu'il puisse rentrer chez lui.

— Ce n'est pas vrai, ai-je dit.

— Non ? Alors pourquoi es-tu contrarié d'être toujours ici ?

— Je n'ai jamais dit ça. Oui, j'espère que quelqu'un achète l'auberge, mais il faut que ce soit la bonne personne.

Tante Gina a hoché la tête. — Eh bien, ce n'est pas juste de mettre ce genre de pression sur Piper, ou sur qui que ce soit. Nous trouverons un acheteur finalement.

J'ai hoché la tête même si le nœud dans mon estomac grossissait.

Je détestais l'idée que quelqu'un d'autre reprenne Auberge L'anse MacKellar. Ça a toujours été l'endroit de Tante Gina et Oncle Rob. Depuis aussi loin que je me souvienne, ils en étaient les propriétaires et l'auberge était mon terrain de jeu.

Même maintenant, en tant qu'adulte, je ressentais toujours un sentiment déraisonnable de propriété envers l'auberge. Je n'aimais pas l'idée que quelqu'un d'autre soit aux commandes. Que quelqu'un d'autre décide de ce qui devrait être fait. Je savais qu'il était probable qu'ils l'achètent et ruinent l'histoire du lieu. L'auberge était spéciale. Elle était unique, historique et magnifique. La perdre serait difficile à regarder, c'est pourquoi je savais aussi que lorsque je quitterais L'anse MacKellar, je ne reviendrais jamais. Je ne serais pas capable de voir ce qu'on en ferait.

J'observais Piper alors qu'elle parlait à un jeune couple. La femme me semblait familière, mais tout le monde commençait à l'être après si longtemps en ville. Elle était une autre raison pour laquelle je ne reviendrais jamais à L'anse MacKellar. Elle avait dit qu'elle n'était pas intéressée par quoi que ce soit de durable, mais elle changerait d'avis finalement. Celui qu'elle déciderait d'aimer serait un sacré veinard, et je ne pensais pas être assez grand pour lui serrer la main et prétendre que je n'étais pas jaloux.

J'ai détourné le regard, irrité contre moi-même d'être jaloux de quelqu'un qui n'existait même pas encore. Mais ça arriverait. Je voulais qu'elle soit heureuse, et je n'avais aucun droit de l'en empêcher. C'est pourquoi notre relation fonctionnait. J'aimais bien Piper, mais aucun de nous ne tombait amoureux. C'était pour le mieux.

Piper est revenue vers notre groupe et a souri. — Désolée pour ça.

— Ne t'inquiète pas de parler à des amis. Ça m'a donné l'occasion de remettre Gavin à sa place. Je suis désolée s'il t'a mise mal à l'aise à propos de mon auberge. Je n'approcherais jamais quelqu'un pour acheter l'endroit. La diriger demande une personne spéciale. Non pas que tu ne sois pas spéciale, mais ce n'est pas facile et tu dois vraiment l'aimer. Je ne veux mettre personne dans la position de devoir dire non.

— Merci. Et c'est bon. Je... L'auberge est magnifique, mais...

— Ne dis pas un mot de plus, Piper. Il n'y a aucune pression ici. Sauf pour Gavin qui doit me faire un autre s'more. Un n'est jamais assez.

Piper a ri et hoché la tête. Elle semblait se détendre un peu tandis que Tante Gina maintenait la conversation et l'assurait qu'il n'y avait aucune pression.

Je n'avais pas vraiment réalisé avant que Piper puisse se permettre d'acheter l'auberge. Elle respecterait l'histoire du lieu, mais je ne supportais toujours pas l'idée de revenir et de voir quelqu'un d'autre y vivre et en prendre soin.

— Nous devrions marcher sur les sentiers et voir les lumières, suggéra Tante Gina quand nous avons terminé nos s'mores. Piper et Sofia étaient d'accord, alors nous nous sommes dirigés vers le premier sentier.

Tante Gina, pas très subtilement, a posé une question à Sofia sur son travail et a commencé à marcher avec elle, nous laissant Piper et moi côte à côte sur l'étroit sentier.

— Je suis désolé, ai-je dit doucement.

— À propos de quoi ?

— Je ne voulais pas te mettre mal à l'aise à propos de l'auberge. Je n'essayais pas de dire que tu devrais ou ne devrais pas l'acheter.

— Ce n'est rien. C'est juste que... je ne dis pas aux gens que je possède mon bâtiment parce qu'ils me regardent différemment. Gina ne le sait pas.

— Elle ne ferait jamais—

— Je sais, dit Piper. Mais si elle le sait, elle pourrait le dire à quelqu'un d'autre. Et tu sais comment sont les choses par ici. Même si c'est une rumeur, les gens pensent que c'est vrai jusqu'à ce qu'ils aient la preuve du contraire. Je suis serveuse dans un bar. Je suis tout le temps entourée de gens. Je ne peux pas les laisser penser qu'ils n'ont pas besoin de me donner un pourboire parce que je possède un bâtiment ou que je les juge pour ce qu'ils commandent.

— Tu penses que les gens feraient ça ?

Elle a hoché la tête. — Oui. Je déteste le dire, mais les gens sont différents quand l'argent entre en jeu.

J'ai pris une inspiration et admis qu'elle avait raison. L'argent faisait faire des choses folles aux gens. — Je suis désolé. Je ne voulais vraiment pas te mettre dans une position inconfortable.

— C'est bon.

— Tu veux entendre quelque chose de drôle ?

— Bien sûr.

— Je pense que Tante Gina essaie de mettre Sebastian et Sofia ensemble.

— Vraiment ?

J'ai hoché la tête.

— N'est-il pas accroché à ta sœur ?

— C'est pourquoi c'est drôle. J'espère juste qu'elle ne donnera pas de faux espoirs à Sofia. Tu devrais peut-être la prévenir que Sebastian ne sort pas vraiment avec des filles et est toujours amoureux de ma sœur.

— Tu es sûr qu'il l'est ?

J'ai hoché la tête. — Malheureusement, oui. J'aimerais qu'il ne le soit pas. Lui et Sofia s'entendraient probablement bien. Ou se détesteraient parce qu'ils sont trop semblables.

Piper a ricané. — C'est probablement vrai. Ils sont vraiment similaires.

— Ouais. Je pense qu'ils pourraient être bien ensemble, mais je sais que c'est un désastre qui attend de se produire avec lui qui est accroché à Zoey. Ce ne serait pas juste pour Sofia.

— Je ne pense pas qu'elle soit très intéressée par les rencontres en ce moment, mais je lui parlerai. J'ai déjà mentionné lui et Zoey avant, donc elle ne va probablement pas se précipiter.

— Pourquoi les as-tu mentionnés ?

— Noël. Elle a demandé qui serait présent.

— Oh, ça a du sens. Désolé. Je suis juste...

— Vraiment protecteur envers ta sœur. C'est une bonne chose. Elle a de la chance de t'avoir.

— J'ai de la chance de l'avoir aussi. Et les enfants. Ils rendent vraiment la vie beaucoup plus amusante.

— Qu'est-ce que tu leur as acheté pour Noël cette année ?

— Cameron est vraiment fan de camions en ce moment. Tous types de camions. J'ai trouvé un ensemble de monster trucks avec lesquels il peut jouer et un autre qui se démonte. Pour qu'il puisse l'écraser et qu'il se casse réellement, puis il peut le reconstruire. Il aime construire des choses.

— Un futur ingénieur ou agent d'entretien ? demanda Piper.

— C'est ce que je pense. Il est très créatif. Alexis est une artiste, alors je lui ai acheté plein de choses qu'elle peut utiliser pour ses œuvres. Des crayons de couleur, des peintures, des toiles, toutes sortes de choses. Elle va s'éclater.

— Et ta sœur va te détester.

J'ai ri. — Non. J'ai tout vérifié avec elle. Elle a dit qu'elle avait une vieille table qu'elle pouvait installer dans le sous-sol pour qu'Alexis y travaille. Beaucoup d'espace et pas de soucis d'abîmer quelque chose de bien.

— Intelligent, dit Piper avec appréciation.

— Eh bien, merci. J'essaie.

Elle a souri. — Cette saison des fêtes a été amusante pour moi. La meilleure que j'ai eue depuis longtemps. Grâce à toi.

J'ai souri et l'ai arrêtée au milieu de l'allée. — Je suis tout à fait d'accord. Et puisque nous sommes sous le gui, je pense que nous devons nous amuser un peu plus.

Elle a regardé le gui lumineux suspendu au-dessus de l'allée et a souri. — Je pense que nous avons besoin de tout l'amusement possible.

Elle s'est mise sur la pointe des pieds et m'a rencontré à mi-chemin. L'amusement n'était que la moitié. Le reste, c'était tout elle.

16

— Qu'est-ce que vous allez faire après, les enfants ? demanda Tante Gina alors que nous marchions vers les voitures.

Piper s'était garée juste à côté de moi. Elle fit tournoyer ses clés autour de son doigt et regarda Sofia. — On n'a pas vraiment de projets.

— La plupart du temps, Piper travaille le samedi, mais elle a demandé son week-end pour qu'on puisse venir aux promenades en traîneau. Elle n'y est jamais allée, expliqua Sofia.

— Vraiment ? Eh bien, c'était un plaisir tout particulier d'être présente pour ta première promenade en traîneau, dit Tante Gina. Tu aurais dû nous le dire.

— C'était amusant. Je suis contente d'avoir pris ma soirée. D'habitude, je ne change pas mon emploi du temps, mais je voulais passer du temps avec tout le monde, dit Piper. Elle garda son regard fixé sur moi, et je me sentis dix fois plus grand. Et environ dix centimètres plus long.

— Elle travaille trop dur, dit Sofia.

— Est-ce que tu as des congés autour de Noël ? Le bar doit fermer pour les fêtes, dit Tante Gina.

Piper hocha la tête. — C'est le cas. Hudson veut que tout le monde soit en congé pour les fêtes, mais je pense qu'il préférerait travailler. On l'a invité chez nous chaque année, mais il refuse toujours.

— Il ne me dira pas non à moi. Il devrait venir dîner. On a toujours plein de nourriture. Et personne ne devrait être seul à Noël, déclara Tante Gina.

Hudson était définitivement en danger. Une fois que Tante Gina avait décidé quelque chose, c'était aussi bon que fait. Tout comme Sebastian n'avait pas le choix d'assister au dîner de Noël, que Zoey soit là ou non.

— Je pense qu'il préfère être seul, dit Piper. Il a perdu sa femme et dit que les fêtes lui font toujours penser à elle. Elle adorait Noël.

— Raison de plus pour s'assurer qu'il n'est pas seul. Il a besoin d'être entouré. Maintenant, vous deux, vous n'êtes pas ensemble, n'est-ce pas ? Je sais que les relations de nos jours sont différentes de quand j'étais jeune. Non pas que les gens n'aient jamais été impliqués avec plus d'une personne, mais on n'en parlait pas à l'époque. Maintenant, je ne pense pas que les gens s'en soucient, dit Tante Gina.

Piper s'étouffa de rire et secoua la tête. — Non, Hudson et moi ne sommes pas ensemble. On ne l'a jamais été. Il est comme un grand frère pour moi. Il veille sur moi, et je l'embête.

— On dirait Gavin et Zoey. Elle sera là la veille de Noël avec ses enfants. J'espérais qu'ils seraient là plus tôt, mais je suis juste heureuse qu'ils viennent. Ce sera agréable d'avoir tant de monde à l'auberge pour mon dernier Noël là-bas.

Cette douleur me traversa encore à l'idée que quelqu'un d'autre prenne en charge l'auberge. Je ne pouvais rien y faire, mais ça ne voulait pas dire que je devais apprécier ça.

— Ce sera agréable de les rencontrer, dit Piper. Gavin est vraiment excité.

— Moi aussi. Tous mes enfants réunis sous un même toit, dit Tante Gina avec un claquement de mains et un large sourire.

— Je vous remercie vraiment de nous avoir invitées, dit Sofia. Je n'ai pas eu de vraies fêtes en famille depuis très longtemps.

— J'aurais aimé le savoir. Je vous aurais invitées toutes les deux depuis le début si je vous avais connues. C'est pourquoi j'ai besoin que Gavin et Zoey me rendent visite. Pour m'assurer que je reste jeune et branchée et que je connaisse tous les jeunes, dit Tante Gina.

— La seule chose branchée chez toi, c'est celle que tu dois faire remplacer, la taquinai-je.

Elle me frappa le bras et me lança un regard noir. — C'est peut-être vrai, mais j'ai vécu ma vie et j'en ai profité. Je n'ai plus besoin d'être branchée. Il fut un temps où je l'étais.

— Je n'y crois pas, lui dis-je, très sérieux.

Elle me lança un nouveau regard noir. — Garçon cruel.

Je lui souris. — Mais tu m'aimes quand même. Je l'attirai pour une étreinte.

— Tu le sais bien. C'est pourquoi je suis heureuse de te voir avec une femme aussi gentille que Piper. Sofia m'a dit qu'elle n'était pas intéressée par Sebastian, mais j'espère pouvoir la faire changer d'avis quand elle le rencontrera au dîner de Noël, dit Tante Gina.

J'éclatai de rire. — Je ne suis pas sûr que ce soit un si bon plan, Tante Gina. Je pense que Sebastian sera déjà assez mal à l'aise.

— Pourquoi ?

Je réalisai ce que j'avais dit et me figeai. J'avais besoin d'une excuse, mais je ne pouvais pas en trouver une aussi rapidement.

— Parce que je l'ai embarrassé, dit Piper. Je l'ai vu chez O'Kelley's un soir et j'ai essayé de le présenter à une autre de mes amies, et il s'est un peu empêtré. Il a dit qu'il est très timide avec les femmes et préfère être celui qui engage la conversation plutôt que d'être présenté. Une présentation le met mal à l'aise.

— Oh, eh bien, je ne voudrais pas ça, dit Tante Gina. Je ne m'en rendais pas compte. Je pensais que Sebastian ne voulait tout simplement pas quitter cette vieille dame pour en trouver une jeune.

— Eh bien, vous êtes très charmante, dit Piper avec un sourire.

Tante Gina rougit. — Tu es ma nouvelle préférée.

Piper gloussa. — Vous êtes mon ancienne préférée.

Tante Gina éclata de rire et prit le visage de Piper entre ses mains. — Oh, je suis si heureuse que Gavin et toi vous vous ayez l'un l'autre. La vie est tellement meilleure quand on est avec quelqu'un qui nous comprend et nous fait rire.

Piper me jeta un regard que je ne pus interpréter. Elle sourit et hocha la tête. — Nous avons beaucoup de chance.

— Bon, je pense que tu devrais me ramener à la maison, dit Tante Gina. Et puis peut-être que tu pourras passer un peu de temps seul avec Piper ce soir. Ou peut-être que toi et Sebastian pourriez aller dans leur appartement pour que Sofia ne se sente pas comme une cinquième roue.

— Oh, ça ne me dérange pas. Ils ne me dérangeront pas du tout, dit Sofia.

Piper rougit de la manière la plus adorable et baissa le menton.

— Et si je te ramenais à la maison et qu'on décidait du reste de la soirée ensuite ? suggérai-je.

— D'accord, dit Tante Gina.

Elle embrassa les joues de Piper et Sofia et leur dit à toutes les deux qu'elle était heureuse d'avoir passé la soirée ensemble, puis monta du côté passager de ma voiture. Elle gémit et dit : — Tu as besoin d'un véhicule plus grand.

— J'adore ma voiture, Tante Gina.

Elle secoua la tête et ferma la porte.

Je me tournai vers Piper et Sofia. — Ne la laissez pas vous mettre la pression. Je ne suis pas occupé pour le reste de la soirée, mais si vous deux voulez regarder un film en pyjama, je ne vais pas m'imposer.

— Non, tu devrais venir, dit Sofia. Tu peux regarder un film avec nous si tu veux, ou je peux me faire discrète et vous deux pourrez avoir un peu de temps pour vous-mêmes. Ça ne me dérange pas du tout.

Je regardai Piper, qui se mordillait la lèvre. — Piper ?

— Euh, oui, ça me semble bien.

— Quelle partie ? Que je reste à l'écart ou que je vienne ?

Elle regarda Sofia. Sofia haussa un sourcil. — Que tu viennes, dit Piper.

— D'accord. Si tu es sûre. Je vais ramener Tante Gina chez elle et ensuite je viendrai chez vous.

Piper hocha la tête. — À bientôt.

Sofia emmena Piper, et je montai dans ma voiture avec Tante Gina. — Alors, vous êtes ensemble ?

Je gloussai. — Tu te prends pour une entremetteuse, n'est-ce pas ?

— J'aime juste voir les gens heureux. Je dis à Sebastian depuis des années qu'il doit passer à autre chose, mais il ne l'a jamais fait. J'aimerais qu'il sorte avec une fille gentille comme Sofia et qu'il oublie Zoey. J'aime ma nièce, mais elle a fait du mal à ce jeune homme.

— Whoa, attends. Tu es au courant pour Sebastian et Zoey ? demandai-je.

Elle haussa les épaules. — Bien sûr. Je le savais il y a long-temps. Quand ils commençaient juste à passer du temps ensemble. Il a été son premier, je suppose. Je n'en étais pas sûre, mais c'était mon intuition. Je pensais qu'il serait son dernier, mais ce serpent d'ex-mari a tout gâché. Maintenant, ils souffrent tous les deux et aucun d'eux ne sait comment arranger les choses.

— Comment sais-tu tout ça ?

Elle secoua la tête et me tapota la main. — Les hommes sont tellement aveugles.

— C'est ton explication ?

Elle haussa les épaules. — Si tu n'étais pas un homme, tu comprendrais exactement comment je le sais, mais tu l'es, alors... voilà.

Je fis une pause d'une seconde puis éclatai de rire. D'accord, alors.

Je déposai Tante Gina chez elle, puis fis immédiatement demi-tour et me rendis chez Piper. Je n'étais pas trop sûr de passer la soirée avec Piper et Sofia, mais ce n'était pas comme si Piper et moi sortions ensemble. Pas vraiment. Nous étions amis qui avaient des relations sexuelles quand nous en avions envie. Je pouvais regarder des films avec elles.

Sofia me laissa entrer quand je sonnai. Elle dit que Piper se changeait et me conduisit à la cuisine.

— D'accord, j'ai dit à Piper que je pouvais disparaître, mais elle a insisté que ce n'était pas grave. On a parlé de regarder quelques films de Noël ce soir. Mais je peux totalement aller dans ma chambre et-

— Non, lui dis-je. Tu es la bienvenue. Piper et moi sommes amis-

— Qui ont des relations sexuelles, dit Sofia avec les bras croisés.

— Oui, mais nous sommes d'abord amis. Je ne vais pas insister pour que tu partes pour que je puisse coucher avec elle. Tu es la personne la plus importante dans son monde. Je suis temporaire.

Sofia pencha la tête et me regarda pendant un long

moment. — Tu es vraiment un gars aussi gentil, n'est-ce pas ? Ce n'est pas un spectacle pour moi ou ta tante ou même Piper. C'est juste qui tu es.

— J'ai été sur la touche pendant des années tandis que le mari de ma sœur l'oubliait, choisissait le travail plutôt qu'elle et les enfants, et faisait tout sauf l'abuser ou la tromper. Du moins, à ma connaissance. S'il avait fait l'un ou l'autre, je l'aurais tué. Mais même sans ça, il ne la traitait pas bien. Il lui faisait constamment sentir qu'elle n'était pas assez bien pour lui. C'était moi qui étais là pour ramasser les morceaux et lui dire qu'elle méritait mieux. À travers tout ça, je me suis juré que je ne serais jamais ce gars qui ferait se sentir une femme comme ça. Alors, si ça fait de moi un bon gars, je suppose que j'accepterai ce titre. Ça me rend triste que le fait d'être un être humain décent soit si rare que ce soit une surprise. Les hommes sont nuls.

— Tout à fait, dit Sofia avec un petit rire. Non, je ne peux pas dire ça. Je n'ai pas eu de mauvaises expériences, c'est juste que... les hommes ne me regardent pas et ne pensent pas immédiatement à sortir avec moi. Je suis pulpeuse et je suis une personne d'entretien et je suis calme. Je ne suis pas le genre de femme qui entre dans un bar et fait tourner les têtes ou le genre de femme qui obtient une tonne de connexions sur une application de rencontres. Je suis assez ordinaire.

— Et ce sont ces femmes qui sont les plus spéciales. Je ne voudrais pas d'une femme qui pense que son apparence est plus importante que qui elle est à l'intérieur, ou qui penserait ça de moi. Je suis loin d'être parfait, et je n'attendrais jamais d'une femme qu'elle le soit non plus.

— Bon sang, j'aimerais vraiment que tu aies un frère. Ooh, que dirais-tu d'un cousin ? demanda Sofia.

Je gloussai. — Non, je n'en ai pas non plus.

— Eh bien, zut. Et un ami qui est exactement comme toi ?

Je souris. — Mon meilleur ami, Chad, est similaire, mais il vit à Pittsburgh.

Sofia plissa le nez. — Non. Je ne suis pas intéressée à quitter L'anse MacKellar. Je suppose que je vais juste faire avec le fait de rester célibataire.

— Si les hommes étaient intelligents, ils te choisiraient définitivement.

Elle sourit et une légère rougeur monta à ses joues. — Merci.

— De quoi parlez-vous ? demanda Piper en nous rejoignant.

Je perdis presque le fil de mes pensées. Elle portait un t-shirt noir avec des cases à cocher pour *vilaine* et *gentille* avec vilaine cochée. Son bas était un pantalon duveteux qui ressemblait à des cannes à sucre. Et elle ne portait définitivement pas de soutien-gorge.

Qu'est-ce que je disais à propos d'être amis d'abord ?

— Gavin me disait que nous devrions tous regarder le film ensemble, dit Sofia.

J'acquiesçai et me forçai à la regarder. — Oui, ouais, c'est ce que je disais. Et je lui ai dit que les hommes d'ici sont stupides comme l'enfer qu'elle soit encore célibataire parce qu'il n'y a aucune raison qu'ils ne devraient pas la choisir.

Le rose monta à nouveau sur ses joues.

— Il a totalement raison, approuva Piper. Je continue à lui dire ça, mais elle dit que mon opinion ne compte pas parce que je suis sa meilleure amie et que je dois dire ça.

— Non, elle a raison. Tu devrais totalement lui faire confiance.

— D'accord, quand est-ce que c'est devenu la soirée pour s'en prendre à Sofia ? demanda Sofia.

— Désolée, tu as raison. On va laisser tomber, dit Piper.

— Ouais. Désolé. Oh, et je pense que Tante Gina va

renoncer à l'idée de te mettre avec Sebastian, bien que je puisse me tromper.

— Qu'est-ce qui te fait dire ça ? demanda Piper. Elle mit un sac de pop-corn au micro-ondes et régla la minuterie.

— Elle m'a dit qu'elle était au courant pour Sebastian et Zoey.

— Quoi ? hurla Piper. Tu es sérieux ?

— C'est ce qu'elle a dit. Elle a toujours su. Et je pense qu'elle veut qu'ils se remettent ensemble, mais plus que ça, elle veut qu'ils soient tous les deux heureux.

— Pauvre Sebastian, dit Piper.

— Que veux-tu dire ?

Piper et Sofia échangèrent un sourire. — Si Gina est déterminée à les rendre heureux, elle ne reculera devant rien pour le voir avec quelqu'un. Il est en danger.

— Tu crois ?

— La première fois que j'ai rencontré Gina, elle m'a dit de ne pas m'inquiéter pour les draps souillés parce que tu sais les laver. Penses-tu vraiment qu'elle va y aller doucement avec Sebastian ?

— Oh, merde. Pauvre gars, dis-je.

— Ouais. Et si Hudson n'est pas prudent, elle essaiera probablement sa magie vaudou sur lui aussi. N'est-ce pas pour ça que tu m'as demandé de jouer le jeu qu'on est ensemble ?

— Ouais, mais vous l'êtes maintenant, dit Sofia. Donc, ça a marché.

— Mais nous ne sommes pas ensemble pour toujours. Il retourne à Pittsburgh, dit Piper.

J'acquiesçai quand elle me regarda. Elle avait raison. Mais je n'étais pas prêt à commencer à y penser tout de suite.

— Donc, nous sommes juste des amis qui ont des relations sexuelles parfois. Ce n'est pas grave.

Encore une fois, elles eurent une conversation silencieuse

à laquelle je n'étais pas privy. Quand ce fut terminé, elles sourirent toutes les deux et Sofia demanda si nous étions prêts à commencer le film.

Euh, bien sûr ?

UN FILM se transforma en deux et ma tête commença à tomber en arrière contre le canapé. Leur appartement était chaud et douillet. Leur canapé était rembourré et confortable, et la couverture que Piper et moi partagions était douce et suffisamment grande pour que nous puissions nous blottir dessous.

Sa main reposait sur ma cuisse et la mienne était coincée entre les siennes. Nous nous taquinions un peu, mais aucun de nous n'insistait avec Sofia dans la pièce. Bien sûr, au moment où le deuxième film touchait à sa fin et que le couple déclarait leur amour l'un pour l'autre, j'étais à peine conscient de quelqu'un dans la pièce.

— Il dort, chuchota Sofia.

— Non, ce n'est pas vrai, dis-je d'une voix endormie. Je repose juste mes yeux.

Piper renifla. — J'ai déjà entendu celle-là.

Je gloussai. — Je vais bien. Ce canapé est juste vraiment confortable.

— On l'adore. On y a toutes les deux passé de nombreuses nuits.

— Mmm hmm, dis-je. Je ne pouvais pas ouvrir les yeux. Je ne voulais pas.

— Reste ici. Tu n'as pas besoin de risquer de conduire quand tu es aussi fatigué, dit Piper.

Je secouai la tête. — Non, je ne veux pas vous faire ça.

— Je vais dans ma chambre avec mon lit toute seule, dit Sofia. Ne t'inquiète pas pour moi.

Le canapé bougea quand elle se leva. Ses pas étaient doux quand elle quitta la pièce.

— Ne sois pas bête, dit Piper. Reste ici. Je ne prends pas beaucoup de place.

J'ouvris un œil. — Tu vas dormir sur le canapé avec moi ?

Elle recula. — Oh. Je pensais que tu dormirais dans ma chambre. Mais c'est bien. Si tu préfères être-

— Non, Piper, ce n'est pas ce que je préfère, dis-je, ma voix rauque et profonde. Je jurai qu'elle frissonna.

— D'accord, alors, allons-y, dit-elle en se levant. Je pris une minute pendant qu'elle éteignait la télé, éteignait toutes les lumières et verrouillait la porte d'entrée.

Je me levai du canapé et la suivis jusqu'à sa chambre. Partager un lit avec une femme n'était pas quelque chose que je faisais souvent. Je n'avais pas été dans une relation sérieuse depuis des années, et même à cette époque, nous avions tous les deux nos propres appartements et ne restions pas souvent chez l'autre.

Mon corps était plus éveillé que le reste de moi. Ma queue était dressée et prête à l'action au moment où Piper fermait sa porte derrière nous.

— Je pense que j'ai une brosse à dents supplémentaire que tu peux utiliser. Je peux probablement trouver un short pour toi ou un t-shirt si tu veux.

Je secouai la tête. — Je dors habituellement en boxer si ça ne te dérange pas.

— Oh, euh, d'accord. Son regard tomba sur ma queue et s'élargit quand elle la vit pressée contre ma fermeture éclair. Elle se lécha les lèvres et en tira une dans sa bouche.

— Piper, gémis-je.

— Désolée, dit-elle. Elle détourna le regard et alla directement à la salle de bain, fermant la porte.

Je regardai autour de sa chambre pendant que je l'attendais. Elle avait des photos d'elle et Sofia, mais peu d'autres choses qui me renseignaient sur qui elle était. Un ordinateur portable était posé sur un petit bureau dans le coin de la pièce. Le bureau était ordonné mais avait des piles de papiers éparpillées sur la surface. Je pouvais l'imaginer là, dominant le monde financier.

La porte de la salle de bain s'ouvrit et je levai les yeux vers elle. Elle se mordillait l'ongle et souriait. Elle avait l'air nerveuse et adorable.

— Euh, alors j'ai laissé une brosse à dents sur le comptoir pour toi. N'hésite pas à utiliser mon dentifrice et tout ce dont tu as besoin. Je vais me mettre au lit.

— Je peux partir si je te mets mal à l'aise, lui dis-je.

Elle secoua la tête. — Non. C'est juste que je n'ai partagé un lit avec personne d'autre que Sofia depuis que j'ai emménagé ici.

— Dis-m'en plus, la taquinai-je.

Elle gloussa. — Tu ne pourrais pas supporter.

J'éclatai de rire. — Tu as probablement raison. Elle fixait à nouveau le lit. — Je peux partir, Piper.

Elle secoua la tête. — Va te brosser les dents. Je, euh, je dors généralement sans pantalon. C'est bon ? J'ai chaud.

— Tu es toujours chaude. Elle sourit. — C'est bon. Sois à l'aise. Aussi à l'aise que tu peux l'être avec moi dans ton lit.

Elle acquiesça. — D'accord. Merci.

— Merci de me laisser rester.

Elle hocha la tête et tapota ma poitrine. Je lui souris puis pris mon tour dans la salle de bain.

Quand je sortis, elle était déjà sous les couvertures. La lumière du plafond était éteinte et une petite lampe était allumée. Elle s'étira pour l'atteindre et attendit que je me couche pour éteindre la lumière.

Je la pris immédiatement dans mes bras. Elle vint volontiers. Je me blottis contre son cou et pressai tout mon corps contre son dos, adorant la sensation de ses jambes nues contre les miennes.

— Euh, Gavin, dit-elle doucement. Ma queue était pressée contre ses fesses et palpitait.

— Ignore-la simplement. Ça va passer.

— Et si je ne veux pas l'ignorer ?

17

PIPER

Il gémit et pressa son sexe contre mes fesses. Je me tortillai contre lui. Passer toute la nuit avec lui, être assise à ses côtés pendant les films et l'avoir dans mon lit... Je n'avais plus aucune résistance.

Sa main glissa de ma taille jusqu'à ma poitrine, sous mon t-shirt, et la pressa. Il embrassa ma nuque puis la lécha et déplaça sa main vers mon autre sein, les taquinant tous les deux en alternance.

Mon corps était déjà tendu comme un arc et avait besoin d'être libéré. Je n'avais jamais été comme ça avec aucun autre homme. Gavin se pressa contre moi et abandonna mes seins pour faire glisser sa main le long de mon corps. Il se fraya un chemin dans ma culotte et réalisa qu'il ne pouvait pas m'atteindre correctement. Il retira sa main et souleva ma jambe par-dessus la sienne, écartant largement mes cuisses.

Nous avons tous deux gémi quand sa main a rencontré mon sexe humide.

—Putain, Piper, dit-il dans un gémissement. Il mordilla mon épaule et enfonça deux doigts épais en moi.

Il passa son bras sous mon cou pour pouvoir jouer avec un de mes seins pendant qu'il pompait ses doigts dans mon intimité.

Je gémis alors que mon orgasme approchait. Il ajouta un troisième doigt et glissa son pouce sur mon clitoris. Mes hanches bougeaient d'elles-mêmes, mais il me tenait fermement, ne me laissant pas trop bouger.

Cette résistance me déstabilisa, laissant mon orgasme monter encore plus longtemps. J'avais besoin de lâcher prise, de me libérer. —Oh, mon Dieu.

Il desserra son emprise juste assez pour que mon corps comprenne que c'était le moment. Mon orgasme monta à la surface et explosa par tous les pores. Je gémis avec cette libération, mes hanches en demandant plus à un Gavin très consentant. Il m'avait préparée à retomber avant même que je ne redescende de mon premier orgasme.

—Encore, Piper, gémit-il contre mon oreille. Il lécha le contour de mon oreille et retira ses doigts de mon intérieur pour les amener sur mon clitoris. Il frotta trois doigts trempés sur ma chair sensible et je n'aurais pas pu me retenir même si j'avais essayé.

Je tremblai à travers mon orgasme, me laissant aller complètement pendant qu'il me murmurait : —Oui, ma belle. Voilà. Si magnifique. Mon Dieu, oui, Piper.

Mon cerveau rattrapa mon corps et je soupirai de bonheur. Satisfaite, comblée et prête à le sentir en moi.

—Tu es éblouissante, murmura Gavin.

—Tu es incroyable, lui dis-je.

Il sourit contre mon épaule, et je me retournai sur le dos pour pouvoir le voir. Je levai ma main vers sa joue. Il soutint mon regard pendant un instant puis se pencha sur moi et m'embrassa. Doucement, lentement, d'une façon dont je n'avais jamais été embrassée.

D'une façon dont je voulais être embrassée pour toujours.

Je l'embrassai en retour, essayant de lui dire par mon baiser ce que je ressentais. Tentant de lui faire accepter que je voulais changer notre accord. Que j'avais déjà changé. Que je le voulais, pas seulement pour quelques semaines, mais pour de bon.

Ça me terrifiait, mais c'était la vérité. Sofia avait raison de dire que c'était la proximité forcée qui m'avait impliquée avec lui au début, mais ce n'était pas pour ça que j'étais tombée amoureuse de lui. J'étais tombée amoureuse de lui à cause de la façon dont il traitait sa tante et dont il parlait de sa sœur. À cause de la façon dont il parlait à Sofia et dont il me faisait toujours passer en premier. À cause de l'homme qu'il est et qu'il a toujours été.

Je l'aimais. Je ne le voulais pas, mais j'en étais pratiquement certaine.

Il s'écarta du baiser et me serra contre lui. Après une minute, je pensai qu'il s'était endormi, mais il releva la tête. — J'ai besoin d'une minute sinon je ne serai même pas capable de mettre un préservatif sans perdre la tête.

J'acquiesçai et restai allongée, souriant comme une idiote parce qu'il ne pouvait pas se retenir. Quand il me surprit, il rit et secoua la tête.

—Oui, je meurs d'envie d'être en toi et je pourrais jouir avant même d'y arriver. Tu n'es pas obligée de te moquer de moi pour ça.

Je gloussai. —Je ne ris pas. C'est... je n'ai jamais... merci.

Il redevint sérieux et se pencha sur moi à nouveau. — Merci à toi. Il m'embrassa doucement, juste une fois, puis se leva.

Je le regardai dérouler le préservatif sur sa longueur. Il inspira d'une respiration tremblante et croisa mon regard à nouveau.

—Tu es... wow, dit-il. Il se tenait au bord du lit tandis que j'enlevais mon t-shirt et ma culotte. Il gémit puis grimpa sur le lit et se positionna entre mes cuisses.

—J'aimerais pouvoir te dire que ça va être bon, mais je me retiens à peine en ce moment.

—Ne te retiens pas avec moi, dis-je. Je te veux, Gavin.

Ses yeux se fermèrent et son corps se tendit. Je posai ma main sur sa poitrine et fis courir mes doigts sur son corps. Il n'était pas couvert de muscles volumineux ou décoré de tatouages. Il avait un seul tatouage sur le côté, et il était fort mais pas parfait. Ce qui le rendait parfait à mes yeux.

Il entra en moi d'une seule poussée pendant que je le touchais. Il gémit et n'attendit pas pour se retirer et entrer à nouveau. Fort, rapide et profond.

Je recroquevillai mes doigts contre sa poitrine, traînant mes ongles sur sa peau. Il grogna et s'enfonça plus fort en moi, me poussant plus haut et plus vite qu'avant.

—Oh, mon Dieu, gémis-je.

—Encore ?

J'acquiesçai et me mordis la lèvre. Je ne pouvais pas l'arrêter.

Il grogna à nouveau. Je levai les yeux vers sa mâchoire serrée et ses muscles tendus. Il m'attendait.

—Plus fort, suppliai-je.

Il obéit, claquant en moi et faisant voler mon corps en éclats une seule poussée avant de perdre le contrôle et de me suivre dans l'extase avec un gémissement de mon nom.

Il s'effondra sur moi instantanément, et j'enroulai mes bras autour de lui. Nos cœurs battaient follement, et notre respiration nous quittait en halètements que nous ne semblions pas pouvoir reprendre. Je ne m'étais jamais sentie aussi bien de ma vie.

J'attendis que Gavin roule sur le côté ou se pousse de moi,

mais il était toujours là après quelques minutes. Je poussai son épaule et il ronfla.

—C'est quoi ce délire ? sifflai-je.

Il rit et bougea. —Désolé, je n'ai pas pu m'en empêcher.

Je ris avec lui et secouai la tête. Je n'avais jamais autant ri avant, pendant ou après le sexe qu'avec Gavin. Tout était nouveau et différent avec Gavin. J'étais en danger.

JE SUIS RESTÉE ÉVEILLÉE à penser à Gavin. J'oscillais entre penser que Sofia avait encore raison, et savoir que je l'aimais vraiment. Au moment où je me suis endormie, je n'étais toujours pas sûre.

Le lendemain matin, il est sorti acheter le petit-déjeuner pour Sofia et moi, un merci pour l'avoir laissé passer la nuit, puis il est rentré chez lui. À l'auberge. Pas chez lui. Je devais me le rappeler.

Sofia m'a laissé de l'espace le reste de la journée, comme si elle savait que j'avais besoin de réfléchir à tout ça. Elle le savait probablement, la connaissant. J'ai pris cet espace et en étais heureuse. Jusqu'à la soirée entre filles.

—Comment était ta promenade en traîneau ? demanda Elise en me tendant une part de gâteau Red Velvet.

—Bien. Tout était incroyable.

—Vraiment ? Je pensais que d'avoir sa tante et Sofia dans le traîneau serait bizarre, dit-elle.

Je ricanai. —Rien ne s'est passé dans le traîneau. Même si nous avions été seuls, nous étions en public avec un inconnu qui nous guidait.

—Crois-moi, vous n'auriez pas été les seuls à vous amuser dans un traîneau, dit Elise avec un regard appuyé vers Blake.

—Quoi ? Je ne peux pas garder mes mains loin de mon mari. Poursuivez-moi en justice.

—Ma mère a menacé de les séparer à table avant. Crois-moi, tant que ta mère ne dit pas à ton frère et à ta meilleure amie de garder leurs mains pour eux-mêmes, rien dans ta vie n'est vraiment foutu, dit Finley.

Blake gloussa. —Ouais, c'était un peu embarrassant. Je ne pensais pas qu'elle avait la moindre idée.

—Quoi ? Que vous vous taquiniez sous la table ? On le savait tous.

—Oh, mon Dieu, dit Blake.

—Gardez vos mains pour vous-mêmes, dit Finley.

Blake gloussa et grimaça. —On va essayer.

—Alors, les choses sont toujours chaudes avec le sexy inconnu ? me demanda Elise.

—Gavin n'est pas un inconnu, dis-je.

—Il l'est pour nous. Et tu essaies d'esquiver, dit Elise.

—Elle pense qu'elle est amoureuse de lui, précisa Sofia. Elle est confuse. Je pense que c'est parce qu'ils passent beaucoup de temps ensemble, mais c'est vraiment un type bien, donc peut-être qu'elle est en train de tomber amoureuse de lui. Elle a besoin d'aide.

Je fixai ma *ancienne* meilleure amie, n'arrivant pas à croire qu'elle leur ait dit tout ça.

—Quoi ? demanda-t-elle, la bouche pleine de Red Velvet. Je ne sers à rien. Je n'ai jamais été amoureuse. Tu as besoin d'aide, et ces femmes sont incroyables, gentilles et serviables, et elles t'aiment et veulent te voir heureuse. Donc, tu peux être en colère contre moi pour leur avoir tout dit, ou tu peux accepter le fait qu'elles aient des opinions différentes et qu'elles puissent éclairer ce qui se passe et comment y faire face.

J'ouvris et fermai la bouche, incapable de trouver les bons mots. Il n'y avait pas de mots. Elle avait raison, mais je n'aimais pas ça.

—Dis-nous tout, dit Elise. Nous avons besoin de tous les détails.

Je regardai autour de moi le groupe de femmes et je savais que j'étais en sécurité avec elles. Aucune d'elles n'allait me voler mon petit ami. Aucune d'elles n'allait me juger. Aucune d'elles n'allait intentionnellement me blesser. Je n'avais jamais eu d'amies comme ça auparavant.

J'éclatai en sanglots tellement j'étais reconnaissante.

—Oh oh, dit Finley. On l'a cassée.

Je ris et secouai la tête. —Non, je vais bien. Mais merci. Je... vous êtes géniales.

—Toi aussi, Piper. Maintenant, dis-nous ce qui s'est passé. Qu'est-ce qui te bouleverse tant, dit Laura.

Je soupirai et pris une respiration. Trinity me tendit une serviette pour essuyer mes larmes, et je me lançai dans tout ce qui s'était passé avec Gavin. Jusqu'à la nuit dernière.

Quand j'eus terminé, elles avaient toutes l'air un peu sous le choc.

—Tomber amoureuse est tellement stressant, dit Finley. Je ne vais pas le faire.

—Ouais, mais ça en vaut la peine, argumenta Blake. Se réveiller chaque jour à côté de l'homme qu'on aime pour le reste de sa vie est incroyable. Il n'y a rien de tel.

—Sauf le flux interminable de sexe, dit Elise. Je suis une grande fan du fait que tout ce que j'ai à faire c'est de me retourner et de lancer un regard à Colin pour qu'il soit prêt.

—J'aime savoir que je ne suis pas seule, dit Trinity. Qu'il est toujours là pour moi, même s'il n'est pas dans la pièce, il laisserait tout tomber et serait là si j'avais besoin de lui.

—D'accord, alors, comment te fait-il sentir, Piper ? demanda Melody. Est-ce que tu te sens en sécurité et réconfortée, ou comme si tu essayais toujours d'attirer son attention, ou comme s'il était ton meilleur ami au monde, sans vouloir t'offenser Sofia, et la personne la plus importante pour toi ?

—Oui, soufflai-je. C'est comme ça. Je ne me suis jamais sentie comme ça avec un homme. Une meilleure amie, comme Sofia, c'est facile. Elle est incroyable, et je sais qu'elle ne va pas m'abandonner. Elle est là. Elle m'aiderait à cacher un corps si j'en avais besoin.

—Je le ferais totalement, dit Sofia avec un hochement de tête.

—C'est si bon d'avoir des amies comme ça, dit Elise. Si jamais tu en as besoin, j'ai accès à une ferme et personne ne le saura jamais.

Je gloussai et acquiesçai. —Merci. Bon à savoir.

—Ok, assez tué de gens, dit Blake. Revenons à Gavin.

Je ris. —Ouais, donc, je... Je jetai un coup d'œil à Sofia. Elle sourit. Mon ex m'a trompée avec une collègue. Sofia est la seule qui le savait jusqu'à ce que je le dise à Gavin, et maintenant vous les filles. J'ai des problèmes de confiance à cause de ça. Je ne laisse pas les gens s'approcher trop près.

—Mais tu l'as dit à Gavin ? demanda Melody.

J'acquiesçai. —Oui.

—Qu'est-ce qu'il a dit ? demanda Blake.

—Qu'il était désolé.

—Épouse-le, dit Finley.

Le reste d'entre nous rit.

Elle secoua la tête. —Je suis sérieuse. J'ai connu des hommes qui pensaient que c'était un signe que tu n'étais pas fréquentable. Ou des hommes qui pensaient que tu le méritais si on te trompait. Un gars qui s'excuse pour la connerie d'un autre homme est un homme que tu devrais totalement épouser.

—Je n'en suis pas encore là, dis-je en riant.

—Mais tu l'aimes beaucoup, peut-être que tu l'aimes, dit Laura. Et il ressent la même chose. Tu as de la chance.

—Mais il part. Il ne reste pas à L'anse MacKellar, leur dis-je.

—Seule toi sais si c'est rédhibitoire ou non, dit Karissa. Si ça te va de partir, ne laisse personne t'arrêter. Si ce n'est pas le cas, ne le laisse pas te forcer.

—Je ne sais même pas ce qu'il ressent. S'il pense à quelque chose de proche des mêmes choses.

—Demande-lui, dit Finley.

—Non ! dirent les autres.

Finley rit. —Je suis directe. Je n'aime pas les jeux. Je veux savoir où j'en suis avec une personne, et je n'ai pas peur de lui demander.

—Je ne pense pas pouvoir faire ça, avouai-je.

—Tu n'es pas obligée. Ce que tu dois d'abord comprendre, c'est ce que tu ressens. Si tu l'aimes, dit Blake. Je n'étais pas prête à m'admettre que j'aimais Ian pendant longtemps. Il m'a dit qu'il m'aimait et je lui ai dit que ce n'était pas vrai.

—Tu as quoi ? demandai-je.

Blake acquiesça. —Pas mon plus beau moment. Mais il est resté assez longtemps pour que je comprenne. Si Gavin est comme moi, tu dois savoir ce que tu veux. Tu dois savoir ce que tu ressens. Si tu n'es pas sûre, tu pourrais passer à côté de quelque chose d'incroyable si tu n'es pas prête à te battre pour ça. C'est ce qui a failli m'arriver.

—Ian ne t'aurait jamais laissée partir, dit Finley.

—James m'a repoussée, dit Trinity. Les relations ne sont pas faciles. J'allais partir pour ne pas avoir à le voir tous les jours.

—C'est comme ça que je suis arrivée ici. Je ne voulais plus jamais voir mon ex, leur dis-je.

—Es-tu sûre de l'avoir oublié ? demanda doucement Melody.

J'acquiesçai. —Oui. Je pense que je ne l'ai jamais aimé. J'avais honte qu'il ait ressenti le besoin de me tromper, mais il n'était pas fait pour moi. Il ne supportait pas que je sois meilleure que lui à notre travail et c'était sa façon de riposter.

—Tu es définitivement mieux sans lui, dit Karissa.

—Oui, c'est vrai.

—Quand tu penses à la vie sans Gavin, comment te sens-tu ? demanda Elise.

J'inspirai brusquement et fis une pause.

—Elle est amoureuse, dirent-elles toutes.

—Quoi ? Pourquoi dites-vous ça ?

—Parce que ça fait physiquement mal d'imaginer ne pas l'avoir dans ta vie, dit Blake. C'est comme ça que j'ai finalement arrêté de me voiler la face et admis que j'aimais Ian. Perdre Ian était plus douloureux à imaginer que de risquer mon cœur pour être avec lui.

—Perdre Ramsey était plus douloureux que perdre notre fils, dit Melody. Perdre un enfant n'est pas facile, mais j'ai survécu à ça parce que je savais que j'avais Ramsey et Amber. Perdre Ramsey était inconcevable pour moi. Quand il est parti, je savais que je ne serais plus jamais bien. Mais il m'a fallu des mois pour lui dire que je voulais qu'il revienne.

—Ne fais pas ça, dit Karissa. J'ai laissé partir l'homme avec qui j'aurais pu construire une vie. Je l'ai regretté depuis. Je n'ai aucune idée de ce qui lui est arrivé, et je ne veux pas le savoir parce que j'ai tout gâché. Je n'étais pas prête à le laisser réaliser ses rêves. J'aurais pu travailler n'importe où, mais je voulais être ici. Je sais que ça m'a donné du temps avec ma mère que je n'aurais pas eu autrement, mais ça signifie que j'ai raté une vie avec un homme que j'aimais. Tu dois choisir ce qui est bon pour toi, mais je veux aussi que tu saches ce qui arrive si tu ne lui dis jamais ce que tu ressens et que tu le laisses repartir. Les hommes ne sont pas toujours assez courageux pour admettre leurs sentiments. Parfois nous devons le faire en premier.

Admettre ce que je ressentais était une option terrifiante.

Je n'étais pas sûre de pouvoir le faire. Mais sachant que l'alternative était de perdre Gavin pour toujours... il n'y avait pas de bonne option. Rien qui garantisse que tout fonctionnerait.

Tout ce que j'ai appris en leur parlant, c'est que j'étais définitivement amoureuse de lui. J'aurais dû être heureuse de ça. J'aurais dû être excitée et sauter au plafond. Au lieu de ça, je voulais juste une autre part de gâteau, mon pyjama douillet, et un film avec Sofia.

Se cacher était une bonne option, non ?

18

GAVIN

Les pas excités qui martelaient le porche furent le premier signe que Zoey et les enfants étaient arrivés. Tante Gina et moi nous sommes regardés en souriant. Nous les attendions, presque aussi impatients que les enfants de les voir arriver.

La porte s'est ouverte à la volée avant que nous puissions y arriver, et les petits diables ont fait irruption. Un tourbillon de boucles brunes et une tignasse blonde ont traversé la pièce en coup de vent.

— Qu'est-ce que vous croyez faire ? a tonné Tante Gina.

Les enfants se sont figés et l'ont regardée, les yeux écarquillés de terreur. Ils ont risqué un coup d'œil vers moi. Je les ai fixés d'un regard sévère, sans rien laisser transparaître.

— Désolée, a dit doucement Alexis. Maman a dit qu'on pouvait courir à l'intérieur.

— Et vous avez pensé que c'était acceptable de le faire sans nous faire de câlins d'abord ? a dit Tante Gina d'un ton solennel.

Les enfants ont mis un moment à comprendre ce qu'elle venait de dire. Tante Gina leur a souri, et ils se sont détendus à nouveau, se précipitant pour lui faire un câlin avant de me sauter dessus.

— Tu nous as manqué, Tonton Gavin, a dit Cameron.

— Vous m'avez manqué aussi. Maman est en train de sortir les affaires de la voiture ?

Cam a hoché la tête.

— Je vais aller l'aider. Je n'ose pas imaginer la quantité de choses qu'elle doit rentrer. Racontez à Tante Gina comment s'est passé le voyage.

Ils bavardaient déjà avec enthousiasme lorsque je suis sorti par la porte d'entrée.

Zoey était à son coffre, en train de sortir des sacs et des valises qu'elle posait sur le sol couvert de neige avant de jeter un coup d'œil vers la porte. Elle s'est arrêtée quand elle m'a vu.

— Bon sang, tu es une bénédiction pour mes yeux fatigués, a-t-elle dit.

Je me suis approché et l'ai prise dans mes bras, réalisant seulement qu'elle pleurait lorsque je l'ai relâchée. — Qu'est-ce qui ne va pas ?

— Je suis juste vraiment heureuse d'être ici pour quelque temps. Et de vous voir, toi et Tante Gina. Ça a été un mois difficile.

— Et je n'étais pas là. Je suis désolé, Zo. J'aurais dû revenir quand j'ai réalisé que Tante Gina n'était pas prête à faire des travaux. Du moins pas les gros travaux.

— Non, tu n'aurais pas dû. J'ai besoin d'apprendre à fonctionner seule sans t'avoir tout le temps autour de moi.

— Pourquoi diable aurais-tu besoin de faire ça ? Si c'était à moi de décider, vous viendriez tous simplement habiter chez moi.

Elle a ri comme elle le faisait toujours quand je disais ça et a secoué la tête. — On sait bien tous les deux qu'on ruinerait ta vie personnelle. "Oui, bien sûr, ma chérie, tu peux venir.

Mais ma sœur et ses deux enfants vivent avec moi, alors il faut être discrets."

— C'est comme ça que tu penses que je parle ? ai-je demandé.

Elle a ri et m'a serré dans ses bras à nouveau. — J'adore que ce soit mon imitation de ta voix qui t'agace. Mon Dieu, ça fait tellement du bien d'être ici.

— Oui, c'est vrai. Maintenant, qu'est-ce qui va où ? Y a-t-il quelque chose qui doit aller dans ma chambre ?

Elle a hoché la tête. — La valise verte. Et ce sac à fleurs.

J'ai haussé un sourcil dans sa direction.

— Quoi ? Je pensais que tu les aimerais.

J'ai ri et secoué la tête, puis j'ai attrapé les sacs pleins de cadeaux pour les enfants et une autre valise avant de me diriger vers l'intérieur.

Les enfants parlaient encore à Tante Gina, alors j'ai continué à monter pendant que Zoey disait rapidement bonjour puis me suivait. J'ai caché les sacs avec les cadeaux dans mon placard et j'ai porté l'autre valise dans la chambre de Zoey.

— Elle est plus petite que dans mes souvenirs, a-t-elle dit en regardant la pièce.

— Ça fait longtemps qu'on n'est pas venus ici.

— Trop longtemps, a dit Zoey. La tristesse dans ses yeux me disait qu'elle se demandait les mêmes choses que je m'étais demandées. Pourquoi ne sommes-nous pas revenus plus tôt.

— Nous sommes là maintenant, lui ai-je dit.

Elle a regardé autour d'elle. — Un dernier hourra. C'est difficile de croire qu'on ne reverra plus jamais cet endroit.

— On pourra toujours revenir en visite.

Elle a secoué la tête. — Toi et moi savons bien que ce ne sera pas le cas. À moins que Piper ne te garde près d'elle.

J'ai ri à son sourcil levé et j'ai secoué la tête. — Piper et moi, on est bien ensemble, mais ce n'est pas permanent. On le sait tous les deux.

— Si tu le dis. Je n'ai pas amené Trevor à une fête de famille avant nos fiançailles.

— C'est Tante Gina qui l'a invitée.

— Et alors ?

— Tu es vraiment insupportable.

— Je le serai toujours. Elle a soupiré. — On devrait probablement aller soulager Tante Gina. Alexis et Cameron l'ont sûrement rendue folle maintenant.

— Non, elle l'était déjà. Pourquoi ne prends-tu pas quelques minutes pour toi ? Défais tes bagages, allonge-toi ou prends une douche. Je vais emmener les enfants jouer dehors dans la neige et les gaver de cookies avant le dîner.

Elle m'a lancé un regard noir. Je lui ai souri comme si j'étais innocent. Elle a laissé échapper un rire et a hoché la tête. — Ce serait génial. Tu leur as vraiment manqué.

J'ai acquiescé. — Vous m'avez tous manqué aussi.

Elle a souri. J'ai quitté sa chambre, fermant la porte derrière moi. Les enfants étaient encore en bas, en train de raconter leur voyage à Tante Gina quand je suis revenu. J'ai attrapé Cam et l'ai jeté sur mon épaule quand il ne regardait pas, puis j'ai martelé le sol en traversant la pièce.

— J'ai un trophée. Je vais aller jeter mon trophée dans la neige !

Cam a crié et a commencé à me donner des coups de pied. Alexis a acclamé et nous a poursuivis.

— Non, Tonton Gavin, ne fais pas ça ! a crié Cameron alors que je le portais dehors et descendais du porche. — Ne me jette pas dans la neige.

Je l'aurais posé s'il ne riait pas si fort. J'ai trouvé un bon tas de neige et j'ai fait semblant de le lancer et de perdre l'équilibre pour que nous tombions ensemble. J'ai atterri sur le dos, le tenant contre moi pour qu'il ne se blesse pas.

Il a ri, tombant sur moi. Alexis est venue et a sauté sur nous. Je les ai serrés contre moi, profitant de leur présence pendant un moment jusqu'à ce qu'ils commencent à gigoter et s'échappent.

— Tu es tombé, Tonton Gavin, a crié Cameron. — Tu as fini dans la neige, toi aussi.

— En effet, ai-je dit. — Je ne sais pas comment c'est arrivé. Une sorte de magie qui m'a fait tomber dans la neige alors que j'essayais de t'y jeter. Tu m'as fait un croche-pied ?

— Comment aurais-je pu te faire un croche-pied ? J'étais sur toi ! a dit Cam.

Je me suis frotté le menton. Puis je me suis tourné vers Alexis. — C'était toi ? Tu m'as fait un croche-pied ? Je vais t'attraper pour ça.

Elle a poussé un cri aigu et s'est mise à courir. Je l'ai pour-suivie, avec Cameron sur mes talons. Alexis riait tout en zigzaguant dans la cour. Elle ne regardait pas où elle allait et a fini par foncer droit sur Sebastian.

Elle a rebondi contre ses jambes et est tombée sur les fesses dans la neige. Elle l'a regardé, ses yeux s'écarquillant tandis qu'elle penchait la tête de plus en plus en arrière pour voir ce qui l'avait arrêtée.

— Tu es énorme, a-t-elle chuchoté. — Je n'ai jamais vu quelqu'un d'aussi grand que toi.

— Et toi, tu dois regarder où tu vas, a dit Sebastian d'un ton bourru.

Je les ai rattrapés et j'ai fait un signe de tête vers lui. Alexis se dirigeait droit vers l'eau quand Sebastian s'est mis sur son chemin pour la bloquer. — Merci.

Il a acquiescé.

— Alexis, tu aurais pu courir dans l'eau. Tu dois faire attention où tu vas.

— Je suis désolée, Tonton Gavin.

Les sourcils de Sebastian se sont levés. — Tonton Gavin ?

J'ai hoché la tête à nouveau, observant comment il regardait les enfants et assemblait les pièces du puzzle. Il a jeté un coup d'œil vers la maison, puis vers l'allée. Il a hoché une fois la tête puis a contourné Alexis. — Essaie de faire attention.

Elle a acquiescé et l'a regardé s'éloigner de dos.

Je voulais m'excuser auprès de lui ou dire quelque chose qui arrangerait les choses, mais il n'y avait vraiment rien à dire. Il allait passer un Noël pourri parce que Zoey était là. Même s'il savait qu'elle venait, rencontrer sa fille n'était probablement pas dans ses plans. Surtout pas dans la première heure de leur arrivée.

Alexis et Cameron ont couru dans la cour et se sont lancé des boules de neige mal tassées. Ils ont ri et joué comme le font les enfants. Ils n'avaient plus assez de ces moments dans leur vie, alors c'était bon pour eux.

C'était bon pour moi aussi. Je les adorais, et passer du temps avec eux était toujours amusant.

Quand Cameron a dit qu'il avait faim et qu'Alexis a dit qu'elle avait froid, nous sommes rentrés. L'entrée de Tante Gina était entièrement carrelée, alors nous nous sommes débarrassés de nos chaussures et vêtements mouillés là avant de courir pieds nus jusqu'à la cuisine. Tante Gina avait déjà du chocolat chaud sur la cuisinière et des cookies sur des assiettes pour les enfants.

— Je me suis dit que vous auriez faim en rentrant. Toi et Zoey, vous vouliez toujours une collation quand vous rentriez de vos aventures. Elle s'est concentrée sur les enfants. — Votre maman m'a dit que vous aimez les cookies et le chocolat chaud. C'est un goûter convenable ?

Ils ont hoché la tête et se sont jetés dessus comme des animaux sauvages qui n'auraient pas été nourris depuis des semaines. J'ai chipé un cookie sur la grande assiette et j'ai accepté la tasse que Tante Gina m'a tendue.

— Zoey va bien ?

J'ai acquiescé. — Je lui ai dit de prendre une pause. La route est longue, et ça a été une année difficile pour elle. Je vais m'occuper des enfants un moment. Tu dois retourner à l'auberge ?

Tante Gina a hoché la tête. — Oui, si ça ne te dérange pas.

— Bien sûr que non. On n'est pas là pour perturber ton quotidien. Je m'occupe d'eux. Tu as besoin d'aide à l'auberge ?

Elle a secoué la tête. — Sebastian y est déjà. Il peut m'aider.

J'ai acquiescé. — Il sait.

Elle a croisé mon regard et hoché la tête. — J'aimerais que les choses soient différentes.

— Moi aussi.

Tante Gina m'a tapoté la main et est partie. La porte d'entrée s'est refermée doucement, et les enfants ont fini leurs cookies.

— On peut regarder la télé ?

J'ai acquiescé. — Absolument. Allons voir ce qu'on peut trouver.

J'ai passé le reste de l'après-midi à jouer à des jeux de société, regarder des films et courir après les enfants dehors. J'ai ri avec eux et je me sentais bien. Ils étaient mon foyer. Pittsburgh était mon foyer parce qu'ils y étaient. Ils m'avaient manqué.

Juste avant l'heure du dîner, Zoey m'a demandé quel était le programme pour la soirée.

— Tante Gina a tout préparé à l'auberge. On mangera là-bas avec les clients et on reviendra ici pour la nuit. Elle se lèvera tôt demain pour commencer à préparer le petit-déjeuner et le déjeuner pour tout le monde. Elle ne cuisine pas beaucoup ici.

— On est obligés de manger là-haut ? Je ne suis pas sûre que ce soit une bonne idée.

— Ça ira. Tout ira bien. J'espérais.

Nous avons emmitouflé les enfants à nouveau et fermé nos manteaux pour la marche jusqu'à l'auberge. Ce n'était pas loin, mais avec deux enfants qui n'allaient probablement pas rester sur le chemin, nous avions besoin de toutes les couches possibles. La marche de retour serait pire puisqu'il ferait nuit au moment où nous rentrerions à la maison.

Nous sommes entrés par la porte arrière, et immédiatement, les enfants ont essayé de laisser tomber leurs manteaux sur le sol. Zoey les a attrapés tous les deux. — On en a déjà parlé. Vous devez accrocher vos manteaux et mettre vos bottes sur un plateau. Jeter les choses partout n'est pas acceptable.

Ils ont acquiescé et ont accroché leurs manteaux aux crochets inférieurs puis ont placé leurs bottes sur le plateau. Puis ils sont partis en courant.

— Arrêtez ! Les enfants ! Zoey s'est précipitée à leur poursuite.

Je savais qu'ils ne dérangeraient pas Tante Gina, mais Zoey ne voulait pas qu'ils dérangent les clients non plus.

J'ai vérifié comment allait Tante Gina et lui ai demandé si elle avait besoin de quelque chose. Elle m'a dit d'apporter la salade de brocoli au buffet et qu'elle me suivrait juste après.

J'ai posé le saladier et je suis parti à la recherche de Zoey et des enfants. Je les ai trouvés dans le salon... avec Sebastian.

Alexis était accrochée à la jambe de Sebastian comme s'il était son nouveau jouet préféré. Cameron le regardait fixement comme s'il essayait de comprendre quoi faire. Et Zoey tentait de faire lâcher prise à Alexis.

Sebastian... eh bien, il avait l'air de préférer être n'importe où sauf là. Je n'étais pas sûr s'il allait crier ou fondre en larmes. Peut-être les deux, même si je ne l'avais jamais vu faire ni l'un ni l'autre.

— Qu'est-ce qui se passe ici ? ai-je demandé, attirant l'attention de tout le monde vers moi.

— Alexis veut s'asseoir avec lui, mais il a dit qu'il ne reste pas pour le dîner, m'a expliqué Cameron.

— S'il te plaît, a dit Alexis avec sa meilleure voix plaintive. Elle a levé les yeux vers Sebastian avec un regard de chien battu auquel je n'avais jamais pu résister.

— Pourquoi ne lâches-tu pas la jambe de Sebastian, lui ai-je dit. — Et s'il a d'autres projets ce soir, tu pourras peut-être lui demander si tu peux t'asseoir avec lui à un autre repas.

— Je ne serai pas là pendant un moment. J'ai du travail.

— Tu ne seras pas là pour Noël ? a demandé Zoey.

Sebastian l'a fusillée du regard. — Non.

— Je veux que tu t'asseyes avec moi, a boudé Alexis. — Pourquoi tu ne m'aimes pas ?

— Je ne te connais pas, gamine, a dit Sebastian.

Elle a tendu sa main et l'a fixé jusqu'à ce qu'il l'engloutisse dans la sienne. Elle a pompé son bras et a dit : — Enchantée. Je m'appelle Alexis Conrad. Je suis née le dix-sept février. Ma couleur préférée est le rose. J'aime les licornes et le chocolat et faire du vélo en été. Maman me lit des histoires tous les soirs parce que je ne sais pas bien lire. Mon papa ne vit plus avec nous, mais c'est pas grave.

Quand elle a fini de parler, elle a regardé Sebastian comme si elle s'attendait à ce qu'il se présente. Il m'a jeté un coup d'œil, et j'ai simplement haussé les épaules. Je ne savais pas quoi penser d'elle non plus.

Sebastian a soupiré et s'est accroupi devant elle. Il ressemblait à un géant à côté d'Alexis, mais elle restait là, attendant simplement qu'il parle.

— Je m'appelle Sebastian Parks. J'ai toujours vécu à L'anse MacKellar. Je m'occupe du phare à l'extérieur de l'auberge. Je vis seul dans le cottage d'à côté. J'aime être seul.

— Tu sais lire ? a demandé Alexis.

Sebastian l'a regardée comme si elle était folle. — Euh, oui.

— Tu veux bien me lire une histoire ?

— Maintenant ?

Alexis a ri. — Non, pas maintenant, idiot. Avant que je m'endorme.

— Non. Je n'habite pas dans cette maison.

— Mais tu vis tout seul alors tu devrais venir rester avec nous. Maman dit que personne ne devrait être seul à Noël.

— Ouais, eh bien, je suis seul tout le temps. Demande à ta maman pourquoi. Sebastian s'est levé et est sorti de l'auberge, laissant Alexis le regarder partir.

— Pourquoi il est parti ?

— Il est occupé, ma chérie, lui ai-je dit. — Sebastian a un travail très important. Je suis sûr que tu le reverras.

— J'espère. Il est gentil, a dit Alexis.

— J'ai faim, a annoncé Cameron.

— C'est parfait, car c'est l'heure du dîner, leur ai-je dit. — Pourquoi n'allez-vous pas demander à Tante Gina où vous devriez vous asseoir ?

Ils sont partis en courant, nous laissant seuls, Zoey et moi. Elle fixait toujours la porte.

— Il ira bien, lui ai-je dit.

Elle a secoué la tête. — Je l'ai blessé. Gravement.

J'ai acquiescé. — Oui, c'est vrai. Tu pensais que non ?

Elle a haussé les épaules et détourné son regard de la porte. — Je suppose que je pensais qu'il serait passé à autre chose maintenant. Qu'il aurait tourné la page et ne me détesterait plus autant.

— Tu lui as brisé le cœur, Zo. Je sais que tu ne l'as pas fait par méchanceté, mais tu l'as détruit. Je ne pense pas qu'il t'ait jamais oubliée. Je te conseille simplement de l'éviter autant que possible pendant ton séjour ici. Et comme on l'a dit, après ça, on ne reviendra plus jamais, donc tu n'auras plus à le voir et il n'aura plus à te voir.

Elle a acquiescé. — Oui. Elle s'est mordu l'ongle et a

regardé la porte. — Tu crois que j'ai fait le bon choix en épousant Trevor ?

J'ai secoué la tête. — N'y pense même pas, Zo. N'y va pas. Tu as deux enfants extraordinaires que tu n'aurais pas eus sans lui. Je sais que tu le détestes en ce moment, mais tu es encore à vif et blessée. Je déteste le dire comme ça, mais n'implique pas Sebastian dans ton divorce. Laisse-lui trouver la paix qu'il peut.

Elle a encore acquiescé et s'est détournée de la porte. — Tu as raison. Fais comme si je n'avais jamais demandé.

— Demandé quoi ? ai-je dit.

Elle a souri et a passé son bras sous le mien. — Allons retrouver les petits monstres.

LE DÎNER s'est déroulé sans incident, heureusement. Les enfants ont mangé et parlé, mais rien n'a été renversé ou cassé. Quand ils ont fini et qu'on se dirigeait vers la maison, il était évident qu'ils commençaient à être fatigués à la façon dont ils se chamaillaient.

— Et si on allait lire une histoire et essayer de dormir, a suggéré Zoey. — Comme ça, le Père Noël pourra venir.

— Tu crois qu'il va nous trouver ? a demandé Alexis.

Zoey et moi avons tous les deux hoché la tête.

— Bien sûr. Il sait où tout le monde se trouve. Il est magique, tu sais, lui ai-je dit.

— Mais on n'est pas à la maison. Et s'il apporte nos cadeaux chez nous ? a demandé Cameron.

Zoey a secoué la tête. — Je lui ai envoyé un email pour lui dire qu'on serait ici. Il va venir ici. Ne t'inquiète pas.

— Tu connais le Père Noël ? a demandé Alexis.

— Oui, a dit Zoey sans hésiter. — Il me demande comment vous écoutez et aidez, et si vous vous disputez.

— Eh bien, on n'aura rien cette année, a dit Cameron.

— Pourquoi dis-tu ça ? lui ai-je demandé.

— Parce que chaque fois qu'on se dispute, Maman pleure. On n'a pas été très sages.

— Alors peut-être que vous devriez dire à Maman que vous êtes désolés de l'avoir contrariée et promettre d'essayer de faire mieux, ai-je suggéré.

— Désolés, Maman, ont-ils dit tous les deux, se jetant autour d'elle dans un câlin collectif.

— C'est bon, les enfants. Je vais bien. Et vous êtes de bons enfants, a dit Zoey. Elle a passé ses mains dans leurs cheveux et leur a souri.

— Qui va se brosser les dents en premier ? ai-je demandé.

— Moi ! a dit Cameron.

— D'accord, allons-y. Je l'ai suivi dans les escaliers jusqu'à la salle de bain du couloir que nous partagions tous. Cameron est entré dans la salle de bain pour se brosser les dents pendant qu'Alexis et Zoey allaient dans la chambre pour se changer en pyjama. Quand les deux enfants ont eu terminé, nous avons échangé et Alexis s'est brossé les dents.

— J'aime bien Sebastian, m'a-t-elle dit en s'essuyant la bouche avec la serviette. — Il est drôle.

— C'est un type bien.

— J'espère qu'il dînera avec nous demain. S'il est tout seul, ça veut dire qu'il n'a pas de cadeaux ?

— Tout le monde reçoit des cadeaux. Et Tante Gina lui a acheté quelque chose. Il est un bon ami à elle.

— C'est aussi mon bon ami. Je pense que je devrais lui faire un cadeau.

— Peut-être que tu pourras lui fabriquer quelque chose demain, ai-je suggéré.

— Je peux lui dessiner un dessin. Je suis très bonne en dessin.

J'ai souri. — Oui, c'est vrai. Et je pense que Sebastian adorera ça. Mais pour ce soir, allons te mettre au lit.

— Je t'aime, Tonton Gavin, a-t-elle dit, en jetant ses petits bras autour de mon cou.

Je l'ai serrée fort et soupiré. — Je t'aime aussi, Alexis. Toujours.

Elle m'a lâché comme si de rien n'était et s'est précipitée dans la chambre. Elle a sauté sur le grand lit et s'est blottie contre Zoey.

Je suis resté à la porte pendant que Zoey lisait aux enfants « La Nuit avant Noël ». Ils récitaient certaines parties en même temps, mais à la fin, les deux enfants étaient endormis.

Zoey a bâillé et les a regardés. Elle a embrassé leurs fronts et s'est glissée hors du lit. Elle les a couverts avec l'édredon et a soupiré.

Puis elle s'est tournée vers moi et a dit : — Maintenant, raconte-moi tout sur Piper.

19

Zoey et moi étions assis sur mon lit avec deux fourchettes et une part de gâteau entre nous. Zoey prit une bouchée et dit : — Arrête de tergiverser.

Je poussai un soupir. Piper. Je ne savais pas ce que je voulais dire à Zoey à propos de Piper. Je lui avais raconté l'essentiel, que nous prétendions être ensemble pour Tante Gina et que nous avions commencé une relation, mais temporaire. Elle savait que Piper était serveuse chez O'Kelley's, mais je n'allais pas lui parler du passé de Piper ni du fait qu'elle était propriétaire de son immeuble. Je ne savais pas quoi lui dire d'autre.

— Qu'est-ce que tu veux savoir ?

— Comment l'as-tu rencontrée ?

— Chez O'Kelley's. Tu te souviens de Hudson Grant ?

Zoey fit un signe de tête.

— C'est lui le propriétaire. J'y suis allé le jour de Thanksgiving et j'ai pris quelques verres. J'ai fini par discuter avec Hudson pendant un moment et je suis resté jusqu'à la fermeture. Je lui ai demandé si Piper rentrait seule à pied et si je pouvais rester pour l'accompagner.

— Tu as un sacré culot, dit Zoey.

J'ai ri doucement. — Je suppose. Je la trouvais juste jolie. Elle a tenu bon quand quelqu'un a fait tomber mon verre de ma main. Elle m'intriguait.

— Et maintenant ?

— Maintenant, je l'aime bien, c'est tout. Elle est drôle, intelligente et gentille. C'est une bonne personne.

— Mais elle vit ici, dit Zoey.

Je haussai les épaules. — Oui, mais c'est comme ça. On a toujours su que c'était temporaire.

— Et si elle ne vivait pas ici ? Si elle vivait à Pittsburgh ou que tu vivais ici ?

— Ça n'a pas d'importance parce que ce n'est pas le cas.

— Mais si c'était le cas ? Est-ce que ce serait plus qu'une aventure ? Est-ce que ce serait quelque chose qui durerait ?

— Je ne sais pas. Je ne suis pas sûr d'être intéressé par ce genre de chose. Chad essaie de développer HQA, et j'ai toi et les enfants, et...

— Whoa, non, dit sèchement Zoey. Ne laisse pas ma vie et celle de mes enfants gâcher la tienne. Je n'ai jamais voulu ça, Gavin. Ce n'est pas ce que j'essaie de faire.

— Je sais, et ce n'est pas le cas. Mais je vous aime. Je ne veux pas être loin de vous. Et j'adore passer du temps avec eux. Pourquoi est-ce mal que je fasse passer ma famille en premier ? Juste parce qu'ils sont ma nièce et mon neveu au lieu d'être mes enfants, ça veut dire que leur bonheur ne devrait pas être important pour moi ?

Zoey soupira. — Je n'ai jamais dit ça. Ils ont de la chance de t'avoir. J'ai de la chance de t'avoir. Mais je veux que tu sois heureux. Je ne me souviens pas de la dernière fois où tu as parlé de quelqu'un comme tu parles de Piper. Je ne veux pas t'empêcher de vivre quelque chose à cause de mon divorce.

— Ce n'est pas le cas, Zo. Je te le promets.

Elle me regarda avec un sourcil levé. — J'espère bien. Ma

question précédente reste valable, cependant. Si elle vivait à Pittsburgh, tu ne pourrais pas utiliser la distance comme excuse.

— Ce n'est pas une excuse, insistai-je. C'est la vérité. Elle vit ici, et je vis à des centaines de kilomètres, et une relation n'est pas possible quand aucun de nous n'est intéressé par un déménagement.

Zoey hocha la tête et regarda par la fenêtre. Le ciel nocturne était sombre. Toutes les lumières de Noël étaient sur une minuterie réglée pour s'éteindre à dix heures et elles étaient éteintes depuis un moment.

— Tu te souviens quand on parlait de grandir ici ? De comment ça aurait été cool de faire partie du groupe populaire ?

Je ris doucement. — Ouais. Ce qui est drôle, c'est qu'ils voulaient toujours être comme nous. Ils nous voyaient comme les chanceux.

— Comment le sais-tu ?

Je haussai les épaules. — Parce que je fais partie du groupe populaire maintenant. Hudson, Ramsey Holland, Ian Jameson, James Rucker. Tous ces gars avec qui je voulais être ami en grandissant sont maintenant mes amis. Je suis sûr que si je ne voyais pas Piper, ils ne le seraient pas, mais Ian et Hudson m'ont tous les deux invité à me joindre à eux le jeudi soir quand ils se réunissent tous, avant que Piper et moi commencions quoi que ce soit.

— Mon grand frère, le gamin populaire, plaisanta Zoey.

— Ouais, eh bien, c'est temporaire aussi.

— Je peux te demander quelque chose ?

— Toujours.

— Pourquoi ne saisis-tu pas l'occasion d'acheter l'auberge et de t'installer ici ? Tu as dit que tu le voulais autrefois, mais après Carnegie Mellon, tu as arrêté de venir ici et tout a changé.

Je haussai les épaules. — Tout a changé, effectivement. J'ai changé. Je n'étais plus invincible. Je savais ce qu'était l'échec, et je détestais ça. Mon rêve de vivre ici s'est terminé quand j'ai cessé d'être un enfant. Je veux dire, oui, c'est super ici, mais c'était un rêve idiot. Diriger l'agence avec Chad, c'est mon avenir.

— Même si ce n'est plus l'agence que tu as quittée il y a un mois ?

Je soupirai. — Je ne suis pas content que Chad ait pris cette décision, non. Je ne l'ai pas caché. Mais je ne sais pas. Je suis sûr que ça ira.

Zoey hocha la tête. — Ça ira. Vous êtes tous les deux excellents dans ce que vous faites. Je n'imagine pas que les choses puissent mal tourner pour vous. Vous avez toujours su avec quels clients travailler et lesquels refuser. Ce sera pareil.

Je lui souris en souhaitant avoir sa confiance. Chad et moi discutions toujours des contrats et refusions ceux pour lesquels l'un de nous avait un mauvais pressentiment. Nous prenions les décisions ensemble. Au cours de la dernière année, il avait poussé pour avoir des clients plus importants, et je m'y étais opposé. Je n'aurais pas dû être surpris qu'il en ait accepté un pendant mon absence. Peut-être qu'il avait raison. Peut-être que Zoey avait raison. Je l'espérais, mais mon intuition disait non.

Au lieu de me lancer dans tout ça avec ma sœur, je descendis du lit et sortis les valises de mon placard. — Prête à jouer au Père Noël ?

Elle gémit et hocha la tête. — Tu portes tout ça, je prends l'assiette.

Nous descendîmes sur la pointe des pieds. Elle mit l'assiette et les fourchettes dans le lave-vaisselle, et je commençai à déballer les cadeaux pour les mettre sous le sapin. Zoey entra et m'aida à arranger les choses comme elle le voulait. J'ajoutai les cadeaux que Tante Gina et moi avions achetés pour les enfants et Zoey. On aurait dit que Noël avait vomi dans le salon.

— Ils n'ont jamais reçu autant de choses avant, dit doucement Zoey. Elle renifla.

Je la pris dans mes bras. — Ils le méritent. Je leur ai pris des petites choses, Tante Gina aussi. Ce sont de bons enfants.

— Merci de m'avoir convaincue de venir ici. Je n'aurais pas pu gérer cette année toute seule.

— Je ne suis pas d'accord. Tu peux tout gérer toute seule. Mais tu n'as pas à le faire.

Elle sourit. — D'accord, je pense qu'il est temps pour moi d'aller me coucher. Je suis épuisée.

Je hochai la tête. — Ils se lèveront tôt.

Elle rit. — C'est toujours le cas.

DES PAS dans l'escalier me réveillèrent tôt le lendemain matin. Les pas furent immédiatement suivis de chuchotements et de « chut » qui ne firent rien pour atténuer les bruits forts que faisaient les enfants.

J'attendis qu'ils soient en bas pour me lever. J'enfilai des vêtements et allai à la salle de bain, puis descendis avec mon bonnet de Père Noël.

C'était calme en bas, mais le bruissement des cartons me disait qu'ils étaient là à trier les cadeaux.

— Quoi... whoa, dis-je, en m'arrêtant à la porte. La montagne de cadeaux avait grandi. Pendant la nuit.

Zoey entra dans la pièce depuis la cuisine et me tendit une tasse. — J'aurais pu t'aider, chuchota-t-elle, en faisant un signe de tête vers les cadeaux que nous n'avions pas disposés la veille.

Je secouai la tête. — Ce n'est pas moi qui ai fait ça.

Elle me regarda comme si elle pensait que j'étais fou, mais je secouai la tête. — Alors qui ? Tante Gina ?

Je haussai les épaules. — J'en doute. Elle m'a demandé de sortir tous les cadeaux qu'elle avait. Je n'imagine pas qu'elle en ait eu d'autres.

— Alors d'où vient tout ça ? demanda Zoey.

— C'est du Père Noël, Maman, dit Alexis d'un ton qui nous montrait à quel point elle trouvait sa mère ridicule.

— Le Père Noël a vraiment fait fort cette année, dit Zoey avec un sourire.

— Quand est-ce qu'on peut ouvrir les cadeaux ? demanda Cameron.

— Nous allons ouvrir la plupart d'entre eux après avoir mangé. Je veux que Tante Gina soit là avec nous. Et Oncle Gavin a une amie qui vient.

— Trois amis, rectifiai-je. La colocataire de Piper, Sofia, vient aussi. Et Tante Gina a convaincu Hudson de se joindre à nous. Vous les aimerez.

— Tu as deux femmes qui viennent ?

Je levai les yeux au ciel. — Aucune d'elles n'a de famille dans le coin. Tante Gina a invité Piper, et elle a dit qu'elle passait toujours les fêtes avec Sofia, alors Tante Gina lui a dit de l'amener. Et Hudson ferme O'Kelley's pour que son personnel puisse passer les fêtes en famille, et dès que Tante Gina l'a appris, elle a insisté pour qu'il vienne aussi.

— Tante Gina prend beaucoup de décisions ces derniers temps, dit Zoey avec un sourire narquois.

Je lui fis un doigt d'honneur derrière ma tasse.

— On peut ouvrir un cadeau maintenant ? demanda Cameron.

— Oui, vous pouvez chacun en choisir un à ouvrir maintenant, leur dit Zoey.

Ils se perdirent dans le choix du bon cadeau à ouvrir en premier. Zoey et moi les regardions, la joie et le bonheur sur leurs visages étant le meilleur cadeau que nous puissions avoir. Après toute la tristesse et la déception que leur père leur avait causées toute l'année, c'était agréable de les voir heureux.

Quand ils eurent enfin choisi leurs premiers cadeaux, Zoey sortit son téléphone. Alexis déchira le papier couvert de nœuds d'une boîte contenant une poupée qui lui ressemblait. Elle poussa un cri et la leva. — Je l'adore, Maman ! Le Père Noël savait que je la voulais. Elle est magnifique.

— Je ne savais pas qu'elle voulait ça, me chuchota Zoey.

Je haussai les épaules. Je n'avais jamais vu cette poupée auparavant.

— C'est de Tante Gina ?

Alexis secoua la tête. — Il est écrit que c'est du Père Noël.

— Le mien aussi est du Père Noël, dit Cameron. Je vais l'ouvrir maintenant.

Il déchira le papier rayé et découvrit un dinosaure. — Waouh, c'est génial !

— Je n'ai pas acheté ça, siffla Zoey. Dis-moi que c'est toi qui as fait ça.

Je secouai la tête. — Je te le dirais, mais non. Ce n'était pas moi. Je te le promets. Je n'ai aucune idée d'où viennent ces jouets.

— Qu'est-ce que c'est que ce bordel ?

— Je ne sais pas. Hé, tu veux prendre une douche avant qu'on monte à l'auberge pour le petit-déjeuner ? J'allais y aller.

— Oui, je devrais. Combien de temps avons-nous ?

— Le petit-déjeuner est décontracté, alors Tante Gina met la nourriture à disposition et les gens mangent quand ils descendent. Elle servira de sept heures à dix heures.

Zoey regarda son téléphone. — Je ferai vite.

J'acquiesçai d'un signe de tête tandis qu'elle montait les

escaliers en courant. Je m'assis et essayai de comprendre d'où pouvaient venir tous ces cadeaux supplémentaires.

Alexis et Cameron jouèrent avec leurs jouets jusqu'à ce qu'il soit temps de partir. Ils demandèrent tous les deux s'ils pouvaient les emporter au petit-déjeuner, mais Zoey leur dit non, car elle ne voulait pas qu'ils y mettent de la nourriture. Tous les quatre, nous montâmes à l'auberge, les enfants toujours en pyjama.

Nous dîmes bonjour et joyeux Noël à Tante Gina et nous nous assurâmes qu'elle se servait une assiette de nourriture avec le reste d'entre nous. Nous étions sur le point de nous asseoir pour manger quand Sebastian franchit la porte. Il regarda autour de lui et sut qu'il était pris quand son regard se posa sur nous.

— Sebastian ! cria Alexis. Je t'ai gardé une place. Viens t'asseoir avec moi.

Sebastian secoua la tête. Alexis était sortie de sa chaise et traversa la pièce en moins d'une seconde. Elle tira sur la main de Sebastian et insista pour qu'il se joigne à nous.

— Joyeux Noël, dit Sebastian à contrecœur. Il embrassa la joue de Tante Gina et prit place entre elle et Alexis.

— Tu dois manger quelque chose. Tu n'as pas faim ? Tu es si grand, je parie que tu as toujours faim, dit Alexis. Tu peux partager ma nourriture si tu veux. Maman me dit que je ne mange pas assez, mais je n'ai pas besoin d'autant de nourriture que toi. Tu peux partager.

Alexis tendit une tranche de bacon à Sebastian. Il finit par la prendre de sa petite main et le sourire qu'elle lui donna illumina toute la pièce.

Tout comme sa mère, Alexis était tombée sous le charme de Sebastian. Je jetai un coup d'œil à Zoey, mais elle faisait tout son possible pour ne pas lever les yeux de son assiette.

Alexis posait question sur question à Sebastian tout en le nourrissant avec son assiette. Quand Sebastian dit qu'il allait chercher sa propre nourriture, Alexis se leva d'un bond et insista pour l'accompagner. Pour s'assurer qu'il prenait toutes les bonnes choses.

— C'est un sacré phénomène, celle-là, dit Tante Gina.

Zoey força un sourire.

— Elle me rappelle toi quand tu étais petite, dit Tante Gina à Zoey.

— J'étais comme ça ?

Tante Gina rit. — Oh, oui. Tu dirigeais le monde. Et tu parlais à tout le monde. Tu ne te taisais presque jamais une minute.

Zoey jeta un coup d'œil à Alexis et Sebastian et sourit.

Je me souvenais de Zoey quand elle était comme ça. Elle posait toujours des questions et apprenait à connaître les gens. Depuis toujours, c'était ainsi que le monde fonctionnait. Zoey parlait et j'absorbais tout. Jusqu'à ce qu'elle rencontre Trevor. Il l'avait changée.

— J'imagine que j'ai oublié, dit doucement Zoey.

— Ne la laisse pas oublier, dit Tante Gina. Elle tapota la main de Zoey et la serra. — J'ai besoin de préparer plus d'œufs. Je reviens.

Alexis et Sebastian revinrent à table avec une assiette débordant de nourriture. Ils mangèrent dans la même assiette, partageant tout. Alexis parlait tout le temps, apprenant à connaître son nouveau meilleur ami. Sebastian semblait se détendre en parlant à Alexis.

— Tu vas venir ouvrir les cadeaux avec nous ? demanda Alexis quand nous eûmes presque fini le petit-déjeuner.

— J'ai du travail à faire, dit Sebastian.

— Le jour de Noël ? Tu ne devrais pas avoir à travailler le jour de Noël. Tu devrais passer du temps avec les gens que tu aimes. Mon papa travaillait toujours le jour de Noël, et Maman pleurait. Mais maintenant nous sommes ici, et je ne veux pas que Maman pleure, alors tu dois passer du temps avec nous.

Sebastian leva un sourcil vers le petit phénomène et croisa les bras. — Je dois travailler pour que les gens ne soient pas blessés.

— Est-ce que tu dois travailler toute la journée ? Est-ce que tu vas déjeuner avec nous ? Est-ce que tu peux venir ouvrir les cadeaux plus tard ?

— Je peux probablement m'arranger pour ça, céda Sebastian.

— Bien. Alors nous ouvrirons les cadeaux quand Sebastian viendra, dit Alexis.

Le reste d'entre nous acquiesça, sachant qu'il n'y avait aucun moyen de discuter. Alexis était clairement aux commandes.

Nous finîmes le petit-déjeuner et aidâmes Tante Gina à nettoyer. Elle avait commencé à préparer le déjeuner et attendait juste que tout finisse de cuire. Zoey emmena les enfants à la maison pour se détendre un peu et jouer avec leurs nouveaux jouets, mais je restai à l'auberge pour aider Tante Gina.

Et pour la coincer.

— Pourquoi ne m'as-tu pas parlé de tous les autres cadeaux ? Je les aurais mis pour toi.

— Que veux-tu dire ? Je t'ai parlé de mes cadeaux. Tu les as oubliés ?

— J'ai mis ceux dont tu m'as parlé, mais il y en avait une tonne de plus ce matin. Avais-tu des choses dont tu ne m'as pas parlé ?

Elle secoua la tête. — Je n'ai aucune idée de ce dont tu parles. Tout ce que j'ai acheté pour eux était avec tes affaires.

Je n'ai rien mis moi-même.

— Tu plaisantes, n'est-ce pas ?

— Pourquoi plaisanterais-je à ce sujet ?

— Je ne sais pas, mais il y avait plus de cadeaux que ce que Zoey et moi avons mis. Beaucoup plus.

— Peut-être que c'est un miracle de Noël, dit Tante Gina.

Je haussai les épaules. — Tout ce que je sais, c'est que c'est vraiment bizarre.

Tante Gina rit doucement et secoua la tête. — À quelle heure Piper, Sofia et Hudson viennent-ils ?

Je vérifiai mon téléphone. — Probablement dans une heure. Je leur ai dit que nous mangions à midi et les ai invités à rester pour ouvrir les cadeaux après.

— Bien. J'espérais qu'ils resteraient un peu. J'ai des cadeaux pour eux.

— Pour tous ?

— On n'invite pas quelqu'un chez soi à Noël sans lui offrir un cadeau. Bien sûr que j'ai des choses pour eux tous, me réprimanda Tante Gina. Maintenant, aide-moi à finir toute cette nourriture.

Je fis ce que Tante Gina me demandait et aidai où je pouvais. Heureusement, elle ne me demanda rien de trop compliqué. Nous rangeâmes tout dans le réfrigérateur et dans le tiroir chauffant jusqu'à ce qu'il soit temps de sortir le jambon du four. Je découpai le jambon pendant qu'elle arrangeait les tranches sur un plat pour les porter au buffet et nous commençâmes à transporter la nourriture juste au moment où Piper et Sofia entraient.

— Joyeux Noël, dit Tante Gina. C'est trop bon de vous voir toutes les deux. Oh, et si festives.

Mon Dieu, cette femme. Je me rajustai et ravalai mon gémissement. Sa robe-pull rouge épousait sa poitrine et était ample à la taille et aux hanches. Elle portait des collants noirs et des bottes noires qui montaient jusqu'à ses genoux.

Elle avait ajouté des bijoux argentés et portait un sac de cadeaux.

— Wow, soufflai-je. Je ne pus m'empêcher d'aller vers elle et de l'attirer pour un baiser beaucoup trop court. — Tu es... magnifique.

Elle rougit et sourit. — Merci. Je me suis dit que s'habiller un peu était une bonne idée. Tu es superbe. J'adore le bonnet.

Elle tendit la main et tira sur la boule au bout de mon bonnet de Père Noël. Je souris. — Merci. J'ai pensé que c'était aussi près que je pouvais être du petit-fils du Père Noël avec d'autres personnes autour.

Elle rit d'un rire rauque qui fit que chaque cellule de mon corps la désirait. La journée allait être longue.

— Que pouvons-nous faire pour aider ? demanda Piper à Tante Gina.

— Apportez la nourriture. Je pense que nous sommes prêts à manger. Les gens ont faim, dit Tante Gina.

— Je ne pense pas que quiconque puisse avoir faim ici, taquina Piper.

— Pas si je peux l'empêcher.

Hudson arriva pendant que j'aidais Tante Gina à mettre tout sur le buffet et à préparer le repas. Je portai le plat de jambon et vis Piper, Sofia, Hudson et Zoey parler. Piper et Zoey se serrèrent dans les bras l'une de l'autre et rirent comme si elles étaient de vieilles amies. Je souris. Zoey en avait besoin.

Nous étions sur le point de nous asseoir quand Sebastian entra. Il accrocha son manteau et enleva son chapeau, puis regarda autour de la pièce. Avant qu'il ne puisse s'approcher, Alexis courut vers lui et lui prit la main. Elle lui sourit comme s'il était son héros et le conduisit à la salle à manger. Et il la laissa faire.

— Ils se connaissent ? me chuchota Piper.

Je secouai la tête. — Ils se sont rencontrés hier quand

nous jouions dans la neige. Elle s'est attachée à lui. Elle a décidé qu'il était son meilleur ami ou quelque chose comme ça. Elle ne le laisse s'asseoir nulle part ailleurs qu'à côté d'elle. Elle a fait la même chose au petit-déjeuner.

Piper rit doucement puis s'immobilisa. — Ta pauvre sœur. C'est adorable, mais on dirait que ça lui brise le cœur.

Je regardai Zoey et réalisai que Piper avait raison. Alexis se liait avec quelqu'un de nouveau, quelqu'un qui ne ferait jamais partie de sa vie. Quelqu'un qui aurait pu en faire partie si les choses avaient été différentes. Mais elles n'étaient pas différentes. Elles ne le seraient jamais. Parce que nous avions tous fait des choix et nous avions tous un passé, et certaines choses ne pouvaient jamais être effacées.

20

PIPER

— Oh, wow, c'était délicieux, dis-je. J'étais tellement contente d'avoir porté une robe et de ne pas avoir à me soucier de déboutonner mon pantalon. Je pouvais simplement m'adosser au canapé dans le salon et laisser ma nourriture se digérer tout en me reposant.

— Oui. Tout était incroyable, acquiesça Sofia. Merci de nous avoir invités. Nous n'avons jamais connu un Noël comme celui-ci.

— Oh, je suis si heureuse que vous soyez tous les deux venus. Et toi aussi, Hudson. C'est le meilleur Noël de tous les temps avec tant de personnes formidables autour, dit Gina. Elle prit nos mains et les serra. Je vais regretter cet endroit.

— Où déménages-tu ? demanda Sofia.

— Je ne sais pas encore. Je sais que je ne peux pas rester ici et regarder quelqu'un changer cet endroit. C'est déjà assez difficile de partir, mais partir et voir ce qui est en train d'être modifié sera trop dur.

Entendre la douleur dans la voix de Gina me brisait le cœur. Quand j'ai quitté mon ancienne vie, je l'ai fait parce qu'elle ne me convenait plus. Gina voulait encore vivre sa vie. Elle voulait diriger l'auberge. La seule raison pour laquelle elle partait était parce que c'était trop pour elle de le faire seule.

Je regardai autour de la pièce tous les autres. Gina avait un groupe incroyable de personnes autour d'elle, mais personne sur qui elle pouvait compter. Ils étaient tous bien intentionnés, mais elle avait besoin de quelque chose qu'aucun d'entre eux ne pouvait lui donner.

Elle avait besoin d'un partenaire.

— Je lui ai dit qu'elle devrait déménager à Pittsburgh, mais elle a dit que si elle quitte cet endroit, elle veut aller quelque part où il fait chaud, dit Zoey avec un sourire.

Elle avait passé la moitié du dîner à regarder Sebastian et l'autre moitié à essayer d'éloigner Alexis de Sebastian. Il me semblait que Zoey était toujours amoureuse de Sebastian, mais ils ne s'étaient pas parlé. Pas un mot.

— La Floride est agréable, suggéra Gavin.

— Elle déteste la plage, dit Sebastian. Elle veut aller au Nouveau-Mexique.

Gina lui sourit. — Les montgolfières.

Sebastian hocha la tête. — Elle dit depuis des années qu'elle veut essayer les montgolfières, et le Nouveau-Mexique est connu pour ça.

— Je ne savais pas ça, dit Zoey.

— Tu n'as pas vraiment été présente, marmonna Sebastian.

Le sourire de Zoey s'évanouit rapidement, et elle ferma la bouche. Elle s'enfonça dans son siège et se mordit la lèvre inférieure.

— Je pense que faire un tour en montgolfière serait incroyable, dis-je, en me penchant en avant et essayant de détourner l'attention de l'animosité entre eux. La chose la plus audacieuse que j'aie jamais faite, c'est de descendre une piste rouge à ski sans aucune expérience.

— Tu es sérieuse ? demanda Hudson en riant.

J'acquiesçai. — Au lycée, il y avait ce garçon que je trouvais tellement mignon. Il adorait le ski et je lui ai dit que moi aussi, même si je n'y étais jamais allée. Il m'a invitée à le retrouver un week-end pour qu'on puisse skier ensemble.

— Qu'est-ce qui s'est passé ? demanda Zoey.

— Je suis tombée en descendant du télésiège, puis je suis tombée en mettant mes skis. Je suis tombée dès que nous avons commencé à descendre la pente. J'ai heurté les arbres sur un côté. J'ai fini par passer sur des bosses et j'ai roulé à travers elles. Quand j'ai finalement atteint le bas de la pente, il était déjà en train de remonter avec quelqu'un d'autre. Quelqu'un qui savait vraiment skier. Et j'ai passé le reste de la journée dans le chalet à boire du chocolat chaud en attendant que ma mère vienne me chercher.

— Oh, wow. C'est horrible, dit Gina, riant avec le reste d'entre nous.

J'acquiesçai et ris de moi-même. — J'ai eu mal pendant une semaine et je n'ai plus jamais remis les skis depuis. Je ne pense pas que je réessaierai.

— Tu devrais. Le ski est très amusant, dit Gavin.

— Pas pour moi. Je préfère la luge comme sport d'hiver.

— Est-ce qu'on peut faire de la luge ? S'il te plaît, Maman ? demanda Alexis.

— Je suis sûre qu'on aura beaucoup de temps quand on rentrera. Ce sera un long hiver, dit Zoey.

Alexis hocha la tête. — J'adore la luge. Tu devrais venir avec nous, Sebastian. Tu aimerais ça aussi. Et tu pourrais tirer la grande luge en haut de la colline. Maman se fatigue après quelques tours.

— Mmm hmm, dit Sebastian, souriant à peine à la petite fille.

— Est-ce qu'on peut ouvrir les cadeaux maintenant ? demanda Cameron.

— Cameron, gronda Zoey.

— Je pense qu'il a raison, dit Gavin. Nous devrions retourner à la maison et ouvrir les cadeaux. Vous restez, n'est-ce pas ?

Sofia et moi échangeâmes un regard. Nous avions parlé de nous échapper quand la famille avait mentionné les cadeaux. Nous avions des choses pour tout le monde, mais nous n'étions pas sûres de vouloir les envahir pour autant de la journée.

— Nous devrions probablement y aller, dis-je en me levant et en adressant un sourire à Gavin. Nous avons déjà suffisamment fait intrusion.

— J'allais partir aussi, dit Hudson.

— Pas question, dit Gina. D'ailleurs, il y a des cadeaux pour vous tous et vous ne pouvez pas partir avant de les avoir ouverts.

Nous trois échangeâmes un regard et haussâmes les épaules. Nous étions tous là parce que nous ne pouvions pas dire non à Gina. J'étais à peu près certaine que si nous ne pouvions pas dire non pour venir en premier lieu, nous ne serions pas capables de nous échapper aussi facilement.

— Euh, eh bien, d'accord, nous restons. Nous vous retrouverons là-bas, dis-je.

Gavin me lança un regard interrogateur mais laissa tomber quand Sofia et moi prîmes nos manteaux et nous dirigeâmes vers la porte d'entrée. Hudson était juste derrière nous.

— Ça va être totalement gênant, dit Sofia.

J'acquiesçai. — On savait que ça pourrait l'être.

— Je ne peux pas lui dire non, dit Hudson. Elle est comme une sorcière vaudou. Elle dit de faire quelque chose, et je me lève d'un bond avant qu'elle ne termine sa phrase.

Nous rîmes de lui mais étions totalement d'accord.

— As-tu vu comment sont Sebastian et Zoey ? Je me sens mal pour eux. Ils sont évidemment toujours amoureux, dit Sofia.

— J'ai eu la même pensée. Mais nous savons toutes les deux que l'amour ne suffit pas. Surtout quand il y a aussi beaucoup de douleur, dis-je.

— C'est certain. Ils en ont suffisamment.

— Ouais. Je ne suis pas sûre qu'il y ait assez d'amour pour effacer la douleur qu'elle leur a causée à tous les deux.

Sofia acquiesça et prit l'un des sacs de cadeaux que nous avions apportés. La plupart de ce que nous avions acheté était pour les enfants, mais nous voulions avoir quelque chose de bien pour Gina. J'espérais que ça lui plairait. J'avais aussi pris quelque chose pour Gavin et Zoey, et nous avions trouvé des choses que nous pensions que Sebastian et Hudson aimeraient aussi. Hudson nous aida avec le troisième sac et grommela qu'il ne savait pas qu'il était censé apporter des cadeaux pour tout le monde.

Quand nous arrivâmes à la porte de la maison, Gavin l'ouvrit et demanda : — Qu'est-ce que c'est que tout ça ?

Nous haussâmes les épaules. — Nous ne pouvions pas venir pour Noël sans avoir de cadeaux. Ça ne nous semblait pas bien. Mais nous avons des tickets de caisse pour tout au cas où les enfants n'aiment pas ce que nous avons choisi. Ou le reste d'entre vous.

Il secoua la tête et rit. Il prit les sacs de nos mains et m'embrassa rapidement avant de nous faire entrer. Hudson ferma la porte et nous suivit jusqu'au salon.

— Ils ont apporté plus de cadeaux. Comme si vous deux n'étiez pas assez gâtés, dit-il.

— Plus ? demanda Alexis, ses yeux s'illuminant quand elle vit les sacs dans ses mains. J'aime plus.

Les adultes rirent tandis qu'Alexis et Cameron fouillaient

dans les sacs. Ils distribuèrent des cadeaux à tout le monde assis autour du salon. Gina était assise dans un fauteuil près de la cheminée avec une couverture tricotée rouge et blanche sur ses genoux. Zoey n'était pas loin d'elle dans un autre fauteuil. Les enfants étaient à côté de Zoey, puis Gavin était assis avec une place vide à côté de lui pour moi. Sebastian était de l'autre côté de mon fauteuil et deux places vides entre lui et Gina pour Sofia et Hudson.

Sofia sourit à Sebastian en passant. Ils se dirent bonjour et elle prit sa place à côté de lui. Elle se pencha vers lui et dit quelque chose que je ne pouvais pas entendre, quelque chose qui le fit sourire.

Gavin avait dit à quel point ce serait difficile pour Sebastian, alors j'étais heureuse que Sofia puisse le faire se sentir un peu mieux, même si ce n'était que pour un moment. Elle était timide, mais elle me disait toujours qu'elle reconnaissait un autre introverti quand elle en voyait un. Quelqu'un qui apprécierait le silence d'une autre personne et n'attendrait pas d'eux qu'ils parlent beaucoup. Sebastian correspondait à cette description.

— Est-ce qu'on peut ouvrir maintenant ? demanda Cameron.

— Oui, mais tu dois t'arrêter après chaque cadeau pour nous montrer ce que tu as reçu et dire merci à la personne qui te l'a offert, dit Zoey.

— D'accord, acceptèrent les enfants alors qu'ils déchiraient tous deux le papier de leurs premiers cadeaux.

Je n'avais jamais assisté à un Noël avec des enfants auparavant. Quand j'étais enfant, je ne recevais pas beaucoup de cadeaux. Mes parents m'offraient des choses pour se surpasser l'un l'autre, mais généralement c'étaient des choses que je ne voulais pas vraiment. Noël n'a jamais été quelque chose qui m'enthousiasmait. Si j'avais eu une famille comme celle d'Alexis et Cameron, j'aurais peut-être ressenti les choses très différemment.

Les premiers cadeaux venaient tous du Père Noël. Zoey, Gavin et Gina se regardèrent et haussèrent les épaules. Je me penchai vers Gavin et lui demandai à ce sujet.

— Nous ne savons pas d'où viennent ces cadeaux. Tous ceux de tante Gina portaient son nom. Je leur ai acheté quelques trucs de la part du Père Noël, et Zoey leur en a acheté une tonne, mais il y en a plus ici que ce que nous avons acheté, dit Gavin.

— Et Sebastian ? demandai-je, en le regardant.

Gavin secoua la tête. — J'en doute. Il déteste Zoey et n'a rencontré les enfants qu'hier. Pourquoi aurait-il acheté tous ces cadeaux pour eux ?

Je haussai les épaules. — Je ne sais pas, mais si vous ne l'avez pas fait, qui l'a fait ?

Gavin regarda Sebastian et secoua la tête. — Ça ne pouvait pas être lui.

Je haussai à nouveau les épaules et me rassis tandis que les enfants déchiraient le papier et criaient leur excitation pour leurs cadeaux. J'étudiai Sebastian, me demandant s'il pouvait avoir été le Père Noël secret. L'ombre d'un sourire courba ses lèvres à un moment, et je sus que j'avais raison. Il les avait peut-être rencontrés seulement hier, mais il se souciait clairement d'Alexis et Cameron. Et si le regard plein de désir qu'il lançait en direction de Zoey était une indication, les enfants n'étaient pas les seuls dont il se souciait secrètement.

— C'est trop cool, Piper et Sofia, dit Cameron. Merci.

— De rien, lui dîmes-nous. Le camion de pompiers était celui que Sofia avait choisi. Elle disait que chaque enfant a besoin d'un camion de pompiers et d'une ambulance, que nous avions prise pour Alexis. Elle a aussi choisi des figurines pour eux deux et des puzzles et des carnets pour dessiner avec des crayons de couleur dans une pochette qui étaient faciles à utiliser lors d'un voyage en voiture. J'ai ajouté un animal en peluche pour chacun d'eux, des gants imperméables, des barrettes pour Alexis et un ballon de football pour Cameron puisqu'il joue, et des écouteurs pour eux. Gavin m'avait beaucoup parlé des enfants, notamment du fait qu'ils aimaient regarder leurs iPad mais rendaient Zoey folle avec le bruit. J'avais trouvé des écouteurs de taille enfant qui, espérons-le, rendrait les choses un peu meilleures pour elle.

— Pourquoi n'ouvres-tu pas ceci ? dit Gavin, en posant une petite boîte sur mes genoux.

— Qu'est-ce que c'est ?

— Juste un petit quelque chose qui m'a fait penser à toi, dit-il.

Je ne pus retenir mon sourire et secouai la tête en dénouant le ruban qui maintenait la boîte fermée. La simple boîte blanche ne révélait rien. Le papier de soie rouge dissimulait le cadeau jusqu'à ce que je le déplie et trouve un magnifique pendentif de lune suspendu à une délicate chaîne en argent.

— Gavin, soufflai-je, c'est trop.

Il secoua la tête. — Non, ce ne l'est pas. C'est beau, comme toi. Je l'ai vu et ça m'a fait penser à toi. La première nuit où nous nous sommes rencontrés, je n'arrêtais pas de penser à quel point tu étais belle au clair de lune.

— Mais je...

— Si tu ne l'aimes pas, c'est une chose. Si tu l'aimes, alors accepte-le s'il te plaît, dit-il doucement.

Je pouvais voir qu'il prenait un risque. Qu'il se dévoilait. Il disait quelque chose, quelque chose que j'avais eu peur de dire. — Je l'adore, dis-je avec un sourire. Merci.

Il sourit. — De rien. Il sortit le collier de la boîte et le drapa autour de mon cou. Il écarta mes cheveux et embrassa doucement l'arrière de ma nuque avant de laisser retomber mes cheveux. Il ajusta la chaîne de sorte que le pendentif de lune pendait sur ma robe, se posant entre les courbes de mes seins.

Je portai ma main au pendentif et pris une profonde inspiration. Je n'allais pas lui dire que je ressentais la même chose devant toute sa famille, mais je devais lui dire que je l'aimais. Je ne pouvais pas le laisser penser que je n'étais pas au même point que lui.

— Ça te va à ravir, dit-il.

Je baissai les yeux et acquiesçai. — C'est parfait. Merci.

Il hocha la tête et entoura mes épaules de son bras. Il resta comme ça, son bras possessivement autour de moi pendant le reste de la folie.

Lorsque les enfants eurent fini, ils demandèrent s'ils pouvaient sortir jouer. Zoey accepta, et Sebastian et Hudson proposèrent de les emmener dehors. Zoey semblait sur le point de protester, mais Gina les remercia. Sofia offrit de les accompagner et aida à habiller les enfants, puis enfila son propre manteau et les suivit dehors.

— Ceci est pour toi, dit Gina, en tendant un cadeau à Zoey.

— Tante Gina, soupira Zoey. Tu as déjà trop gâté les enfants. Tu n'avais pas à m'offrir quelque chose aussi.

Gina rejeta ses paroles d'un geste de la main. — On gâte toujours ceux qu'on aime. Maintenant, ouvre-le.

Zoey ouvrit la boîte et trouva une belle couverture. — C'est toi qui l'as faite ?

Gina acquiesça. — Oui. J'ai pensé que ça te plairait. Quelque chose de nouveau pour commencer ta nouvelle vie.

Les yeux de Zoey se remplirent de larmes. — Merci.

— Les enfants s'amusent beaucoup avec Sebastian.

— Tante Gina, ne commence pas, dit Zoey.

— Je dis juste. Toute cette inquiétude que tu as eue à ne pas vouloir le mettre mal à l'aise, et il s'intègre parfaitement avec eux.

— Oui, et il me déteste. Tante Gina, laisse tomber.

Gina haussa les épaules. — Je dis juste que toi qui déménagerais ici pour prendre la relève ne serait peut-être pas une aussi mauvaise idée que tu le penses.

— Je ne peux pas, dit Zoey. Je... il y a beaucoup de choses que tu ne sais pas.

— Je sais tout, Zoey. Et je sais aussi que toi et Sebastian êtes faits l'un pour l'autre.

Zoey renifla. — Tu ne sais définitivement pas tout si tu penses que c'est vrai.

— Tu verras, dit Gina.

— Et si tu ouvrais un cadeau, tante Gina, dit Gavin.

— J'en ai un pour toi, dis-je. Tiens, ouvre ceci. J'espère que ça te plaira.

Gina inclina la tête et me sourit. — Tu es trop gentille. Je suis si heureuse que toi et Gavin vous soyez trouvés. Bien que tu doives travailler plus dur pour le faire rester.

Je lui souris. — Je vais m'y atteler.

Gavin me serra plus près de lui quand je me rassis et chuchota : — Tu es une source d'ennuis.

Je ris doucement et ne dis rien d'autre. Je regardai Gina pendant qu'elle déballait le cadeau que je lui avais offert. Je n'étais pas sûre que ce soit une bonne idée, mais ça semblait juste sur le moment. Blake était enthousiaste à ce sujet, et elle a fait un travail incroyable.

Je souris tandis que Gina enlevait le papier et le voyait pour la première fois. Les larmes remplirent immédiatement ses yeux et mon cœur se serra. Mince. Je pris une inspiration et me figeai. Je ne voulais pas la bouleverser.

— Tu n'es pas obligée de le garder. Je peux le reprendre. Je suis vraiment désolée, Gina, dis-je, en me levant et en allant vers elle.

— C'est magnifique, murmura Gina. Je l'adore.

— Tu... tu l'aimes ? demandai-je, en faisant une pause avant de saisir la peinture de ses mains.

Elle passa un doigt sur l'auberge dans la peinture. Blake l'avait fait ressembler à une photo prise d'en haut avec l'auberge en grand au premier plan, la maison plus petite derrière elle, et l'eau dansant le long de l'horizon. L'action qu'elle avait mise dans la peinture et l'amour qui en ressortait me coupèrent le souffle quand je la vis pour la première fois.

— C'est incroyable. Comment as-tu ? Est-ce que tu as peint ça ?

Je secouai la tête. — Une de mes amies. Blake de Cracked ? Elle a fait la fresque, et je sais qu'elle fait beaucoup de peintures et j'ai pensé que ce serait un joli cadeau. Quelque chose que tu pourrais toujours avoir avec toi. Mais si c'est...

— C'est parfait. C'est magnifique. Je dois remercier Blake d'avoir si bien capturé l'auberge. Et merci à toi d'avoir pensé à un cadeau si attentionné et magnifique. Je le chérirai toujours.

Elle tendit les bras vers moi et je l'étreignis. Elle me serra fort, ne me lâchant pas pendant un long moment.

— Merci d'avoir ramené ma famille vers moi, dit-elle doucement pour que je sois la seule à l'entendre.

— Merci de m'avoir incluse dans vos vies, lui dis-je.

Elle me serra fort puis me relâcha. Elle tint mes joues dans ses mains et sourit comme si elle comprenait vraiment exactement combien cela signifiait pour moi de faire partie de leur famille pendant un petit moment.

Le reste des cadeaux n'était pas aussi émouvant. Gavin rit quand il ouvrit la boule de Noël en forme de ballon de football que je lui avais offerte, et fut touché par la veste de rallye STI que je lui avais achetée. Zoey aima le panier-cadeau pour mère célibataire que Sofia et moi avions créé pour elle.

Quand Hudson, Sebastian et Sofia ramenèrent les enfants

à l'intérieur, nous avons tous bu du chocolat chaud et mangé des biscuits. Peu après, Gina sortit les restes et nous avons dîné ensemble dans la maison, parlant, riant et nous taquinant les uns les autres comme une famille normale.

Je n'avais jamais connu un Noël comme celui-là, et j'espérais qu'un jour, j'en aurais un autre comme celui-là. Plein d'amour, de rires et de joie. Peut-être même sous le même toit où je me trouvais en ce moment.

21

GAVIN

Les enfants étaient couchés, Piper était chez elle à regarder des films avec Sofia, et j'étais assis sur le canapé avec une bière en souhaitant pouvoir m'imposer chez Piper sans être un connard. J'étais à peu près sûr que c'était impossible.

— J'aime vraiment bien Piper, dit Zoey en me rejoignant avec sa propre bière et une autre pour moi. Je pensais que tu irais chez elle ce soir.

Je secouai la tête. — Elle et Sofia passent du temps ensemble. Elles ont une tradition de Noël qui a été interrompue par leur présence ici.

— Et ça te contrarie. C'est intéressant.

— Qu'est-ce que ça veut dire ?

Zoey ricana. — Ça veut dire que tu l'aimes vraiment bien. Plus que n'importe quelle fille dont j'ai entendu parler jusqu'à présent.

— De quoi tu parles ? J'ai déjà aimé des filles autant qu'elle.

Zoey secoua la tête. — Je ne crois pas. Pas au point de bouder quand tu ne peux pas être avec elle.

— Je n'ai plus beaucoup de temps ici. Je veux juste passer autant de temps que possible avec elle avant de partir.

— Tu restes encore un mois, au moins. Une soirée, ce n'est pas grand-chose.

Je lançai un regard noir à ma bière, la terminai puis l'échangeai contre celle que Zoey m'avait apportée.

— Peut-être que tu devrais simplement rester ici, dit doucement Zoey.

— Quoi ? C'est fou. J'ai une vie à Pittsburgh, protestai-je.

— Et tu veux être ici.

Je secouai la tête. — Non, ce n'est pas vrai.

— Alors pourquoi es-tu assis là à te languir d'une femme que tu verras demain ? Une femme avec qui tu as passé toute la journée ? Tu la manques déjà et tu n'es même pas encore parti. Ce sera bien pire quand tu partiras vraiment. Crois-moi.

— Peut-être que c'est toi qui devrais déménager, ripostai-je. Tu as clairement encore des sentiments pour Sebastian. Peut-être que tu devrais revenir et raviver ce que vous auriez pu avoir si tu n'avais pas épousé Trevor.

Zoey secouait déjà la tête avant que je ne finisse de parler. — Il me déteste. Et je ne peux pas vivre comme ça.

— Mais tu l'aimes toujours ?

Elle haussa les épaules et finit par acquiescer. — Oui, c'est vrai. Je ne le veux pas vraiment, et je ne pensais pas que c'était le cas, mais quand je l'ai vu, j'ai eu l'impression qu'aucun temps ne s'était écoulé et que j'étais à nouveau cette adolescente le rencontrant pour la première fois. Nous avons tous les deux changé, mais il est toujours le même homme que j'aimais toutes ces années.

— Sauf qu'il est plus méchant, dis-je.

Elle inspira profondément. — Il a tous les droits d'être méchant avec moi. De me détester. Tu me l'as dit. Je lui ai fait des promesses et je ne les ai pas tenues. Je suis tombée amoureuse de quelqu'un d'autre parce qu'on pouvait être ensemble. Après des années à aimer Sebastian en secret, être avec Trevor était rafraîchissant. Nous avions le droit de sortir ensemble, de nous tenir la main et de nous embrasser en public. Je n'ai jamais rien fait de tout ça avec Sebastian. Le romantisme de tout ça m'a attirée et m'a fait croire que c'était plus que ce que c'était.

— Je suis désolé, Zo. J'aurais aimé que les choses soient différentes.

Elle acquiesça. — Moi aussi. Mais elles peuvent l'être pour toi. Tu devrais rester. Reprendre l'auberge. Construire une vie avec Piper.

— Piper et moi... ce n'est pas comme ça. Nous ne construisons rien. Nous sommes des amis qui couchent ensemble, et...

— Qui tombent amoureux l'un de l'autre, dit Zoey. Je le vois chez vous deux.

— Non. Tu vois des choses. Ce n'est pas ce qui se passe.

— Je le vois en toi maintenant. Tu la protèges de moi, et tu argumentes avec moi à ce sujet. Pourquoi es-tu si opposé à ça ?

— Parce que c'est ridicule. Je ne suis pas amoureux de Piper. Elle n'est pas amoureuse de moi. J'ai une entreprise à diriger et une vie à Pittsburgh. Je ne vais pas m'installer ici et gérer l'auberge. Laisse tomber.

Zoey me lança un regard qui disait qu'elle n'en avait pas fini, mais elle laissa tomber pour le moment. Tante Gina entra et s'assit devant la cheminée.

— Je suis contente que Hudson, Sofia et Piper aient pu se joindre à nous aujourd'hui. C'était merveilleux d'avoir plus de monde. Peut-être que toi et Piper pourriez faire de ceci une tradition régulière et nous pourrions recommencer l'année prochaine, dit Tante Gina avec un sourcil levé.

Je me levai. — Je ne vais pas rester assis ici et écouter

encore plus de ça. Je sortis pendant qu'elles me suppliaient de ne pas partir. Je ne pouvais pas le supporter.

Je fermai ma veste en quittant le porche. Il faisait calme dehors. Sombre à l'exception du clair de lune qui brillait d'en haut. Les lumières de Noël étaient éteintes pour la nuit. C'était paisible.

Contrairement à l'intérieur.

Zoey me connaissait mieux que quiconque au monde. Comment pouvait-elle penser que je tombais amoureux de Piper ? Surtout après l'implosion de son propre mariage ? Pourquoi je m'inscrirais à ça ?

Ça ne marcherait pas pour moi. Bien sûr, Piper était géniale, mais une partie de la raison pour laquelle nous fonctionnions si bien était que nous connaissions tous les deux les règles. Nous savions tous les deux que ce que nous avions était temporaire.

Étais-je trop insistant ? Merde. Si Zoey percevait mon comportement avec Piper comme de l'amour, Piper s'inquiétait-elle de la même chose ?

Je sortis mon téléphone pour lui envoyer un message et m'arrêtai. N'était-ce pas exactement ce dont Zoey parlait ?

C'était exactement pourquoi je ne faisais pas de relations. Je doutais de moi-même et me demandais si j'étais trop entreprenant ou pas assez. Ça me pétait toujours à la figure avec quelqu'un qui pensait soit que j'étais plus investi dans la relation que je ne l'étais, soit que je la bâclais.

Je n'allais pas faire ça avec Piper. Nous allions bien. Nous étions bons. Elle avait passé la journée avec nous, puis elle était rentrée chez elle. Elle profitait de sa soirée avec Sofia. Je n'allais pas m'imposer et je n'allais pas être en colère parce que nous allions bien. Nous étions des amis qui aimaient avoir des relations sexuelles ensemble, et c'est tout ce que nous avions besoin d'être. Peu importe ce que les autres pensaient. Nous allions bien.

— DE QUOI TU PARLES ? Tu m'as dit d'y réfléchir. Pas que tu avais déjà accepté le travail, aboyai-je dans le téléphone.

— C'était il y a presque deux semaines. Je t'ai dit d'y réfléchir parce que je pensais que tu te rendrais compte que c'est la bonne décision, Gavin. Pourquoi es-tu contre ça ? C'est une bonne chose. Nous sommes prêts à grandir. Ce n'est pas une entreprise nouvelle et risquée. Ils existent depuis toujours. Leur précédente agence de publicité a cessé d'innover. Ils nous veulent. Pourquoi ne peux-tu pas voir que c'est bien ? demanda Chad.

La frustration dans sa voix correspondait à la mienne. — Je vois que c'est un énorme risque. Nous ne pouvons pas gérer beaucoup plus de travail sans embaucher de nouvelles personnes.

— Il y a des moyens de le faire lentement pour que ce ne soit pas accablant. Nous pouvons déplacer des gens et faire en sorte que ça marche.

— Je... Je pris une profonde inspiration et fixai le plafond. — Je n'aime pas ça. Nous avons convenu que nous discuterions des choses. Que nous ferions les choses ensemble. Tu sais que j'ai dû venir ici pour aider ma famille. Et c'est comme ça que tu protèges ce que nous avons construit ?

— Je ne le détruis pas, argumenta durement Chad. Je ne jette pas l'entreprise ou ne fais pas des choses qui vont la détruire. Je fais grandir l'entreprise. Je l'améliore.

— Vraiment ? Est-ce que tu fais vraiment ça ? Parce que je ne le vois pas de cette façon. Je vois ça comme toi prenant une mauvaise direction.

— Tu as tort, Gavin. Tu as tort. Tout est sous contrôle. J'ai accepté qu'il était juste pour toi de partir un moment, et tu as accepté que je puisse prendre des décisions comme je le jugeais bon pour l'entreprise. Tu n'as pas le droit d'appeler et de me juger maintenant parce que j'ai fait quelque chose que tu n'as pas aimé. Il n'y a aucune raison pour que nous ne grandissions pas. Nous sommes bloqués. Nous devons innover et faire des choses nouvelles et différentes ou nous allons devenir obsolètes. Tu as toujours été le gars des idées. Comment ne peux-tu pas voir ça ?

— Parce que c'est faux, dis-je. Je soupirai. Un texto de ma sœur bipa. — Écoute, je dois y aller. Je suppose que nous en parlerons plus tard.

— Ouais, je suppose.

Chad raccrocha, me laissant fixer mon téléphone. J'étais furieux. Il m'avait menti au sujet du contrat, et il allait de l'avant avec. Nous étions toujours sur la même longueur d'onde, et je suis parti et il a tout changé.

Un autre texto fit vibrer mon téléphone. Je l'ouvris et vis un message d'Ian me demandant si j'amenais Zoey à O'Kelley's. Il disait que Blake se joindrait à lui si Zoey venait.

— Zoey, tu viens à O'Kelley's ? criai-je dans le couloir. Je savais qu'elle n'était pas loin et pourrait m'entendre.

— Je ne sais pas. Ce sont tes amis.

— La femme d'un gars vient si tu viens. Donc tu as quelqu'un à qui parler.

— Une parfaite inconnue ? demanda-t-elle en entrant dans ma chambre. — Ça ne me donne pas plus envie d'y aller.

— Tu te souviens de Blake Dewitt ?

— Sérieusement ?

— Elle est mariée à Ian Jameson.

— Tu ne me donnes pas plus confiance en tout ça.

— Viens, c'est tout. Ils sont super. Blake est géniale. Tu vas l'aimer. C'est celle à qui tu as parlé au téléphone quand je suis allé manger ce jour-là.

— C'était Blake Dewitt ?

J'acquiesçai. — Allez. Ce sera amusant. Blake t'a invitée à

une soirée entre filles, donc tu sais qu'elle veut te rencontrer.
Et Piper sera là aussi. Et ce sera bon pour toi de sortir.
Quand est-ce que tu es sortie pour la dernière fois ?

— J'ai les enfants.

— Tante Gina est là. Elle a déjà dit que si jamais tu voulais
sortir, elle serait là de toute façon. Arrête de chercher des
excuses. Je dis à Ian que tu viens. Prépare-toi. On part dans
cinq minutes.

Elle soupira mais n'argumenta pas. Ian dit que Blake était
excitée de la rencontrer.

Tante Gina n'avait aucun problème à garder les enfants et
nous sommes partis en quelques minutes. Nous avions à
peine quitté la propriété quand Zoey dit : — Qu'est-ce qui ne
va pas chez toi ?

— Que veux-tu dire ?

— Quelque chose ne va pas ? Tu agis comme si quelque
chose s'était produit. Est-ce que tout va bien avec Piper ? Tu
lui as dit que tu es amoureux d'elle ? Oh, mon Dieu, elle t'a
rejeté ?

— Sérieusement ? Non ! Piper va bien. Je ne suis pas
amoureux d'elle et je ne lui ai pas dit que je l'étais.

— Alors qu'est-ce qui ne va pas chez toi ?

Je secouai la tête. — Rien.

— Arrête de mentir et dis-moi ce qui s'est passé ou je ne
viens pas.

Je la regardai mais elle avait son air en colère sur le
visage. — Je me suis disputé avec Chad. Il fout tout en l'air.
Je... je ne suis pas d'accord pour prendre en charge Pearson
Ultimate. Je ne pense pas que ce soit la bonne décision.

— Pourquoi pas ?

— C'est trop pour nous. Nous avons toujours géré des
campagnes business to consumer. Nous savons comment
faire ça. C'est notre métier. Nous sommes bons dans ce
domaine, mais nous sommes encore petits dans ce secteur.

Là, c'est du business to business. Nous n'avons jamais fait ça auparavant, et nous n'avons jamais rien fait d'aussi grand auparavant. Si nous grandissions lentement, ou si nous avions de l'expérience en B2B, ce serait une chose, mais on ne passe pas du foot modifié au foot pro au Brésil du jour au lendemain. C'est ce que j'ai l'impression que nous faisons.

— Ce n'est pas si drastique. Vous avez travaillé dur. Grandir et changer n'est pas une mauvaise chose. Je ne comprends vraiment pas pourquoi tu es si réticent à ça.

Je mis la voiture en stationnement et dis : — C'est une mauvaise idée. Je sortis en claquant la porte, verrouillant la voiture tandis que Zoey se précipitait pour me suivre. Je ne ralentis pas jusqu'à ce que je sois à l'intérieur et que je sache qu'elle n'essaierait pas de se disputer avec moi.

— Gavin, siffla-t-elle juste derrière moi.

— Pas maintenant, Zo. Je levai les yeux et vis Rowan et Ramsey au bar et me dirigeai vers eux. — Salut, les gars.

— Salut, Gavin. Comment étaient tes vacances ?

J'acquiesçai. — Bien, bien. Voici ma sœur, Zoey. Ian a dit que Blake viendrait ce soir.

— Elle a appelé Mel, mais nous n'avons personne pour rester avec Amber, dit Ramsey. — Ravi de te rencontrer, Zoey. Je suis Ramsey Holland.

— Ravie de te rencontrer, dit doucement Zoey. Elle n'aimait pas rencontrer de nouvelles personnes, et des gens comme Ramsey étaient de la royauté pour nous. Nous regardions Ramsey, Ian et les autres quand nous visitions pendant l'été. Je comprenais le malaise de Zoey.

— Tu vis à Pittsburgh aussi ? demanda Ramsey.

— Oui. Avec mes enfants.

— Quel âge ont-ils ? Ma fille a six ans, dit Ramsey.

— Ma fille a cinq ans et mon fils sept, dit Zoey avec un sourire.

— Nous devrions les réunir pendant que tu es ici. Melody adorerait ça. Ma femme, dit Ramsey avec un rire.

Zoey gloussa. — Je sais. Je veux dire, oui, ce serait super.

— Super. Je récupérerai ton numéro auprès de Gavin et le transmettrai à Melody, si ça te va.

Zoey acquiesça. — Oui, c'est parfait. Merci.

— Salut, dit Piper en frottant le dos de Zoey. Zoey se retourna et elles se firent un câlin.

— Salut. Comment vas-tu ?

— Bien. Je ne savais pas que tu venais ce soir. C'est bon de te voir.

— Toi aussi. Gavin m'a convaincue de venir. Il a dit que Blake sera là pour que je n'aie pas à traîner avec les gars.

— Qu'est-ce qui ne va pas avec les gars ? demanda Rowan.

— Désolée. Je ne voulais rien dire par là, dit Zoey.

— Je comprends tout à fait. Je suis Rowan, au fait. J'ai emménagé ici cet été.

— Ravi de te rencontrer, Rowan. Comment trouves-tu ça ici ?

— Ça ira, dit Rowan avec un sourire énigmatique. — Je m'y habitue encore. C'est un grand changement par rapport à Phoenix.

— Wow. Oui, c'est un énorme changement. Qu'est-ce qui t'a fait venir jusqu'ici ?

Rowan haussa les épaules. — Changement de rythme.

— Ne crois pas ses mensonges, dit Rucker en tapant dans le dos de Rowan. — Il manque le rythme chaque jour. Sa vie citadine lui manque et le fait de pouvoir arrêter dix personnes par service.

Rowan lui fit un doigt d'honneur.

— Je suis James Rucker, dit-il à Zoey. — Ravi de te rencontrer, sœur de Gavin.

— Toi aussi.

— As-tu un nom ?

— Oh, Zoey, désolée.

Rucker acquiesça une fois et sourit.

— Hé, Zoey ! Je suis Blake. Prenons une table, dit Blake, passant son bras sous celui de Zoey et commençant à l'entraîner.

Piper gloussa et secoua la tête. — Mieux vaut la laisser contrôler les choses. Elle ne va pas te lâcher jusqu'à ce qu'elle t'éloigne de ces hommes et apprenne à te connaître. Je viendrai dans une minute pour prendre vos commandes.

Zoey acquiesça et laissa Blake la conduire à une table. Je poussai enfin un soupir de soulagement.

— Ta sœur est mignonne, dit Rowan.

Je secouai la tête. — Elle vient de divorcer.

— Et ça veut dire que je ne peux pas penser qu'elle est mignonne ?

— Non, ça veut dire qu'elle est ici pour une semaine et qu'elle a eu le cœur brisé et n'a pas besoin d'un rebond avec toi, ou qui que ce soit d'autre, dis-je.

— Peut-être que c'est exactement ce dont elle a besoin, dit Piper. — Qu'est-ce que vous en dites ? La meilleure façon d'oublier quelqu'un est d'en prendre un autre ?

— J'ai définitivement débarqué pour la mauvaise partie de cette conversation, dit Hudson. — De quoi parlez-vous ?

— De Zoey, dit Piper. — Occupe-toi de ces gars pendant que je vais travailler en salle. Piper me fit un clin d'œil puis s'éloigna.

— Je ne veux même pas savoir, dit Hudson. — Qu'est-ce que tu bois ?

— Bière, lui dis-je.

— Pas de whisky ?

Je secouai la tête.

— Tu as juste l'air d'avoir besoin d'un whisky ce soir.

— Je vais bien, dis-je fermement. Normalement, ça aurait

été la fin de l'histoire, mais rien à propos de L'anse MacKellar n'était normal.

— Es-tu hormonal ? demanda Ramsey.

— Une mouche dans le cul ? dit Rowan.

— Aller bien ne veut jamais dire aller bien, même pour les hommes. Qu'est-ce qui se passe ? dit Ian.

Je soupirai et les regardai. James leva les sourcils vers moi, me demandant silencieusement ce que les autres demandaient ouvertement.

— Des problèmes à la maison.

— Tu as une femme à la maison ? demanda James avec un regard vers la foule.

Je secouai la tête. — Pas avec une femme. Avec mon associé.

— Tu as un partenaire à la maison ? C'est pire, dit Hudson. — Si tu es engagé envers quelqu'un d'autre, tu ne devrais pas jouer avec Piper.

Je secouai la tête et ricanai. — Pas ce genre de partenaire. Associé d'affaires.

— Oh, firent les gars en chœur.

— Je ne pensais pas avoir l'impression que tu étais un connard, dit Ian. — Tu m'as déstabilisé un instant avec celle-là.

— Désolé.

— Que se passe-t-il ? demanda Ramsey.

— Il fait des changements qui ne me plaisent pas, admis-je.

— Peux-tu l'arrêter ? demanda Ian.

Je secouai la tête.

— Qu'est-ce que tu vas faire à ce sujet ? demanda Colin.

Je haussai les épaules. — Je n'ai pas encore trouvé. Tout ce que je sais, c'est que ce qu'il fait n'est pas bon pour l'entreprise.

— Je peux rédiger quelque chose si tu en as besoin, offrit Ramsey.

Je secouai la tête. Je n'étais pas prêt à le poursuivre légalement. — Il a toujours été raisonnable. Nous avons toujours pris des décisions ensemble. Tout ira bien quand je reviendrai et que nous parlerons. Je ne m'attendais juste pas à ce qu'il fasse quelque chose comme ça pendant mon absence.

— Que fait-il ? demanda Hudson.

— Il a pris un client énorme pour lequel je pense que nous ne sommes pas prêts, leur dis-je. À l'exception de James et Rowan, ils possédaient tous leur propre entreprise. J'étais sûr qu'ils comprendraient le risque. J'avais tort.

— Ça ne semble pas horrible, dit Ramsey.

— J'ai toujours voulu m'agrandir mais je n'ai ni l'argent ni l'espace, dit Hudson.

— Si j'avais un associé, je pourrais développer mon entreprise, dit Ian.

— Je planterais certainement plus d'érables, dit Colin. — J'exploiterais des sections que je dois laisser chaque année.

Ils commencèrent à parler de leurs propres plans d'expansion pendant que j'étais assis là à siroter ma bière. Je pensais vraiment qu'ils comprendraient pourquoi c'était un problème. Grandir trop rapidement pourrait être la pire chose pour une entreprise. Prendre trop de risques finissait toujours par vous rattraper. Pourquoi personne d'autre ne le voyait-il ?

PIPER

J'ai fait le tour du bar toute la nuit, surveillant à la fois Gavin et Zoey. Quelque chose se passait entre eux, mais je ne pouvais interroger ni l'un ni l'autre. Gavin n'était pas seul, et je ne voulais pas mettre Zoey dans l'embarras en lui posant des questions.

Zoey et Blake s'entendaient bien, ce qui me rendait heureuse. Après que Zoey ait été si bouleversée à Noël, j'espérais qu'elle trouverait un moyen de profiter de son voyage. La voir rire avec Blake était bon signe.

— Hé, ma jolie, pourquoi ne viens-tu pas t'asseoir avec moi, me dit un type alors que je passais à côté.

— Désolée, soirée chargée, lui répondis-je en me dégageant rapidement hors de sa portée.

J'essayai de l'éviter la fois suivante, mais peu après, il réussit à se placer devant moi et à bloquer mon chemin.

— Pourquoi joues-tu les allumeuses ?

Je secouai la tête et lui souris. — Je n'allume personne. Je ne suis simplement pas intéressée.

Ses amis ricanèrent derrière lui, mais son visage devint rouge.

Danser autour des hommes comme lui ne fonctionnait jamais. Ils avaient besoin qu'on leur dise non dès le départ. Certains l'acceptaient et me laissaient tranquille, et d'autres étaient comme le type auquel je faisais face.

— Qu'est-ce qui ne va pas chez toi, salope ?

J'acquiesçai et me retournai pour m'éloigner. S'engager ne servait jamais à rien. C'est alors qu'il m'attrapa le bras.

— J'ai dit viens t'asseoir avec moi, grogna-t-il.

Il essaya de me traîner vers sa table. Je regardai de l'autre côté du bar en direction de Hudson mais ne le vis pas. Les autres gars me tournaient le dos. Les autres serveurs étaient dispersés dans la foule, dans d'autres sections.

Je libérai mon bras de l'emprise du type et le poussai en arrière. Ces mouvements rapides le prirent suffisamment par surprise pour qu'il se retrouve sur les fesses. Je le foudroyai du regard.

— C'est quoi ton problème, salope ? hurla le type.

— Il est temps de partir, aboya Hudson au type.

— De quoi tu parles ? gémit-il depuis le sol. Elle m'a putain d'agressé.

— J'en suis certain. Je suis aussi certain qu'elle avait une sacrée bonne raison. Deux des meilleurs policiers de L'anse MacKellar sont déjà ici et seraient ravis de revoir les images de sécurité avec toi si tu souhaites porter plainte pour agression. Bien sûr, si tu l'as touchée en premier, elle peut porter plainte elle-même pour agression et mes potes peuvent t'emmener au poste tout de suite. Ou alors tu peux dégager.

Le type se remit sur pied et foudroya du regard tous ceux autour de lui. Tout le bar s'était arrêté pour regarder Hudson lui passer un savon. Tout le monde le regarda tandis qu'il me toisait de haut en bas et dit : — Tu n'en aurais pas valu la peine de toute façon, grosse salope.

Hudson fit un pas en avant, me bloquant la vue du type qui se précipitait vers la porte. Hudson dit quelque chose à sa table d'amis, qui étaient juste derrière lui. Heureusement, ils avaient ouvert une ardoise, donc Hudson n'a pas été privé de l'argent qu'ils avaient bu toute la nuit.

Quand la porte se referma enfin derrière le dernier d'entre eux, Hudson se tourna vers moi. — Ça va ?

J'acquiesçai.

— Besoin d'une minute ?

Je regardai autour de moi et secouai la tête, forçant un sourire pour les clients qui m'observaient. Il valait mieux que je continue à travailler. — Ça va.

— Tu sais que ce type n'était qu'un connard bourré, n'est-ce pas ? Rien de ce qu'il a dit n'était vrai. Il ne te connaît pas. Et s'il revient ici, il ne sera pas le bienvenu.

— Si on virait tous les types qui sont des cons, on n'aurait plus de clients, lui dis-je.

Il renifla et secoua la tête. — On en aurait peut-être quelques-uns.

— Pas assez pour faire tourner cet endroit.

— Ouais, eh bien, tu n'as pas à supporter des hommes qui pensent qu'ils peuvent te toucher. Ce ne sera jamais acceptable.

— Merci, Hud.

Il acquiesça et me fit un clin d'œil, puis retourna à son poste derrière le bar.

Je forçai un autre sourire pour les tables autour de moi et m'excusai auprès d'elles. Elles dirent toutes qu'elles étaient désolées pour le con qui venait de partir. Je les remerciai, mais cela semblait vide. Tout semblait vide.

— Je déteste les types comme ça, dit Blake quand je me rendis à leur table. Assieds-toi une minute. Hudson ne dira rien.

J'acceptai son offre de me fondre temporairement dans la foule. J'en avais besoin, même si j'avais dit à Hudson que non. Une partie de moi ne voulait pas être seule.

— Est-ce que ça arrive souvent ? demanda Zoey.

J'haussai les épaules. — Environ une fois par mois, un type pense qu'il peut me draguer ou m'attraper et s'en tirer. La plupart du temps, c'est un bar local. Les habitués n'y penseraient même pas parce que Hudson les mettrait en pièces, James et Rowan les arrêteraient constamment, et tout le monde en ville saurait qu'ils sont des cons.

— Je saboterais leur nourriture, dit Blake avec un sourire conspirateur. Je travaille chez Cracked, le restaurant près de Catherine Park. Tout le monde y vient. Ils regretteraient d'avoir embêté Piper s'ils venaient.

— Merci, lui dis-je. Hudson s'est occupé de ces types, donc j'espère que ça va passer. Je ne les ai pas reconnus.

— Moi non plus. C'est quand même nul. Je suis désolée que tu aies à subir ça, dit Blake.

J'acquiesçai. — Moi aussi. Mais c'est une partie du boulot, je suppose.

— Ses amis ont intérêt à t'avoir laissé un gros pourboire, dit Zoey.

Je ricanai. — J'en doute, mais ils sont partis, c'est ce qui compte vraiment.

Je restai encore quelques minutes puis retournai travailler. Tout devint plus calme au fil de la soirée. Ce ne fut pas long avant que Blake et Ian partent. Zoey retourna au bar avec Gavin et le reste des gars. Lentement, ils partirent tous, jusqu'à ce qu'il ne reste que Gavin et Zoey.

— Je vais la ramener, puis je reviendrai, dit Gavin environ une heure avant la fermeture.

— Tu n'as pas à faire ça. Je vais bien, insistai-je.

— Je sais, mais je serais plus tranquille en sachant que tu es rentrée en sécurité. Tu as conduit ?

Je secouai la tête.

— Alors je te ramène. Je serai de retour dans moins de dix minutes.

Je levai les yeux au ciel mais souris. Il m'embrassa rapidement, puis partit avec Zoey.

— Je pense que vous êtes plutôt bien ensemble, dit Hudson quand ils furent partis.

— C'est temporaire, mais oui.

— Pourquoi est-ce que ça doit être temporaire ?

— Parce qu'il ne vit pas ici.

— Et alors ? Déménage à Pittsburgh.

Je le fixai. — Tu essaies de te débarrasser de moi ?

Il rit. — Jamais. On n'a pas beaucoup d'occasions de trouver l'amour, et quand il se présente, on devrait tout faire pour s'y accrocher et ne jamais lâcher prise.

— Ma vie est ici. Mon travail et mes amis.

— Tu peux toujours gérer les choses de là-bas. Ce ne sera pas facile, mais tu n'es pas impliquée dans la gestion quotidienne de ton immeuble maintenant de toute façon.

Je le regardai bouche bée. — Comment... ?

— Comment je sais que tu possèdes ton immeuble ? Je sais beaucoup de choses, Piper. La seule chose qui compte, c'est que tu sois heureuse. S'il te rend heureuse, ne laisse rien t'empêcher de découvrir si c'est la bonne chose.

— Je... je ne sais pas. Il n'a jamais rien dit sur le fait de rester en contact ou de se voir après son départ. On n'a toujours parlé que d'être ensemble maintenant.

— Alors, parle-lui. Tu sais comment sont les hommes. On est stupides, et on a besoin d'être guidés parce qu'on n'est pas assez courageux ou intelligents pour accepter que ce qu'on veut vraiment est là, juste devant nous, et tout ce qu'on a à faire est de tendre la main et de le saisir.

— Tu parles de toi-même ?

Hudson rit. — Pas du tout. J'ai eu Hillary. Elle était tout pour moi. Et son absence signifie que j'en ai fini avec les femmes. Personne ne pourrait jamais la remplacer.

— Pourquoi quelqu'un devrait-il la remplacer ? On peut aimer plus d'une personne.

Il secoua la tête. — Pas moi. Je suis un homme d'une seule femme, et ma femme m'a toujours. Peu importe qu'elle ne soit plus là.

— Donc tu donnes des conseils mais tu n'en prends pas toi-même ?

Il sourit. — Exactement. Je suis un excellent barman.

Je ris et secouai la tête.

À l'heure de la fermeture, Hudson et moi travaillâmes ensemble pour tout nettoyer pour la nuit. Gavin revint et nous aida, et nous sortîmes tous rapidement.

— Passez une bonne nuit, dit Hudson. Réfléchis à ce que j'ai dit.

— Je le ferai, lui dis-je en faisant un signe de la main tandis que Gavin et moi nous précipitions vers son véhicule utilitaire sport.

— Qu'est-ce qu'il t'a dit ? demanda Gavin alors que nous montions le chauffage et réchauffions nos mains devant les bouches d'aération.

— Ce n'était rien. Tu vas rester un peu ou tu dois rentrer ?

— Si ça te va, j'espérais pouvoir rester un moment.

Je souris. — Ça me va très bien.

Nous étions l'un sur l'autre en entrant dans mon appartement. J'avais envoyé un texto à Sofia pendant que nous nettoyions pour lui dire que Gavin me déposait, alors elle dormait déjà. Gavin et moi nous précipitâmes dans ma chambre et fermâmes doucement la porte, en riant ensemble.

— Je suis désolé que tu aies dû faire face à ce type, dit Gavin en embrassant mon ventre rond.

— Ça fait partie du boulot.

— Pourquoi continues-tu à le faire si c'est comme ça ?

Je m'arrêtai et fis un pas en arrière. Je me tenais devant lui en soutien-gorge et jean. — On ne devrait pas faire les choses parce qu'elles ne sont pas parfaites ?

— Ce n'est pas ce que j'ai dit, argumenta-t-il. Il se leva, l'air délicieux avec sa chemise enlevée et son jean déboutonné. Je voulais oublier tout ce qu'il avait dit et continuer, mais c'était l'homme que j'aimais. L'homme avec qui je pensais pouvoir passer le reste de ma vie. Peu importait que j'aie dit à Hudson que je ne partirais pas et que je ne le voulais pas. Si Gavin le voulait, je savais que j'irais.

— J'aime mon travail. Ce n'est pas glamour ou excitant, mais j'y prends plaisir. Je peux parler aux gens, être entourée de gens et aider ceux qui passent une mauvaise journée, qui célèbrent quelque chose ou qui passent simplement du temps avec des personnes qui leur sont chères. En quoi est-ce une mauvaise chose ?

— Je n'ai jamais dit que c'était mauvais. Je me demande juste pourquoi tu continues quand des types agissent comme ça.

— Donc, je devrais arrêter de faire quelque chose parce qu'il y a des gens de merde dans le monde ? Des hommes qui pensent qu'ils devraient pouvoir prendre ce qu'ils veulent ?

Il souffla d'exaspération et passa ses mains dans ses cheveux. Son corps se raidit de tension. — Pourquoi déformes-tu mes paroles ?

Je secouai la tête. — Je n'essaie pas de déformer tes paroles. J'essaie de comprendre. J'aime mon travail. Je ne veux pas quelque chose comme ce que j'avais avant. Je veux quelque chose qui me rend heureuse.

— Et servir des boissons te rend heureuse ?

— Oui, ça me rend heureuse, dis-je. Je croisai les bras sur ma poitrine et me penchai en arrière.

— Je pense que tu pourrais faire tellement plus.

Je ris. — Tu es sérieux ? Parce que tout ce que tu m'as dit, c'est que ton associé veut développer l'entreprise et que tu n'es pas d'accord. Il veut plus pour votre entreprise, et tu as peur de te lancer. Mais tu penses que je devrais vouloir plus.

— Ce n'est pas juste. Ce n'est pas la même chose.

Je ris sans joie. — Non, ce n'est pas la même chose. Tu as raison. Plus pour moi ne concerne pas mon travail. J'ai eu une grande carrière. J'ai gagné un paquet d'argent. J'ai travaillé pour la grande entreprise au nom prestigieux et on m'a trompée à cause de mon succès. J'ai laissé la façon dont un homme pensait à moi affecter ma vie auparavant, et je me suis promis de ne plus jamais recommencer. Je n'allais pas quitter un emploi ou partir ou faire quoi que ce soit en fonction de ce que quelqu'un d'autre pensait. Mon risque n'est pas lié à un emploi. Il y a toujours plus d'emplois pour moi parce que je m'intéresse à beaucoup de choses différentes et j'ai la chance d'être assez à l'aise pour prendre des emplois qui ne paient pas beaucoup et quand même m'en sortir. Je sais que tout le monde n'a pas cette option.

— Ouais—

— La chose risquée pour moi, c'est de laisser quelqu'un avoir une partie de moi à nouveau. M'ouvrir à une autre personne et risquer qu'elle me rejette, me dise qu'elle ne ressent pas la même chose. C'est ce dont j'ai peur de faire. Chaque jour. Mais j'en ai fini d'avoir peur. J'en ai fini de me cacher. Je suis en colère contre toi en ce moment parce que tu penses que je ne peux pas prendre soin de moi-même ou que je ne devrais pas aimer mon travail, mais je t'aime quand même.

— Tu quoi ? souffla-t-il.

— Je t'aime, Gavin. Et je pense que tu m'aimes aussi.

Il ricana et me fixa bouche bée pendant au moins une minute. Quand il ferma enfin la bouche, il passa une main sur sa mâchoire et secoua la tête. Il s'éloigna de moi et fixa le mur puis revint, sans croiser mon regard.

Mon cœur était suspendu au bord du précipice pendant

qu'il réfléchissait à comment répondre. Peut-être que je l'avais choqué et qu'il n'arrivait pas à trouver comment me dire que j'avais raison. Je m'accrochais à cette infime possibilité jusqu'à ce qu'il ouvre la bouche.

— Ce devait être temporaire. Décontracté. Sans importance. On était d'accord pour ne pas tomber amoureux. C'était ta règle.

J'haussai les épaules. — Je n'avais évidemment pas prévu de tomber amoureuse de toi. Si je pouvais changer ce que je ressens, je le ferais, mais je ne peux pas. Je t'aime. Je veux que tu restes à L'anse MacKellar. Que tu diriges l'auberge. Que tu fasses ce que tu veux avec cet endroit au lieu de vivre selon l'agenda de quelqu'un d'autre.

Il secoua fermement la tête et me regarda enfin. — Ce n'est pas ce que je veux. Je ne suis pas intéressé à vivre ici. Je ne veux pas diriger l'auberge. Je veux retourner à ma vie à Pittsburgh.

— Tu as juste peur, dis-je. Tu as peur d'admettre ce que tu ressens.

Il rit sans joie. — Non. Je suis choqué. Je suis vraiment choqué. Je n'aurais jamais pensé que tu te retournerais contre moi comme tout le monde. Je n'aurais jamais pensé que tu serais quelqu'un en qui je ne pourrais pas avoir confiance. Nous avions un accord. On a dit des amis qui couchent ensemble. Rien de plus. Quand je partirai, ce devait être facile.

— Ça n'allait jamais être facile, lui dis-je alors que les larmes coulaient sur mes joues. Facile n'est pas une option quand deux personnes qui ont une connexion passent du temps ensemble. Tu peux dire que c'était le cas, et je peux dire que c'était le cas, mais ce n'était pas vrai. Dès la première fois qu'on s'est embrassés, j'ai su que c'était différent.

— Pas moi, dit-il doucement. Ce n'était pas comme ça pour moi.

J'aspirai un souffle irrégulier et acquiesçai. Alors, c'était ça d'avoir le cœur vraiment brisé. — Un jour, tu te rendras compte que tu te mentais à toi-même et il sera trop tard pour revenir ici et changer les choses.

— Ça n'arrivera pas.

J'acquiesçai et remis mon t-shirt. Je m'entourai de mes bras et essuyai les larmes qui ne cessaient de couler. — J'espère que tu as raison. Parce que je ne vais pas rester assise à attendre que tu reviennes.

— Bien. Tu ne devrais pas. Peut-être que tu surmonteras tes propres peurs et que tu diras aux gens que tu prétends aimer qui tu es vraiment. Peut-être que tu arrêteras de cacher que tu possèdes cet immeuble et que tu sers des verres pour le plaisir. Ou peut-être que tu continueras à te mentir à toi-même et à tous ceux qui t'entourent et laisseras simplement la vie se dérouler autour de toi.

— Je ne fais pas ça, dis-je doucement.

Il ricana en boutonnant son jean et en remettant sa chemise d'un coup sec. Il enfila son manteau et se dirigea vers la porte. — Tu n'es pas la personne que tu penses être, Piper. Tu es juste effrayée et seule et tu te mens à toi-même et à tous ceux qui t'entourent. Au moins, j'ai eu le courage de te dire franchement ce que je voulais. Je t'ai dit que ce n'était pas pour toujours. C'est toi qui as décidé de changer les règles. Pas moi.

Il sortit de ma chambre. Je le regardai partir dans l'embrasure de la porte ouverte, observant son dos tandis qu'il allait directement vers la porte d'entrée et sortait, quittant ma vie.

— Que vient-il de se passer ? demanda Sofia, apparaissant dans son peignoir.

Je soupirai et secouai la tête. — Gavin est parti.

— Vous vous disputiez ?

J'acquiesçai.

— Que s'est-il passé ? Tu vas bien ?

Je soufflai et secouai à nouveau la tête. — Pas du tout, mais ça ira. Je ne vais pas le laisser me détruire.

— Allez, viens. Asseyons-nous et parlons. Dis-moi exactement ce qui s'est passé pour que je sache combien de doigts je dois lui arracher la prochaine fois que je le verrai.

Je ris et secouai la tête. — Il n'en vaut pas la peine. C'est fini.

23

GAVIN

Je n'ai pas dormi du tout. Comment aurais-je pu ? Tout s'effondrait. Je n'aurais jamais dû venir à L'anse MacKellar. J'aurais dû rester à Pittsburgh où était ma place. Alors j'aurais pu dissuader Chad de conclure l'accord qui mettrait fin à notre entreprise et je n'aurais jamais rencontré Piper.

Je me suis levé tôt, j'ai fait ma valise et je l'ai bouclée. Je devais retourner à Pittsburgh. Tante Gina allait devoir gérer la vente de l'auberge toute seule. Je détestais l'abandonner, mais je ne pouvais pas laisser mon monde s'écrouler pendant que j'essayais d'aider le sien. Elle avait déjà trouvé des gens pour faire la plupart du travail, donc il n'y avait pas vraiment grand-chose que j'allais faire. J'étais censé l'aider à gérer et m'assurer qu'elle ne se fasse pas arnaquer dans le processus, mais je ne pouvais pas rester. Je ne pouvais tout simplement pas.

J'avais préparé le café et chargé ma voiture avant que Zoey ne descende les escaliers en titubant. Elle a entrouvert un œil et dit : — Pourquoi es-tu déjà habillé ?

— Je rentre chez moi.

— D'accord ?

— Aujourd'hui. Ma voiture est déjà chargée. J'attendais juste de te dire que je pars.

— Quoi ? a-t-elle demandé, manquant de lâcher sa tasse. Elle a renversé du café sur sa main et a crié.

— Merde, ça va ?

— Non, ça ne va pas. Que s'est-il passé entre hier soir quand tu m'as déposée et ce matin ?

— Rien ne s'est passé. J'ai simplement décidé que je devais rentrer. Réparer tout ce que Chad est en train de gâcher et reprendre ma vie. Ça fait un mois que je suis ici et il est temps que je parte.

— Piper a rompu avec toi ?

J'ai ri avec mépris et j'ai pris une gorgée de café. Je ne voulais pas lui raconter ce qui s'était passé avec Piper. Je savais ce qu'elle dirait, et je n'étais pas d'humeur.

— Que s'est-il passé ?

— Rien. Je dois partir. Je voulais juste te prévenir. On se verra quand tu rentreras la semaine prochaine.

— Tu veux qu'on vienne avec toi ?

— Non, ai-je dit rapidement. Je vais bien. J'ai juste besoin de partir.

— Tu vas voir Tante Gina et Piper avant de partir ?

J'ai secoué la tête. — J'ai déjà parlé à Tante Gina et Sebastian. Je pars maintenant. On se voit à la maison.

— Tu ne vas pas voir Piper ? a insisté Zoey.

Je me suis arrêté et je l'ai regardée. — Piper et moi nous sommes tout dit hier soir.

— Oh, Gavin, qu'as-tu fait ?

J'ai ouvert la bouche pour lui dire que je n'étais pas le problème, puis je l'ai refermée brusquement et je suis sorti. Ma sœur était ma meilleure amie au monde. Elle et moi avions toujours eu le dos de l'autre. Nous étions dans tout ensemble. Et elle me blâmait.

J'ai éteint mon téléphone avant de commencer à conduire. Je n'étais pas d'humeur à parler à qui que ce soit, et je n'avais pas besoin de distraction. Le trajet était long, plus de sept heures en comptant les arrêts pour l'essence et un repas rapide. Je suis arrivé à Pittsburgh en début d'après-midi et je suis allé directement au bureau.

Je me suis garé à ma place habituelle et j'ai éteint la voiture. Je pensais que je me sentirais mieux juste en étant de retour à Pittsburgh, mais le nœud dans mon estomac ne s'est que resserré pendant que je conduisais. Je n'aimais pas laisser Zoey pendant les fêtes. Ça devait être ça.

Avant de sortir, j'ai rallumé mon téléphone pour vérifier mes messages. Deux de Zoey et une série de textos me demandant de lui faire savoir si j'allais bien. Rien d'autre.

C'était normal. Je ne m'attendais pas à avoir des nouvelles de qui que ce soit d'autre, donc il n'y avait aucune raison d'être déçu.

J'ai envoyé un message rapide à Zoey lui disant que j'étais au bureau et que j'allais bien et que je la contacterais plus tard. Elle a répondu avec un pouce levé.

Je me suis précipité à travers le parking jusqu'à la porte d'entrée du bureau. L'entrée était calme, comme d'habitude. Tout était décoré pour les fêtes avec un arbre modeste et de faux cadeaux en dessous. Tout était une question de présentation et montrait aux clients potentiels que nous savions comment attirer les gens et les mettre à l'aise.

— Bonjour, Jamie, ai-je dit à la réceptionniste en m'approchant.

— Gavin, bienvenue. Je ne savais pas que vous reviendriez si tôt. Chad a dit que ce serait en janvier que nous vous reverrions. Tout le monde va être si heureux que vous soyez là.

— Merci. C'est bon d'être de retour.

— Est-ce que tout est réglé avec la propriété de votre tante ?

J'ai secoué la tête et ce sentiment à l'intérieur s'est tordu. — Euh, non, mais c'est sous contrôle. Ils n'ont plus besoin de moi là-bas.

— Eh bien, tant mieux. Je suis sûre que vous êtes au courant de l'accord avec Pearson Ultimate. Tout le monde est si excité à ce sujet.

— Oui. C'est pourquoi je suis ici.

— Bien. Évidemment, vous serez le plus grand atout pour la nouvelle équipe. Je ne vais pas vous retenir plus longtemps pour que vous puissiez assister à la réunion de brainstorming.

— Oh, euh, oui, merci, ai-je bafouillé. Chad n'avait pas mentionné de réunion, mais je n'étais pas opposé à m'y incruster.

J'ai fait signe et dit bonjour aux gens en traversant les bureaux. Tous nos employés avaient leur propre box, y compris Chad et moi. Nous ne croyions pas aux portes fermées pour un environnement comme la publicité. Nous aimions que les gens travaillent ensemble et croyions que cela favorisait un sentiment de camaraderie. Nous avions plusieurs salles de conférence le long de l'espace de travail qui pouvaient être utilisées pour des appels privés, une pause si quelqu'un avait besoin de quelques minutes seul, ou des réunions.

Il y avait une réunion dans la dernière salle de conférence, la plus grande que nous avions. Chad se tenait à la tête de la table avec un grand sourire sur son visage quand je suis arrivé. Je me suis appuyé contre l'encadrement de la porte ouverte et les ai regardés tous parler sans me remarquer. Charlene prenait des notes sur un tableau blanc à l'autre bout de la pièce pendant que les gens criaient des idées pour des campagnes publicitaires pour Pearson Ultimate.

— Gavin, a dit Anthony, le premier à me remarquer. Content que tu sois de retour, mec. Juste à temps, en plus. Allez, lance quelques idées.

Le reste du groupe m'a souhaité la bienvenue et a encouragé ma participation. Chad est resté en retrait, évitant presque mon regard tandis que les autres me racontaient avec enthousiasme tout sur l'accord. Chad ne m'avait pas raconté toute l'histoire. Il avait signé un contrat d'un an complet avec Pearson Ultimate avec la possibilité de prolonger à un contrat pluriannuel après six mois.

— Qu'est-ce que tu penses qu'on devrait faire pour la première campagne ? a demandé Jill.

Les autres me regardaient, attendant que mon brillant esprit les étonne. J'avais toujours été le gars des idées, celui qui pouvait trouver une campagne en un clin d'œil. Chad et moi avons fondé l'entreprise ensemble parce que nous travaillions si bien ensemble. Nous échangions des idées. J'avais les idées publicitaires et il savait comment gérer une entreprise comme un pro.

Mais alors que mon équipe me regardait, l'équipe que j'avais soigneusement construite au fil des années de dévouement et d'engagement, les seules idées qui me venaient à l'esprit étaient pour Auberge L'anse MacKellar.

— Euh, eh bien, je viens d'arriver. Je n'ai pas encore tout examiné pour eux, alors je vais juste vous laisser réfléchir à des idées pendant que je reste en retrait, ai-je dit avec un sourire forcé.

— Tu veux juste qu'on fasse le travail, a plaisanté Julio.

J'ai ri avec les autres. — Les meilleures équipes se nourrissent les unes des autres, non ?

Ils ont tous acquiescé. C'était quelque chose que nous répétions sans cesse pendant les séances de brainstorming.

Je suis resté en retrait et les ai laissés travailler. Les idées qu'ils ont lancées étaient géniales. En une heure, ils avaient une longue liste et commençaient à la réduire aux idées que tout le monde jugeait les meilleures pour construire une campagne.

À la fin de la deuxième heure, Chad assignait des équipes pour développer les cinq meilleures idées. Une réunion était prévue avec l'équipe de Pearson Ultimate juste après le nouvel an, ils n'avaient donc qu'une semaine environ pour trouver un concept solide et quelques bonnes idées pour une première présentation. L'équipe de direction de Pearson Ultimate sélectionnerait les deux meilleures idées et ces équipes intégreraient des membres des autres équipes pour développer pleinement des campagnes qui commenceraient à être diffusées fin janvier.

Au fur et à mesure que tout le monde sortait de la salle de conférence, ils m'ont souhaité la bienvenue et ont dit qu'ils étaient impatients de voir ce que je pensais de tout. J'ai souri et leur ai menti à tous, leur disant que j'étais heureux d'être là.

Jusqu'à ce que seuls Chad et moi restions dans la salle de conférence.

Il a fermé la porte et baissé les stores pour que personne ne nous dérange. Puis il s'est assis et a attendu que je fasse de même.

J'ai fait les cent pas à côté de la table de conférence. J'étais agité, nerveux. J'étais toujours en colère contre lui pour avoir accepté le client, mais l'équipe travaillait bien pour trouver des idées incroyables. Sans moi.

— Je ne savais pas que tu reviendrais aujourd'hui, a finalement dit Chad. Sa voix était calme, posée. Comme s'il parlait à un animal effrayé ou à un enfant apeuré et qu'il ne voulait pas me faire fuir.

— Je ne l'avais pas prévu.

— Maintenant que tu es là, qu'en penses-tu ?

J'ai inspiré profondément et expiré lentement. — C'est beaucoup de ressources pour un seul client.

Chad a hoché la tête. — C'est vrai, mais je voulais avoir une grande équipe travaillant là-dessus dès le début. Une fois que les choses seront en marche, nous aurons une poignée de personnes gérant le compte au lieu de l'équipe complète. Comme nous le faisons avec tous nos autres clients.

— Que disent nos autres clients à ce sujet ?

Chad a secoué la tête. — Rien. Aucun d'entre eux ne le sait, et aucun n'a eu de problèmes avec leurs campagnes. Tout fonctionne comme prévu.

— Pour l'instant, ai-je dit.

Chad m'a lancé un regard noir et a soupiré. — Écoute, je comprends que tu ne sois pas d'accord avec ça, mais nous devons présenter un front uni. Si le personnel commence à penser que nous ne sommes pas sur la même longueur d'onde, cela va créer une division. Nous avons toujours pu travailler ensemble et trouver comment rendre tous nos choix réussis.

— Nous faisions toujours ça avant de prendre ces décisions. Celle-ci est déjà prise.

— Et ça se passe bien. Je n'ai pas encore embauché de nouvelles personnes, mais j'ai une pile de CV à parcourir. Katie m'aide à les trier et nous commencerons à interviewer des gens après la nouvelle année. J'ai promu Jill et Anthony au poste de gestionnaires de clients. Nous avons réorganisé quelques éléments pour qu'ils puissent prendre en charge certains des clients avec lesquels ils ont travaillé et donner une pause aux autres. Je... je ne comprends pas pourquoi tu n'es pas prêt à donner une chance à ce projet.

J'ai soufflé et secoué la tête. — Je vais me mettre à jour.

J'ai quitté la salle de conférence avec Chad qui fixait mon dos. J'ai laissé la porte se fermer derrière moi et j'ai remarqué qu'il n'est pas sorti pendant un moment après.

J'ai passé le reste de la journée à lire les e-mails que je n'avais pas reçus pendant que j'étais à L'anse MacKellar et à parler à nos employés. Tout le monde était excité par les changements que Chad avait faits. Jill et Anthony avaient fait une transition sans heurts vers leurs nouveaux rôles. Même les clients à qui j'ai parlé étaient contents et n'avaient eu aucun problème.

Ça allait arriver. J'en étais sûr. Je voulais avoir tort, mais ce sentiment à l'intérieur de moi se trompait rarement. Je savais ce que faisait le risque. J'ai pris un risque en allant à Carnegie Mellon. J'aurais pu choisir une école plus petite dès le départ, un endroit qui me convenait, mais je me suis laissé éblouir par Carnegie Mellon. Je me suis laissé hypnotiser par le fait que j'avais été accepté et qu'ils me voulaient, et je n'ai pas pu le gérer.

J'ai juré de ne plus prendre un tel risque. De ne plus aller trop loin ou sauter trop haut. De rester dans mon domaine et de ne pas pousser pour quelque chose que je ne pouvais pas gérer. Et je l'avais fait. Pendant des années, j'avais mené une bonne vie. J'avais gardé les choses simples.

Plus rien n'était simple maintenant.

J'ai travaillé tard dans la nuit pour rattraper tout ce que j'avais manqué. J'ai examiné les campagnes qui avaient commencé depuis mon départ et j'ai revu les dossiers pour de nouvelles campagnes qui débuteraient bientôt. J'ai passé en revue tous les dossiers clients de Pearson Ultimate. J'ai tout revu.

Et à la fin de tout cela, je ne me sentais pas mieux. Chad avait raison. Les choses allaient bien. Les témoignages des clients étaient excellents, les campagnes publicitaires étaient plus réussies que jamais, et chaque personne du personnel sortait à une heure raisonnable. Personne ne travaillait quatorze heures par jour pour suivre le rythme.

Je suis rentré chez moi dans ma vie en immeuble de

grande hauteur. Je me suis garé sous mon immeuble à ma place réservée, glissant directement dans la vie que j'avais créée. J'ai commandé de la nourriture de mon restaurant thaïlandais préféré et je me suis assis sur mon canapé à regarder ma télé massive en attendant que le livreur arrive.

Tout me démangeait. Mes vêtements me démangeaient, mon appartement me démangeait, même la nourriture me démangeait. Rien ne semblait plus me convenir.

J'ai changé les draps de mon lit et j'ai essayé de dormir un peu. Je me suis retourné la moitié de la nuit, frustré que tant de choses aient changé en quelques semaines. Je me suis finalement endormi et j'ai rêvé que quelqu'un démolissait l'auberge à coups de boulet de démolition et que Piper pleurait alors que tout s'écroulait.

Je me suis réveillé rapidement, brutalement. J'ai essayé de faire disparaître la douleur dans ma poitrine, mais alors que je me douchais et me préparais pour la journée, je ne pouvais pas m'empêcher de sentir que plus rien n'allait.

Être de retour au travail aurait dû me faire sentir mieux, mais je me sentais toujours déplacé, comme si je n'étais pas censé être là. J'ai parlé aux gens et j'ai essayé de contribuer aux conversations, mais rien n'a aidé à dissiper le sentiment que quelque chose manquait.

Je me suis assis à mon bureau et j'ai griffonné des idées publicitaires pour l'auberge. La seule façon d'arrêter de me sentir comme si je n'appartenais pas était de penser à l'auberge et à L'anse MacKellar. Cela me ramenait, comme L'anse MacKellar l'avait toujours fait.

— C'est pour quoi ? Je ne me souviens pas de cette campagne. Prenons-nous un autre nouveau client ? m'a demandé Emily.

Emily était ma personne de confiance depuis trois ans. Elle et moi avions travaillé côte à côte sur plus de campagnes que quiconque. Elle comprenait comment mon esprit fonctionnait, et je comprenais le sien. Nous avions essayé de sortir ensemble il y a longtemps, mais nous avons rapidement appris que nous étions bien mieux en tant qu'amis qu'en tant qu'amants et avons développé une compréhension intuitive l'un de l'autre.

— Euh, non. Ce n'est pas le cas. C'est juste quelque chose à laquelle je n'arrête pas de penser.

— Ça a l'air mignon. Charmant et confortable. C'est un endroit réel ?

J'ai hoché la tête. — C'est à ma tante. Là où j'étais le mois dernier.

— Ah. Et tu l'aimes.

— Quoi ?

— J'ai dit que tu l'aimes cet endroit.

J'ai plissé les yeux et hoché la tête. — Oui, c'est vrai. J'y ai pratiquement grandi.

— Je pensais que ta tante vendait l'endroit. Pourquoi travailles-tu sur une campagne pour ça ?

— Ce n'est pas le cas. Elle le fait. Je... je n'arrive pas à me le sortir de la tête.

— C'est vraiment bon. Je veux dire, si ça donne envie à quelqu'un comme moi d'y aller, tu sais que c'est bon. Je peux comprendre pourquoi tu ne peux pas lâcher prise.

— Je peux lâcher prise, ai-je dit fermement. Je me suis levé et j'ai pris ma tasse de café.

J'espérais que ce serait la fin, mais Emily m'a suivi dans la salle de repos. — Que s'est-il passé d'autre là-bas ?

— De quoi parles-tu ?

Elle m'a examiné attentivement. — Tu as rencontré quelqu'un, n'est-ce pas ? Tu veux y retourner.

J'ai secoué la tête. — Non. C'était temporaire. J'ai toujours prévu de revenir ici.

Elle a souri. — Mais les plans changent. Et tu es tombé

amoureux. Pas seulement de l'auberge de ta tante, mais de quelqu'un qui y vit.

— Je ne l'aime pas.

Emily m'a tapoté le bras. — Pendant longtemps, j'ai voulu que tu aies ce regard sur ton visage quand tu pensais à moi. Nous n'étions pas faits l'un pour l'autre, donc ça ne me dérange pas, mais j'ai toujours voulu que tu trouves quelqu'un qui te rende heureux. Quelqu'un qui te rende misérable quand vous n'êtes pas ensemble. Je suis désolée de le dire, mais je suis vraiment heureuse de te voir si misérable.

— Tu me veux misérable ? ai-je demandé.

Elle a secoué la tête. — Non. Je te veux heureux. Et être là-bas te rendait heureux. Ça te manque. Tu veux y retourner. Tu résistes pour une raison quelconque, mais tu veux y retourner. Tu devrais.

— Ma vie est ici.

— Plus maintenant. Ta vie devrait être là-bas. Elle devrait être avec la femme que tu aimes et faire en sorte que l'endroit que tu aimes réussisse. Tu as passé ta vie à faire prospérer les entreprises des autres avec tes mots et ta créativité. Il est temps de prendre ça et de l'utiliser pour ta propre aventure.

— C'est l'endroit de ma tante. Elle s'y est investie. Je ne sais rien sur la gestion d'une auberge. Je ne peux pas la laisser échouer.

Elle a ri. — Alors ne le fais pas.

Elle a fait paraître ça si simple. Comme si tout ce que j'avais à faire était de décider que je ne laisserais pas l'endroit échouer et ça n'échouerait pas. Rien n'était jamais aussi simple. Personne ne voulait échouer. Personne ne se lançait pour être nul à quelque chose. Mais ça arrivait tout le temps.

Je suis retourné à mon bureau et j'ai passé le reste de la journée dans un brouillard. Tout le monde m'a laissé de l'espace, comme s'ils pouvaient dire que je n'étais pas dans le bon état d'esprit. À la fin de la journée, Emily est revenue à mon bureau.

— Je sais que ce n'est pas facile de s'exposer et de prendre un risque. C'est parfois terrifiant. Mais si tu ne prends jamais de risque, tu ne sauras jamais à quel point la vie peut être belle. À quel point l'amour peut être beau.

Je l'ai regardée marcher vers la porte. Anthony l'attendait. Ils se sont embrassés rapidement puis sont sortis en se tenant la main. Emily a jeté un coup d'œil en arrière juste avant que la porte ne se ferme et m'a fait un signe de la main.

Je voulais ça. Je voulais quelqu'un qui m'attendait. Qui m'aimait. Qui était prêt à me supporter quand j'étais un idiot et qui me voulait quand même.

Mais j'avais tout gâché.

J'ai sorti mon téléphone de ma poche. Je devais arranger les choses.

Elle a répondu au téléphone à la première sonnerie et j'ai presque pleuré quand j'ai entendu sa voix.

— Gavin. Je ne m'attendais pas à avoir de tes nouvelles si tôt. Tout va bien ?

— Oui, Tante Gina. Tout ira bien. D'abord, je voulais te dire que je veux l'auberge. Je veux la gérer. Je reviens demain. Je reste à L'anse MacKellar et je veux l'auberge.

— Oh, Gavin, je suis tellement désolée. J'ai déjà accepté de la vendre. J'ai reçu une offre aujourd'hui.

— Quoi ? Tu plaisantes ?

— Je suis désolée, mais toi et Zoey étiez si catégoriques sur le fait que vous n'étiez pas intéressés et je ne pouvais pas refuser une bonne offre.

— As-tu déjà signé les papiers ?

— Pas tous. Nous devons nous rencontrer demain.

— Ne signe rien. À quelle heure ? Je te retrouve au bureau de l'avocat. Est-ce que Ramsey s'en occupe ?

— Oui, bien sûr.

— J'y serai, Tante Gina. Juste... ne signe pas l'auberge. S'il te plaît.

— Gavin-

— Je te vois bientôt, Tante Gina. On parlera quand j'arriverai. Je dois faire mes bagages et prendre la route.

J'ai raccroché avant qu'elle puisse discuter davantage. Je ne pouvais pas l'entendre. Je devais l'empêcher de vendre l'auberge. Mon auberge.

Je suis passé voir Chad et je lui ai tout raconté. Il a accepté de me racheter l'entreprise si je le voulais. Je lui ai dit que je reviendrais en janvier et que nous réglerions tous les détails.

— Bonne chance, a-t-il dit. Il m'a pris dans ses bras et m'a donné une tape vive dans le dos.

J'ai hoché la tête et regardé autour de l'entreprise que nous avions construite. Elle était entre de bonnes mains. Maintenant, je devais m'assurer que l'auberge l'était aussi.

24

PIPER

— Laisse-moi voir ça, dit Finley en déverrouillant la porte pour moi.

— Voir quoi ? demandai-je.

— La bague ! Gavin ne t'a pas demandée en mariage ? Je pensais que c'était pour ça que tu avais appelé pour une soirée entre filles urgente.

Les sourcils de Finley se froncèrent et elle pencha la tête sur le côté.

— Euh, non. C'est fini avec Gavin, lui dis-je.

— Quoi ? C'est fini ? Que s'est-il passé ?

— Gavin est parti, dit Blake derrière moi.

— Il est parti ? demanda Finley. Elle me regarda. Que s'est-il passé ?

— Allons nous asseoir. Je vais tout vous raconter, dis-je.

Finley acquiesça et nous conduisit à l'arrière, où nous nous asseyions habituellement. C'était différent de se réunir en semaine, mais je voulais leur faire savoir tout ce qui se passait avant que ça ne s'ébruite. Une part de moi était surprise de n'avoir pas déjà reçu de questions de leur part, mais personne ne semblait savoir ce qui se passait.

Finley et Blake prirent place, me laissant une chaise vide entre Trinity et Melody.

— D'accord, dit Finley, commence par le départ de Gavin. Que s'est-il passé ?

— Gavin est parti ? demanda Melody.

Je haussai les épaules. — Je ne suis pas surprise, mais je ne le savais pas vraiment jusqu'à ce que Blake le dise.

— Blake ? demanda Finley. Comment le sais-tu ?

— Zoey est allée chez O'Kelley's te chercher hier, me dit-elle. Elle a dit à Hudson que toi et Gavin aviez rompu et qu'elle voulait t'en parler.

— Comment sais-tu ça ? demanda Karissa.

— Ian était là quand Zoey est entrée. Il a dit qu'elle était assez bouleversée et espérait que tu serais au travail. Hudson lui a dit que tu avais pris ta journée.

— C'est vrai. Et c'est pourquoi je voulais parler à vous toutes.

— À propos de Gavin ? demanda Elise.

Je secouai la tête. — Non. Gavin... je lui ai dit que je l'aimais. Je lui ai dit que je voulais qu'il reste. Il n'était pas intéressé. Il a dit qu'on avait convenu que ce ne serait qu'une chose sans importance et qu'il ne voulait pas s'installer ici, alors il est parti.

— Je suis désolée, Piper, dit Blake. Je n'en avais aucune idée. Ça va ?

Je haussai les épaules. — Non, mais ça ira. Je sais que je peux tout gérer et tomber amoureuse de lui m'a appris que j'étais plus forte que je ne le pensais. J'avais peur de me laisser aimer à nouveau parce que j'ai perdu une partie de moi-même la dernière fois quand c'est fini. Ça fait mal, mais cette fois c'était différent. Je l'aimais d'une façon authentique. Nous avions une connexion. Je pensais... peu importe ce que je pensais. Je me suis trompée, mais je suis là. J'avance dans ma vie et je ne fuis pas comme je l'ai fait la dernière fois.

— Eh bien, c'est un soulagement, dit Laura.

Je souris. — Mais ce n'est pas pour ça que je voulais vous parler à toutes. Euh... Je jetai un coup d'œil à Melody. Tu le sais probablement déjà, mais j'achète l'Auberge.

— Quoi ? dirent-elles toutes en chœur.

— Comment pourrais-je le savoir ? demanda Melody, l'air aussi confuse que les autres.

— Ramsey m'aide. Je pensais qu'il te l'aurait dit.

Elle secoua la tête. — Non. Il ne me dit rien sur son travail. À moins que ce ne soit une information publique, il ne peut pas, et il ne le fait pas. Donc, je n'en avais aucune idée. Mais félicitations.

Je laissai échapper un rire. — Merci. Je suis vraiment enthousiaste. J'adore les vieux bâtiments et je suis tombée amoureuse de l'Auberge ces dernières semaines. Ce n'était pas un choix facile, mais je ne veux pas la voir détruite.

— Je savais que quelqu'un qui commanderait une peinture comme celle-là devait aimer cet endroit, dit Blake.

J'acquiesçai. — C'est vrai. Et vous êtes toutes géniales de ne pas poser de questions, mais je sais que vous vous demandez toutes comment je peux me le permettre alors que je ne suis qu'une serveuse.

Elles échangèrent des regards curieux qui disaient qu'elles se posaient toutes la question mais n'osaient pas demander.

Je gloussai. — J'étais banquière d'investissement avant de m'installer ici. Je négociais des actions et j'investissais pour d'autres personnes. J'étais vraiment douée. Genre, *vraiment* douée. J'ai gagné beaucoup d'argent et j'en ai mis une grande partie de côté. Quand je suis arrivée ici, j'ai acheté l'immeuble dans lequel je vis. Et j'ai continué à trader seule et je ne travaille chez O'Kelley's que pour le plaisir. Ça a l'air tellement prétentieux, mais j'aime vraiment ça. Je ne le fais pas pour l'argent. Je... argh, j'ai l'air si pimbêche.

— Non, pas du tout, dit Karissa. Je comprends. Mes

applications m'ont rapporté pas mal d'argent. Certaines marchent évidemment mieux que d'autres, mais je ne manque de rien. Certaines applications que je crée sont nées parce que j'aime l'idée, pas parce que je sais qu'elles seront rentables. On doit avoir dans nos vies des choses qui nous apportent de la joie.

— Je dois travailler pour payer le style de vie que je veux avoir, mais j'adore ce que je fais, dit Finley. Cet endroit ne rapporte pas toujours énormément, surtout avec les ebooks, mais je l'adore. J'adore être entourée de livres et parler de livres. Je ne peux pas imaginer faire autre chose dans ma vie, peu importe combien j'ai sur mon compte en banque. Ne t'excuse pas pour les compétences que tu possèdes.

— Merci. Je... mon ex m'a trompée juste après avoir découvert combien je gagnais plus que lui. Il ne pouvait pas le supporter, et j'ai caché à tout le monde que je possédais mon immeuble depuis que je suis arrivée ici. Hudson a dit qu'il le savait, mais j'avais peur de le dire à qui que ce soit d'autre à part Sofia. Et Gavin, mais ce n'était évidemment pas une excellente idée. Bref, Ramsey m'aide à acheter l'Auberge. Gina ne sait pas que c'est moi, et elle ne le saura pas avant la vente. Je ne voulais pas qu'elle se sente obligée de baisser son prix parce qu'on se connaît. Ramsey s'occupe de tout ça demain matin, mais il n'y aura pas vraiment moyen de garder ça secret.

— C'est tellement excitant. Je suis désolée que tu aies eu l'impression de ne pas pouvoir nous le dire, dit Blake. On s'en fiche si tu as des millions sur ton compte ou si tu as besoin d'un canapé pour dormir de temps en temps, on t'aime peu importe le nombre de zéros sur ton relevé bancaire.

Je poussai un petit rire. — Merci. Je suis excitée.

— Est-ce que tu vas demander à Gina de rester pour gérer l'Auberge ? demanda Elise.

Je soupirai profondément. — Je vais lui offrir cette

option, si elle le souhaite. En fait, je vais demander à Ramsey de le lui proposer. Je ne veux pas qu'elle se sente obligée de faire quoi que ce soit parce qu'on se connaît. Et je sais qu'une fois qu'elle découvrira que c'est moi qui achète l'Auberge, elle pourrait changer d'avis, donc je suis préparée à ça aussi.

— Je pense que c'est vraiment courageux ce que tu fais, dit Trinity. Que tu l'achètes et que tu prennes en charge la rénovation et la gestion de quelque chose comme ça. C'est magnifique, et je sais que tu feras du bon travail.

— Merci. La plupart du temps, j'ai l'impression que je vais vomir. Je détestais l'idée que quelqu'un la change. Elle est magnifique, et le terrain vaut plus que l'Auberge. Quelqu'un l'aurait achetée, aurait démoli l'Auberge et construit un nouvel hôtel qui aurait tout changé à L'anse MacKellar. Je ne voulais pas laisser ça se produire, leur dis-je.

— Est-ce que je peux te poser une question ? dit Laura.

J'acquiesçai.

— Est-ce que tu t'inquiètes de ce que Gavin va dire quand il l'apprendra ? Ou de, genre, le voir partout ?

Je ris doucement et acquiesçai. — Oui, aux deux. Il pourrait être fâché que je l'achète, mais je ne fais pas ça pour l'énerver ou attirer son attention ou quoi que ce soit. Je l'ai achetée pour moi. Et le voir partout ? Ouais, je sais que ça va arriver. Je ne prévois pas d'y emménager tout de suite. Un jour, peut-être, mais je ne sais pas. Pour l'instant, Sofia et moi sommes bien dans notre appartement. Elle veut m'aider pour la restauration de l'Auberge. Nous devons voir quelles réservations sont déjà fixées et ce que nous allons pouvoir faire, mais je dois faire ce qui me semble juste pour moi, et l'acheter est juste. Ça me semble juste.

— Eh bien, alors nous devrions porter un toast, dit Finley. Je pensais vraiment que tu allais m'annoncer tes fiançailles, alors j'ai du vin. C'est quand même une nouvelle incroyable, qui change ta vie, alors nous allons célébrer.

Blake l'aida à verser le vin dans des verres en plastique. Nous les passâmes toutes à la ronde et elles levèrent leurs verres. — À Piper, et à Auberge L'anse MacKellar.

— Santé !

J'entrechoquai mon verre avec les leurs et bus le vin sucré. Je me sentais mieux après leur avoir dit toute la vérité.

C'était fini avec Gavin, mais je lui devais beaucoup. Il m'avait appris à aimer. Il m'avait appris à laisser entrer les gens dans ma vie. Et il m'avait appris à ne pas avoir peur de qui je suis. Vivre à l'Auberge n'était pas dans mes projets immédiats, mais j'espérais qu'un jour je pourrais y emménager et construire une vie pour moi-même. Et peut-être aussi une famille un jour.

J'ÉTAIS ASSISE sur mon canapé le lendemain matin, fixant mon téléphone. Ramsey avait dit qu'il m'appellerait dès que les papiers seraient signés et que tout serait réglé. Je ne savais pas combien de temps ce genre de chose prenait normalement, alors j'ai sursauté quand mon téléphone a finalement sonné.

— Hey, salut, bonjour. Euh, comment ça se passe ?

— Salut. Nous avons un petit accroc. Les vendeurs aimeraient que tu viennes ici.

— Quoi ? Je t'ai demandé de ne pas dire à Gina que c'est moi qui achète l'Auberge. Pourquoi veut-elle me parler ?

— Euh, c'est plus compliqué que ça. Mme Holbrook est ici pour signer les papiers puisque nous avons un accord, mais son neveu est ici aussi. Il veut reprendre l'affaire et il espère pouvoir te convaincre de ne pas acheter l'Auberge.

— Gavin est là ? soufflai-je.

— Oui, dit Ramsey.

— Est-ce qu'il sait qui je suis ? Je veux dire que c'est moi qui achète l'Auberge ?

— Non.

Je pris une profonde inspiration. — Que dois-je faire ?

— Eh bien, euh, je ne peux pas répondre à ça pour toi. Si tu veux te retirer de cette affaire, tu peux t'en aller maintenant. Sinon, tu as un contrat et tu es dans ton droit d'insister pour la vente.

— Je vais trouver un autre avocat pour régler ça, cria Gavin en arrière-plan. Vous ne pouvez pas prendre l'Auberge de ma tante !

— Oh, mon Dieu, gémis-je. Je ne voulais pas que tout ça arrive.

— D'accord, que dirais-tu de ça, dit Ramsey. Faisons tous une pause. Prenons quelques jours pour réfléchir. Personne n'a à signer de papiers, et aucun argent ne sera échangé. M. Holbrook, vous pouvez avoir un peu plus de temps pour réfléchir, et Mme Holbrook, vous pouvez parler à votre neveu de tout ça.

— Et qu'en est-il de l'acheteur ? demanda Gina. L'offre était excellente. J'ai toujours voulu que ma nièce et mon neveu prennent la relève, mais l'acheteur promettait tout le reste que j'espérais. Si les choses ne fonctionnent pas, je ne veux pas que l'affaire s'écroule.

— Acheteur, êtes-vous d'accord pour donner quelques jours aux Holbrook pour que tout se règle ?

— Ils ont intérêt. L'Auberge n'était même pas sur le marché. Je vais la reprendre. Il n'y a aucune raison pour un acheteur.

— Acheteur ? répéta Ramsey.

— Oui, c'est bon, lui dis-je. C'est ce que Gina voulait, alors oui, ça me va.

— Et si ce nouvel arrangement ne fonctionne pas, êtes-vous toujours intéressée aux conditions actuelles ?

— Oui. Très certainement.

— D'accord, je vous contacterai bientôt.

— Merci, Ramsey.

— De rien.

Il raccrocha et la pièce se mit à tourner. Gavin était de retour. Et il voulait reprendre l'Auberge. Je ne savais pas si je voulais pleurer à cause de la perte de l'Auberge ou pleurer parce que j'allais devoir le revoir. Les deux étaient nuls.

JE FIXAIS ENCORE le mur quand Sofia est revenue d'un travail. Elle s'est assise sur le canapé à côté de moi et a demandé : — Ramsey a appelé ?

J'ai acquiescé et pris une respiration saccadée.

— Et alors ? Tout est réglé ?

J'ai lentement secoué la tête.

— Pourquoi pas ? Que s'est-il passé ?

— Gavin est de retour. Il veut reprendre l'Auberge.

— Quoi ?

J'ai haussé les épaules. — Il était chez Ramsey ce matin. Il a appris l'offre et il est revenu. Il veut reprendre.

— Qu'est-ce que ça veut dire ? Tu ne l'achètes pas ? Vous vous êtes remis ensemble ?

J'ai secoué la tête. — Non et non.

— Non et non ?

Je me suis levée du canapé et suis allée dans ma chambre. Sofia m'a suivie pendant que je me changeais pour le travail. — S'il reprend, je ne l'achète pas. C'était ce que Gina voulait. Mais je n'ai aucune raison de penser qu'on se remet ensemble. Il a clairement fait comprendre qu'il ne veut pas de moi.

— Mais il est revenu.

J'ai acquiescé. — Et il ne m'a pas dit qu'il revenait ou qu'il est revenu.

— Ouais, mais il gérait l'Auberge.

J'ai souri. — Ouais. Je suis heureuse pour lui. C'est une super nouvelle. Il n'est pas là pour moi. Il est là pour l'Auberge.

— Mais—

— Je ne peux pas, Sof. Je... je ne peux simplement pas.

Elle a acquiescé et pincé ses lèvres.

— Je dois aller travailler. À plus tard.

Elle a hoché la tête sans dire un mot de plus.

O'Kelley's était bondé, ce qui était génial. J'avais besoin de cette distraction après la journée que j'avais eue. Non seulement Gavin était de retour, mais la seule chose que je pensais avoir, la seule chose qui allait m'aider à aller de l'avant, était maintenant partie aussi.

Je suis restée loin du bar la plupart de la soirée, prenant les commandes des tables et m'arrêtant juste le temps de prendre un plateau et de déposer un ticket. Quand j'ai enfin eu une minute, j'ai demandé de l'eau à Hudson et me suis adossée au côté du bar. C'est à ce moment-là que je l'ai vu.

Mon cœur a eu l'impression qu'il allait se briser sur-le-champ. Je voulais me retourner et m'enfuir, mais j'étais figée sur place. Cela faisait seulement quelques jours que je ne l'avais pas vu, mais il me semblait différent.

Il a jeté un regard par-dessus sa bière et m'a vue le regarder. Je me suis détournée immédiatement, ignorant Hudson qui essayait de poser l'eau devant moi, et j'ai disparu dans la foule.

J'ai vérifié toutes mes tables et demandé à une autre serveuse de prendre les recharges pour moi. J'ai couvert ses tables pendant qu'elle faisait des allers-retours au bar, et j'ai accepté de lui donner tous mes pourboires de la soirée.

Ça en valait largement la peine, surtout puisque je n'avais

plus besoin de la majorité de mes économies pour acheter l'Auberge.

— Peut-on parler ? dit Gavin juste derrière moi quand j'ai fini de vérifier une table.

J'ai secoué la tête et l'ai contourné. — Je travaille.

— Hudson a dit que tu pouvais prendre une pause. Il a dit que tu n'en avais pas pris de toute la soirée.

— Je n'ai pas besoin de pause. J'ai besoin de travailler.

— Piper, s'il te plaît, dit Gavin.

J'ai finalement croisé son regard et j'ai su que je ferais tout ce qu'il voulait. Je me suis un peu détestée pour ça, et je l'ai détesté pour ça aussi.

Je l'ai suivi jusqu'à une table qui était miraculeusement vide quand nous nous en sommes approchés. J'ai posé mon plateau sur la table et croisé les bras sur ma poitrine. Je me suis appuyée en arrière et j'ai attendu qu'il dise quelque chose.

Je ne m'attendais pas à ce qu'il commence par : — Tu avais raison.

J'ai presque ri. Presque.

— J'avais peur de tout dans ma vie. Être ici... être ici m'a fait voir combien je passais à côté de choses, et ça m'a fait encore plus peur. Je suis rentré... à Pittsburgh. J'avais l'intention de convaincre Chad d'annuler le contrat et j'ai fini par quitter l'entreprise.

— Tu as quoi ? lâchai-je.

— Ça ne me convenait plus. Rien dans ma vie à Pittsburgh ne me convenait. Ce n'est plus là que j'appartiens.

— Tant mieux pour toi. Je suis contente que tu aies compris ce que tu veux.

J'ai commencé à me lever, mais il a saisi ma main.

— J'appartiens ici.

Il m'a regardée comme s'il attendait que je dise ou fasse quelque chose. Il m'a fallu jusqu'à ma dernière once de volonté pour rester là et ne pas pleurer. — J'appartiens avec toi.

J'ai secoué la tête. — Tu as dit que tu ne voulais pas ça.

— J'ai dit beaucoup de choses qui étaient complètement fausses, Piper. Tu le savais. Tu me l'as fait remarquer. J'étais terrifié à l'idée de vouloir être à L'anse MacKellar. Après l'université, je me suis senti obligé de rester à Pittsburgh pour prouver que je pouvais gérer une grande vie. J'avais peur de ruiner l'Auberge de tante Gina, mais j'essayais aussi de me prouver que tout ce que je faisais n'allait pas finir en échec. Tout ce que j'ai fait, c'est me prouver que je ne me connaissais pas du tout.

— Félicitations.

— Piper... je suis en train de tout gâcher. Tu avais raison. Sur tout ce que tu as dit. Sur nous et sur l'Auberge et sur mon désir d'être ici. Je veux tout ça.

— Super. Profites-en.

— Est-ce que tu... tu ne m'aimes plus ?

J'ai refoulé mes larmes et pris une respiration tremblante en me rasseyant. — Je ne veux pas de quelqu'un qui n'est pas sûr de moi. Je t'ai dit que je t'aimais et tu as quitté l'État. Tu étais si pressé de t'éloigner de moi que j'ai dû découvrir des jours plus tard que tu étais parti. Je n'ai même pas mérité un texto ou un au revoir ou quoi que ce soit. C'est ce que j'ai fait quand j'ai quitté Philadelphie. Mon ex m'a trompée, je l'ai surpris, et je suis partie sans un mot. Et c'est ce que tu m'as fait.

— Et j'ai eu tort. Mon Dieu, Piper, j'ai eu tellement tort. Je t'aime, et je suis revenu ici pour te dire que je veux que tu fasses partie de ma vie.

— Sauf que non. Tu es revenu ici pour reprendre l'Auberge. Je suis juste là par hasard.

Il a secoué la tête. — Si tu veux aller ailleurs, je dirai à tante Gina que je ne peux pas reprendre l'Auberge. Elle a un autre acheteur. J'ai arrêté la vente ce matin, mais si tu ne veux pas être ici, l'acheteur a dit qu'ils étaient toujours intéressés si quelque chose ne fonctionnait pas.

— Tu renoncerais simplement à l'accord que tu as passé avec Gina ?

— Piper, je fais cet accord pour nous. Pour toi et moi. Je veux qu'on gère l'Auberge ensemble. Je sais que c'est énorme à te demander, et je sais que je n'en ai pas le droit, mais je veux construire une vie avec toi. Je veux voir tes yeux s'illuminer avec chaque centimètre de cet endroit décoré pour les fêtes et je veux nager avec toi dans la Cove et je veux courir après nos enfants sur la propriété et je veux te faire l'amour chaque jour pour le reste de ma vie. Ou autant que tu me le permettras.

Je n'ai pas pu m'empêcher de rire.

Il s'est penché en avant et a glissé mes cheveux derrière mon oreille. — Je sais que je ne faisais pas partie de ton plan, et je sais que gérer l'Auberge n'est pas quelque chose auquel tu as déjà pensé, mais je suis là pour rester. Où que tu sois est là où je veux être. Si tu es d'accord, je veux construire une vie ici avec toi. Mais si ce n'est pas le cas, je dois le faire savoir à tante Gina pour qu'elle puisse appeler l'autre acheteur.

— Peut-être que tu peux trouver un accord avec l'acheteur et le partager ? L'acheter ensemble ?

— Pourquoi ? Avoir un partenaire... je ne sais pas.

— Mais tu as dit que tu voulais faire ça avec moi.

— Ouais, mais je ne pense pas vouloir faire entrer quelqu'un d'autre.

J'ai haussé les sourcils et attendu qu'il comprenne.

— Non. Tu es sérieuse ? C'est toi l'acheteur ?

J'ai acquiescé.

Il a ri. — Donc, je suppose que l'Auberge n'est pas un nouveau plan. La seule nouvelle partie, c'est moi.

J'ai souri. — J'ai vraiment envie de te faire payer pour

m'avoir abandonnée. Je veux te voir te tortiller. Tu m'aimes vraiment ?

Il a acquiescé. — Oui.

— Et c'est vraiment ce que tu veux ?

— Oui.

— Et tu ne vas pas t'enfuir quand ça deviendra difficile ?

— Plus jamais.

— Je pense qu'on pourrait avoir besoin de nouvelles règles.

Il a souri. — Je n'en ai qu'une.

J'ai haussé un sourcil.

— Laisse-moi t'aimer.

J'ai souri et l'ai laissé me tirer de mon siège pour me prendre dans ses bras. — Je pense que je peux gérer ça.

Il a enroulé ses bras autour de moi et fermé les yeux. — Merci de m'aimer assez pour me confronter à mes conneries.

J'ai ri. — Quand tu veux.

Il a ri. — Je t'aime.

J'ai inspiré profondément et soupiré de bonheur. — Je t'aime.

— Nous allons posséder l'Auberge.

J'ai souri. — J'espère juste qu'on pourra travailler ensemble.

— Je pense qu'on travaille très bien ensemble.

J'ai acquiescé. Je ne pouvais pas contredire ça.

ÉPILOGUE

ROWAN

J'ai toujours entendu dire que les personnes avec qui tu passes le Nouvel An sont celles avec qui tu passeras l'année. En regardant autour de moi chez O'Kelley's, je n'étais pas sûr d'apprécier cette idée.

C'étaient des gens bien, et je commençais à m'habituer à la ville, mais ce n'était pas pour moi. J'étais prêt à rentrer chez moi. À reprendre ma vie. À faire une différence dans le monde.

—Bonne année, mec, dit Hudson, presque sarcastiquement.

—Ouais, bonne année, lui répondis-je en levant ma bouteille de bière pour trinquer.

—Pourquoi tu es sorti si tu es de mauvaise humeur ?

Je haussai les épaules. —N'est-on pas censé être entouré quand on se sent mal ?

Hudson haussa les épaules. —J'imagine que c'est pour ça que je possède un bar. Qu'est-ce qui se passe avec toi ?

Je secouai la tête. —Rien d'inquiétant.

—C'est une bonne chose que tu n'aies pas besoin d'interroger beaucoup de personnes, parce que tu es nul pour mentir.

J'éclatai de rire. —Pas d'habitude.

Hudson haussa un sourcil, mais quand il fut clair que je n'allais rien lui dire de plus, il me laissa tranquille. C'était quelque chose que j'aimais vraiment à L'anse MacKellar. Les gens comprenaient quand tu ne voulais pas déballer toute ta vie. Bien sûr, ils connaissaient probablement déjà les histoires de vie des uns et des autres, mais ils ne m'avaient jamais poussé à partager tous les détails de mon passé.

Heureusement d'ailleurs, sinon je serais parti.

Piper passa et me demanda si j'allais bien. J'acquiesçai. Elle me dit de la prévenir si j'avais besoin de quoi que ce soit. L'endroit était bondé. Il était plus facile de demander à Hudson. Pas la peine de stresser Piper. Pas quand elle avait une soirée chargée après une semaine bien remplie.

—Tu ne viens pas nous rejoindre ? demanda Rucker, me donnant une tape dans le dos qui me fit renverser ma bière.

—Sérieusement ?

Il ricana. —Laisse tomber et viens avec nous.

Rucker attrapa un nouveau pichet de bière et un pichet de cocktails et retourna à la table dans le coin où son groupe s'était installé. Ils m'avaient invité dès le début, mais j'avais toujours l'impression de ne pas être à ma place. Oui, oui, c'était ma faute parce que je ne les laissais pas entrer dans ma vie, mais je n'allais pas rester éternellement, alors je n'avais pas l'intention de le faire. Encore quelques mois et je serais blanchi et pourrais reprendre ma vie.

—Contente que tu nous aies rejoints, dit Karissa.

J'acquiesçai et lui souris. Je ne connaissais pas bien du tout les femmes du groupe, mais elles étaient amicales et bavardes et essayaient de m'inclure quand tout le monde était ensemble. La plupart des hommes étaient en couple, ce qui signifiait que je devais vraiment partir bientôt avant qu'ils n'essaient de me convertir en homme engagé. Ça n'allait pas arriver.

—Alors, qui a des projets pour l'année prochaine ? De grands objectifs. Qui va accomplir quelque chose ? demanda Finley.

—Je vais tourner la page, dit Laura. Je ne demandai pas ce que cela signifiait.

—Je vais faire quelque chose qui me fait peur, dit Karissa. Intéressant.

—Je vais m'amuser, dit Blake avec un clin d'œil en direction d'Ian. Trop d'informations.

—Nous allons partir en vacances, dit Rucker, en rapprochant sa petite amie, Trinity, contre lui.

—On parle de vacances de lune de miel ? demanda Melody.

Rucker et Trinity secouèrent tous deux la tête. —Pas encore, répondit Trinity pour eux. Ils échangèrent un sourire secret qui me fit me demander s'ils ne venaient pas de mentir effrontément.

—Nous allons commencer notre vie ensemble, dit Gavin en attrapant Piper et en l'attirant sur ses genoux.

—Je travaille, dit Piper en riant.

—Il est presque minuit. Hudson a dit que tu pouvais prendre quelques minutes à minuit, argumenta Gavin.

Elle regarda son téléphone et se détendit contre lui. —Je suis impatiente de voir ce que l'année prochaine va apporter.

Les autres autour de moi hochèrent la tête.

J'essayai de canaliser leurs sentiments, de laisser tomber les peurs qui tournaient constamment en moi. Je savais que je n'avais rien fait de mal, mais ce n'était jamais aussi simple. Je devais juste attendre des nouvelles. Et en attendant, faire semblant que tout était parfaitement normal.

—Les gars, c'est presque minuit, dit Finley, en se levant.

Hudson coupa la musique et diffusa un compte à rebours venant de quelque part.

—Nous nous préparons, dit la voix. Tout le monde ! Dix. Neuf. Huit. Sept. Six.

Le bar entier se joignit au décompte après ça.

—Cinq.

—Quatre.

—Trois.

—Deux.

—Un ! Bonne année !

La musique remplit l'air et tempéra les cris tout autour de moi. Je sirotai ma bière et regardai les couples et les amis se regrouper et chanter. Les couples s'embrassaient et se chuchotaient des mots. Les amis se serraient dans les bras, se tenaient par la main et chantaient fort et faux.

Je posai ma bière sur la table et me dirigeai vers la porte. J'avais besoin d'une minute d'air frais.

Je sortis et faillis frapper quelqu'un avec la porte. — Désolé, dis-je instantanément. Une autre malédiction de la vie en petite ville. Je m'excusais pour chaque foutu truc que je faisais.

—Fais attention, répliqua-t-elle sèchement. Elle me lança un regard qui aurait fait trembler des hommes plus faibles, mais j'étais intrigué.

Elle tendit le cou pour jeter un coup d'œil à l'intérieur d'O'Kelley's avant que la porte ne se referme, puis s'éloigna d'un pas lourd dans la neige. Je la regardai partir pendant une minute, ressentant l'irrésistible envie de la suivre.

J'étais sur le point de me lancer à sa poursuite quand la porte d'O'Kelley's s'ouvrit brusquement et la foule se déversa sur le trottoir autour de moi. Des gens me tapèrent sur l'épaule et me souhaitèrent une bonne année en dansant dans la rue et le long des trottoirs.

Je levai les yeux, mais elle avait disparu. Qu'elle ait été

engloutie par la foule ou qu'elle ait réussi à s'échapper, je n'en étais pas sûr. Tout ce que je savais, c'est que j'espérais avoir une chance de l'énerver à nouveau.

MERCI D'AVOIR LU l'histoire de Gavin et Piper ! Quand j'ai commencé cette série, je savais qu'il y aurait des personnages qui me surprendraient. Des personnages qui semblaient sortir de nulle part et prendre vie sur la page. Ces deux-là ont été les premiers, et je les adore. J'espère que vous aussi !

La prochaine histoire sera celle de Willow et Rowan. Après une dispute avec sa sœur, Willow ne fait pas partie du cercle d'initiés. Rowan porte trop de secrets pour faire partie de quoi que ce soit. Ensemble, ils sont fougueux, explosifs et tellement amusants à observer. Commencez *Son Exclue aux Courbes Généreuses* maintenant !

VOUS VOULEZ PLUS de Gavin et Piper ? Les abonnés reçoivent un épilogue bonus exclusif et gratuit sur leur première grande rénovation de l'auberge ! Disponible uniquement pour les abonnés ! Inscrivez-vous maintenant !

À PROPOS DE L'AUTEUR

Auteure à succès classée au *USA TODAY*, Mary E Thompson a passé la majeure partie de son enfance à souhaiter avoir quelques courbes en moins. Elle se cachait dans les pages des livres parce que ses personnages préférés ne se souciaient jamais de sa taille de vêtements. Aujourd'hui, Mary non plus, et elle écrit des histoires qui célèbrent les femmes comme elle. Des femmes réelles qui ont des courbes, poursuivent leurs rêves et trouvent l'amour, parce que nous devrions tous être heureux, quelle que soit notre taille.

Mary passe son temps hors écriture avec son mari et ses deux enfants, à regarder trop de télévision, à encourager l'équipe de football de sa ville natale (Allez les Bills !) et à cacher du chocolat à sa famille.

Inscrivez-vous maintenant à la newsletter de Mary. Les abonnés reçoivent des ebooks gratuits et d'autres choses amusantes, comme du contenu exclusif réservé aux membres et des concours, et sont les premiers à connaître les nouvelles parutions et les promotions !

9 781967 463459